Z...
Seniorentellern!

atb aufbau taschenbuch

Ellen Berg, geboren 1969, studierte Germanistik und arbeitete als Reiseleiterin und in der Gastronomie. Sie lebt mit ihrer Tochter auf einem kleinen Bauernhof im Allgäu.
 Angst vorm Alter hat sie nicht, denn sie hofft, dereinst so unerschrocken zu sein, wie ihre gewitzte Greisen-Gang.
 Im Aufbau Taschenbuch liegen bisher ihre Romane »Du mich auch. Ein Rache-Roman«, »Das bisschen Kuchen. (K)ein Diät-Roman«, »Den lass ich gleich an. (K)ein Single-Roman«, »Ich koch dich tot. (K)ein Liebes-Roman« und »Gib's mir, Schatz! (K)ein Fessel-Roman« vor.

Elisabeth ist siebzig und eigentlich noch ganz fit. Doch das Leben scheint gelaufen, als ihre Töchter sie gegen ihren Willen in ein Altersheim stecken. Endstation? Aber doch nicht mit Elisabeth! Bald schon schmiedet sie Fluchtpläne, zusammen mit einigen skurrilen Mitbewohnern. Einer von ihnen ist ein rasend attraktiver älterer Herr, der ihr Herz im Sturm erobert. Die eigenwilligen Senioren träumen vom goldenen Herbst im sonnigen Süden. Fragt sich nur, wie sie an genügend Geld für ihre Flucht kommen. Wild entschlossen hecken sie einen kriminellen Plan aus.

Ellen Berg

Zur Hölle mit Seniorentellern!

(K)ein
Rentner-Roman

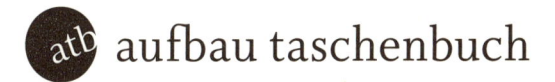

atb aufbau taschenbuch

ISBN 978-3-7466-2980-3

Aufbau Taschenbuch ist eine Marke
der Aufbau Verlag GmbH & Co. KG

1. Auflage 2014
© Aufbau Verlag GmbH & Co. KG, Berlin 2014
Umschlaggestaltung Mediabureau Di Stefano, Berlin
unter Verwendung einer Illustration von Gerhard Glück
Satz LVD GmbH, Berlin
Druck und Binden CPI – Clausen & Bosse, Leck
Printed in Germany

www.aufbau-verlag.de

1

Es gibt Tage, die sollte man am besten aus dem Kalender streichen und dann ganz schnell vergessen. Dies war so ein Tag. Seit langem hatte Elisabeth sich vor ihrem siebzigsten Geburtstag gefürchtet, aber was gerade passierte, übertraf ihre schlimmsten Alpträume. Nein, sie hatte ihren Geburtstag nicht feiern wollen. Und was machten ihre drei erwachsenen Töchter? Quälten sie mit einer »Überraschungsparty«. Nun saß sie in einem furchtbaren Lokal, eingeklemmt zwischen Gästen, die sie größtenteils gar nicht kannte, während die liebe Verwandtschaft abwechselnd Schneisen durchs Kuchenbüfett pflügte und sich in taktlosen Reden überbot.

Als ob es nicht schon reichte, siebzig zu werden. Siebzig! In ihrem Herzen war sie keinen Tag älter als siebzehn, jedenfalls fühlte es sich oft so an. Leider schien das außer Elisabeth niemandem aufzufallen, wie den unvermeidlichen Reden zu entnehmen war.

»Alle wollen alt werden, aber keiner will alt sein«, tönte ihr Schwiegersohn Klaus-Dieter gerade. »Immerhin haben wir Respekt vor dem Alter – solange es sich um Rotwein und Antiquitäten handelt.«

Sehr witzig. Klaus-Dieter war Anfang fünfzig, ein rotgesichtiger, korpulenter Mann, der ein ausgeprägtes Talent besaß, sich zur Wurst zu machen. Zur Feier des Tages trug er einen zu engen schwarzen Anzug und eine schwarze Krawatte. Er sah aus, als wäre er im Konfirmationsanzug zu einer Beerdigung angetreten.

Und war es das nicht auch, eine Beerdigung? Jedenfalls taten alle so, als ob Elisabeth Schliemann schon mit einem Bein im Grab stünde. Brüllten ihr ständig was ins Ohr, obwohl sie überhaupt nicht schwerhörig war. Erkundigten sich besorgt nach ihrem Gesundheitszustand, obwohl sie sich mopsfidel fühlte. Und dann diese Kindergartensprache, als sei das Hirn spätestens mit sechzig im Dämmermodus. Aber am schlimmsten war der Versuch, ihr Alter auf die lustige Tour zu kommentieren.

In Klaus-Dieters glasigen Augen sah man die Distanzlosigkeit eines Mannes, der zu viel Prosecco und zu wenig Grips im Kopf hatte. Offenbar war er fest entschlossen, die Rolle des Partykrachers zu spielen. »Kommt eine Frau zum Arzt: Herr Doktor, wie alt kann ich werden? Fragt der Arzt: Rauchen Sie? Nein, antwortet die Frau. Trinken Sie? Nein. Männergeschichten? Niemals! Sagt der Arzt: Wieso wollen Sie dann alt werden?«

Wieherndes Gelächter fegte über die Kaffeetafel. Die Gäste, neben ein paar Verwandten allesamt Freunde von Elisabeths Töchtern und Schwiegersöhnen, klopften sich auf die Schenkel. Schon klar, dachte Elisabeth. Für euch bin ich scheintot. Die überflüssige Alte mit dem Ticket für den Friedhof.

Ihr Groll steigerte sich unaufhörlich. Warum war keiner auf die Idee gekommen, ihre alte Schulfreundin Heidemarie einzuladen? Oder wenigstens ein paar Bekannte aus ihrer Wandergruppe? Nie hatte sie sich so einsam gefühlt wie in dieser angeheiterten Gästeschar, die sie deutlich spüren ließ, dass sie zwar der Ehrengast war, aber schon lange nicht mehr richtig dazugehörte.

Seufzend betrachtete sie die silberne Siebzig, die direkt vor ihrer Nase in einem scheußlichen Strauß gelber Chrysanthemen steckte. Dann wanderte ihr Blick durch das Lokal. Es war im altdeutschen Landhausstil eingerichtet – ausgeblichene Gobelinsessel, vergilbte Häkelgardinen, nachgemachte Petroleumlampen. Als ob dieses Museum des schlechten Geschmacks gerade richtig für eine Frau ihres Alters sei.

Wenigstens war Klaus-Dieter endlich mit seiner Rede fertig. Schwer atmend sank er auf den Stuhl gegenüber und sah Elisabeth erwartungsvoll an. Mit diesem fragenden Blick, den Männer nach dem Liebesakt aufsetzen: Na, wie war ich? Elisabeth schaute demonstrativ an ihm vorbei und fixierte die billige Pseudo-Petroleumlampe, die hinter seinem geröteten Gesicht von der Decke baumelte. Aber so leicht ließ sich Klaus-Dieter nicht ignorieren.

»Ein Knaller, meine Rede, was?«, grinste er breit. »Und das beste Geschenk kommt erst noch. Hat Suse es dir schon erzählt? Das mit dem Platz im Seniorenheim?«

Susanne, seine Frau und Elisabeths älteste Tochter, verpasste ihm einen unsanften Seitenhieb mit dem Ellenbogen. Um Gottes willen, falscher Text!, signalisierte ihr entsetzter Gesichtsausdruck.

Von einem Moment auf den anderen begann Elisabeths Herz wild zu klopfen. Krampfhaft umklammerte sie ihre Handtasche, bemüht, sich ihre aufsteigende Panik nicht anmerken zu lassen. »Seniorenheim? Wovon redest du?«

Klaus-Dieter schüttelte verlegen den Kopf, Susanne schwieg peinlich berührt. Elisabeths Älteste war eine attraktive Frau Ende vierzig, mit nussbraunem Pagenschnitt und lebhaften blauen Augen. Es war Elisabeth immer ein Rätsel gewesen, was ihre Tochter ausgerechnet an diesem unerträglichen Klaus-Dieter fand. Jegliche Farbe war inzwischen aus Susannes Gesicht gewichen. Schuldbewusst kniff sie die Lippen zusammen.

»Suse?« Elisabeths Stimme bebte vor Erregung. »Kannst du mir bitte mal erklären, was hier los ist?«

Plötzlich war es totenstill an der Geburtstagstafel. Alle Gäste verfolgten gespannt, was sich am Tischende abspielte, wo eine versteinerte Jubilarin sichtlich um Fassung rang.

Susanne räusperte sich. »Eigentlich wollten wir es dir erst morgen sagen. Na ja, was soll's, jetzt weißt du es ja sowieso schon. Wir finden, dass du allmählich zu alt wirst, um allein zu leben. Ich meine, seit Papa tot ist …«

»… geht es mir blendend«, vervollständigte Elisabeth den Satz.

Das stimmte. Sie hatte ihren leicht tyrannischen Mann nie vermisst, seit der Himmel freundlicherweise beschlossen hatte, ihn eines Morgens nicht mehr aufwachen zu lassen. Walther war von Beruf Polizist und privat ein schwer zu ertragender Kontrollfreak gewesen. Ein Schnüffler vor dem Herrn, misstrauisch, pedantisch, bevormundend. Nach seinem Ableben war Elisabeth richtiggehend aufgeblüht. Sie wanderte, tanzte und belegte Kurse an der Volkshochschule. Über ihr Alter dachte sie selten nach. Warum auch? Sie fühlte sich großartig, ihr Verstand funktionierte einwandfrei. Es gab keinen Grund, sich Sorgen zu machen.

»Was heißt hier blendend?«, mischte sich Gabriele ein. Sie war hochblond, gertenschlank und ein Jahr jünger als Susanne, aber mindestens so patent und selbstbewusst wie ihre ältere Schwester. Nie um ein kesses Wort verlegen, riss sie die Diskussion an sich. »Stimmt, Mama, du bist noch ganz gut beieinander. Fragt sich nur, wie lange noch. Und dann? Wir haben alle unsere eigenen Familien. Wer soll für dich einkaufen, wenn du nicht mehr laufen kannst? Wer soll dir helfen, deine Wohnung in Ordnung zu halten? Und wenn du, äh, inkontinent wirst ...«

»Schluss jetzt!«, schnitt Mara ihr das Wort ab. Elisabeths Nesthäkchen war die Einzige in diesem Töchtertrio, die so etwas wie Taktgefühl besaß. Aufgebracht blies sie sich eine rötlichblonde Locke aus der Stirn. »Es ist Mamas Geburtstag, schon vergessen? Solche Dinge sollten wir nicht bei einer Feier besprechen.«

Ein unangenehmes Schweigen legte sich über den Tisch. Nur eine Wespe, die taumelnd von Teller zu Teller flog, summte munter vor sich hin. Elisabeth war am Boden zerstört. Es war ein Komplott, ein mieses, feiges Komplott! Hinter ihrem Rücken wollte man über ihre Zukunft entscheiden. Aber da hatte sie auch noch ein Wörtchen mitzureden.

»Danke, Mara«, sagte sie leise. »Aber du glaubst doch wohl nicht im Ernst, dass ich hier in aller Gemütsruhe Sahnetorten verdrücke, wenn ich weiß, dass ihr mich klammheimlich ins Altersheim verfrachten wollt.«

»Seniorenresidenz«, verbesserte Susanne ihre Mutter. »Wir hatten dich schon seit Längerem auf die Warteliste gesetzt. Und da gestern ein Insasse gest..., nun ja, jedenfalls wird eine Wohnung frei. Du wirst es lieben. Das volle Programm: Seniorentanz, Seniorenlesekreis, Seniorenteller. Ein wahres Paradies für die ältere Generation.«

Jedes Wort traf Elisabeth wie ein Boxhieb ins Sonnengeflecht. »Ich will aber nicht in so ein Heim, wo alle nur auf den Tod warten«, protestierte sie. »Dafür fühle ich mich einfach noch zu jung.«

Genau das richtige Stichwort für den ewig witzelnden Klaus-Dieter. »Falsch«, konterte er grinsend. »Auf die Resterampe kommt man schneller, als man denkt. Ein Mann ist so alt, wie er sich fühlt, eine Frau ist so alt, wie sie sich anfühlt!«

Keiner wagte, offen loszulachen, aber ein paar Gäste feixten verstohlen. Elisabeth reichte es. Diese Party war eine einzige Demütigung. Wütend sprang sie auf und marschierte schnurstracks zur Toilette, eisern bemüht, ihre Tränen zurückzuhalten. Glücklicherweise war der Vorraum der Damentoilette leer. Kraftlos stützte sie sich auf den Rand eines Waschbeckens und schaute in den Spiegel.

War sie wirklich fällig fürs Heim? Was sie sah, wirkte zwar nicht gerade taufrisch, aber alles andere als reif für die Resterampe. Frisch geföntes graues Haar umrahmte ihr Gesicht mit den ausdrucksvollen blauen Augen. Auf ihrer bemerkenswert glatten Haut hatte der Geburtstagsprosecco einen rosigen Schimmer hinterlassen. Ihr leichtes Übergewicht kaschierte sie geschickt mit einem rot-weiß gepunkteten Wickelkleid. Alles in Ordnung so weit. Nur, dass die anderen offenbar nichts weiter in ihr sahen als eine hilflose Greisin, die schnellstens entsorgt werden musste.

Traurig horchte Elisabeth auf das Gelächter aus dem Festsaal. Vermutlich schoss Klaus-Dieter gerade die nächste Pointe über alte Leute ab. Das war nicht ihre Party. Das war auch nicht ihre Welt. Und plötzlich wusste sie, was zu tun war.

***

Elisabeth machte sich nicht mal die Mühe, nach ihrem Mantel zu suchen. So, wie sie war, huschte sie nach draußen auf die Straße. Dort atmete sie erst einmal tief durch. Sollten die doch feiern, bis ihnen die Torte zu den Ohren herauskam. Ohne mich, dachte sie grimmig und winkte ein Taxi heran, das gerade um die Ecke bog. Es hatte kaum angehalten, als Elisabeth auch schon den hinteren Wagenschlag aufriss, sich auf den Rücksitz fallen ließ und knallend die Tür hinter sich zuschlug.

»Was ist?«, rief sie dem Fahrer zu. »Worauf warten Sie? So fahren Sie schon los!«

Seelenruhig drehte sich der Taxifahrer zu ihr um. »Nun mal langsam, junge Frau, wohin soll's denn gehen?«

Erst jetzt sah Elisabeth, dass es ein älterer Herr war, mit schlohweißem Haar und einem Gesicht, in das ein zweifellos wechselvolles Leben tiefe Falten gegraben hatte. Neugierig musterte er die aufgewühlte alte Dame, auf deren Wangen sich hektische rote Flecken abzeichneten.

»Einfach losfahren«, zischte Elisabeth. »Hauptsache, weg von hier.«

»Haben Sie was angestellt?«, erkundigte sich der Fahrer belustigt. »Ladendiebstahl, Bankraub oder so was?«

Unruhig spähte Elisabeth zum Eingang des Lokals. Ob man ihr Verschwinden schon bemerkt hatte? Sie warf dem Mann einen drohenden Blick zu. »Wenn Sie jetzt nicht auf der Stelle losfahren, steige ich wieder aus.«

»Schon gut.« Brummelnd legte er den Gang ein. »Also Richtung Hauptsache-weg-von-hier. Wird sofort erledigt.«

Ohne weitere Vorwarnung schoss er mit einem Kavaliersstart los und steuerte so rasant die nächste Kurve an, dass

Elisabeth sich am Vordersitz festhalten musste, um nicht zur Seite geworfen zu werden. Wer auch immer dieser Mann war, er musste früher Rennfahrer gewesen sein. Hupend und blinkend raste er durch den dichten Verkehr, vollführte halsbrecherische Überholmanöver und rammte fast einen Bus, bevor er schließlich mit einer Vollbremsung zum Stehen kam.

»Und jetzt?«, fragte er, während er seinen Rückspiegel so einstellte, dass er Elisabeth sehen konnte.

Gute Frage. Leider hatte sie keinen blassen Schimmer, was sie antworten sollte. Zurück in ihre Wohnung wollte sie nicht. Die Aussicht, den Rest des Tages allein auf der Couch zu verbringen, war wenig verlockend. Was dann?

Ratlos zuckte sie mit den Schultern. »Irgendwohin. Haben Sie einen Vorschlag?«

Ein feines Lächeln glitt über das Gesicht des Fahrers. »Mit Verlaub, Sie sehen so aus, als ob Sie einen Schnaps gebrauchen könnten.«

Einen Schnaps? Elisabeth trank fast nie Alkohol. Der Prosecco, mit dem man auf ihren Geburtstag angestoßen hatte, war im Grunde schon zu viel des Guten gewesen. Ihr Kopf saß ziemlich wacklig auf den Schultern, ihre Knie fühlten sich an wie Zuckerwatte.

Wieder musste Elisabeth an die Feier denken. Bestimmt suchte man schon nach ihr. Eine Sekunde lang überlegte sie, ihr neues Handy aus der Tasche zu holen, um ihre Töchter anzurufen. Das Handy war ein Geburtstagsgeschenk von Susanne. Ein »Seniorenhandy« mit großen bunten Tasten. Es sah aus wie ein Spielzeug für Zweijährige. Bei der blauen Taste hatte Susanne ihre eigene Nummer eingespeichert, alles sollte angeblich kinderleicht sein. Schon deshalb hatte Elisabeth überhaupt keine Lust, das Handy zu benutzen.

Sie schluckte. »Hm, ich weiß nicht ...«

»Verstehe.« Wieder lächelte der Fahrer. »Sie wissen nicht wohin, und Sie wissen nicht, was Sie wollen. Ist doch schon mal ein Anfang. Ich möchte ja nicht aufdringlich sein, aber ich könnte Sie in eine nette kleine Kneipe kutschieren, wir kippen einen zusammen, und dann bringe ich Sie nach Hause.«

Hui, der ging aber ran. Was sollte man davon halten? Unschlüssig beäugte Elisabeth das Gesicht des Mannes im Rückspiegel. Er wirkte völlig harmlos. Fast sogar sympathisch. Was hatte sie schon zu verlieren? Egal, wie jung sie sich fühlte, sie war definitiv nicht mehr in dem Alter, in dem sie unsittliche Übergriffe befürchten musste.

»Also gut«, lenkte sie ein. »Aber nur einen einzigen Schnaps. Und könnten Sie bitte etwas langsamer fahren? Mir ist jetzt schon ganz schlecht.«

»Zu Befehl, Lady.« Er salutierte scherzhaft. »Falls irgendwer hinter ihnen her war, haben wir ihn eh längst abgehängt.«

»Waren Sie mal Rennfahrer?«, platzte sie heraus.

»Nee, bei den Johannitern, Rettungswagen. Da lernt man so einiges. Erste Hilfe zum Beispiel.«

»Aha.« Nun musste auch Elisabeth lächeln. »Ihre Erfahrungen mit Erster Hilfe scheinen sich vor allem auf hochprozentige Getränke zu beziehen.«

»Ist nicht die schlechteste Rettungsmaßnahme«, erwiderte der Taxifahrer lässig, während er den Wagen wieder in Bewegung setzte. »Man kann Sorgen zwar nicht in Alkohol ertränken, aber man kann sie wenigstens drin schwimmen lassen.«

Was Alkohol betraf, hatte Elisabeth nicht mal das Seepferdchen. Dafür aber mehr Sorgen, als irgendwer gebrauchen konnte. Altersheim, hämmerte es in ihrem Kopf. Meine eigenen Kinder wollen mich loswerden. Sie unterdrückte ein Schluchzen. Was sollte sie bloß tun? Auf keinen Fall würde sie in so eine dämliche Seniorenresidenz ziehen, nur weil gerade irgendwer gestorben war.

Zehn Minuten später hielt das Taxi vor einer Kneipe, über der ein grell blinkendes Neonschild verkündete, man kehre hier »Bei Inge« ein. Das Haus sah heruntergekommen aus, von der Kneipentür blätterte die Farbe ab. Noch vor einer Stunde hätte Elisabeth geschworen, dass sie niemals solch einen billigen Schuppen betreten würde.

Der Fahrer stieg aus, umrundete den Wagen und hielt Elisabeth ritterlich den Schlag auf. »Benno«, sagte er und streckte ihr die Hand hin. »Kannst ruhig du zu mir sagen. Und mit wem habe ich das Vergnügen?«

Noch vor einer Stunde hätte Elisabeth ebenfalls geschworen, niemals einen Wildfremden zu duzen.

»Lissy«, antwortete sie. »Danke, Benno. Du bist ein echter Gentleman. Das Vergnügen ist ganz meinerseits.«

»Also gut, Lissy, dann mal rein in die gute Stube.«

Die Kneipe erwies sich als eine schummrige, aber gemütliche Angelegenheit. In dem winzigen Schankraum drängten sich ein paar blankgeschrubbte Holztische, an den dunkel getäfelten Wänden hingen alte Blechschilder. Dominiert wurde das Ganze von einem Tresen, hinter dem eine mittelalte, rothaarige Frau residierte. Sie war in schwarzes Leder gekleidet.

»Hi Benno«, begrüßte sie Elisabeths Begleiter. »Haste etwa heute 'ne Eroberung dabei?«

»Das ist Lissy, und wir brauchen einen Schnaps«, erwiderte er knapp. »Am besten, einen Klaren.«

Sie setzten sich an einen der Tische. Mittlerweile war Elisabeth nicht mehr so sicher, ob dieser kleine Ausflug eine gute Idee gewesen war. Was tat sie eigentlich hier? Hatte sie komplett den Verstand verloren? Am besten, sie machte sich aus dem Staub, bevor es peinlich wurde.

Aber schon kam Inge hinter dem Tresen hervor, mit wiegenden Hüften und einem Tablett, auf dem zwei beängstigend große Gläser mit einer durchsichtigen Flüssigkeit standen. Die hautenge Ledermontur betonte die üppigen Kurven der Wirtin. Auf ihrem Dekolleté baumelte ein blutroter Herzanhänger.

»Wohl bekomm's«, sagte sie und stellte die Gläser auf den Tisch. Aufmunternd lächelte sie Elisabeth zu, wobei sie einen silbernen Eckzahn entblößte. Dann wogte sie hinter den Tresen zurück.

»Ex«, befahl Benno. »Sonst kriegt man das Zeug nicht runter.« Er hob sein Glas und prostete Elisabeth zu. »Auf dich!«

Sie verzog den Mund. »Hm, ich glaube …«

»Nich lang schnacken, Kopf in'n Nacken!« Benno setzte das Glas an und trank es in einem Zug aus. »Jetzt bist du dran.«

»Also schön. Aber beschwer dich bitte nicht, wenn du mich liegend nach Hause transportieren musst. Ich vertrage nämlich nichts.«

Todesmutig stürzte Elisabeth das Getränk hinunter. Es brannte fürchterlich in der Kehle, verätzte ihre Magenwände und trieb ihr heiße Tränen in die Augen. Hustend stellte sie das Glas auf den Tisch zurück. Dabei bemerkte sie, dass sie mittlerweile ernsthafte Probleme mit der Feinmotorik hatte. Nicht gut. Gar nicht gut. Zeit, zu gehen!

»Hast dir einen Supertypen angelacht«, rief ihr Inge vom Tresen aus zu. »Benno ist ein Brenner, und das Beste ist: Er kann kochen! Italienisch! Wenn du seine Pasta isst, machst du ihm garantiert einen Heiratsantrag.«

»Danke für den Tipp.« Elisabeth reichte es. Sie kramte ihr Portemonnaie heraus. »Ich muss los. Und ich bezahle, keine Widerrede. Heute ist nämlich mein Geburtstag.«

»Ach nee.« Benno kniff die Augen zusammen. »Dann alles Gute zum Vierzigsten.«

Das war natürlich ein völlig übertriebenes Kompliment. Bei jedem anderen hätte Elisabeth die Nase gerümpft über so viel Schmierlappigkeit. Aber Benno konnte man es einfach nicht übelnehmen.

»Sehr nett, vielen Dank. Schade nur, dass meine Töchter so tun, als wäre ich mindestens hundert. Für die bin ich ein Grufti.«

Benno schien keine Mühe zu haben, eins und eins zusammenzuzählen. »Dann bist du also vor deinen Töchtern geflohen?«

Verblüfft über so viel Geistesgegenwart, starrte Elisabeth ihn an. »Volltreffer.«

»Aber das ist doch noch nicht alles, oder?«, fragte Benno.

Jetzt brach es aus Elisabeth heraus wie Lava aus einem Vulkan. Alles erzählte sie, von der lieblosen Feier bis zu Klaus-Dieters geschmacklosen Sprüchen. Von ihrer Enttäuschung, ihrem Zorn, von dem hinterhältigen Seniorenheim-Plan.

Zwei Schnäpse und eine halbe Stunde später ging es ihr wesentlich besser. Benno hatte aufmerksam zugehört, sie nicht ein einziges Mal unterbrochen. Es tat gut, jemandem sein Herz auszuschütten. Dummerweise hatte sich Elisabeth währenddessen dermaßen zugeschüttet, dass sich alles um sie drehte.

»Ich glaubich mussma wirglllich los«, presste sie mit dem letzten Rest Contenance hervor. Sie drehte sich zum Tresen um, wo Inge mit stoischer Ruhe Biergläser polierte. »Die Rechnnnung, bidde!«

»Geht aufs Haus, Geburtstagskind«, widersprach die Wirtin. »Kannst jederzeit wiederkommen und dich revanchieren.«

»Du musst was essen«, befahl Benno. »Ich gehe jetzt in die Küche und koche Spaghetti für dich.«

Dieser Satz war das Letzte, woran sich Elisabeth erinnerte, als sie Minuten, vielleicht auch Stunden später von einem messerscharfen Schmerz geweckt wurde. Und von etwas, das wie »Schnell, einen Krankenwagen« klang.

»Binnich krank«, murmelte sie matt.

Unter größter Anstrengung öffnete sie die Lider und blinzelte in grelles Licht. Eigentümlich verdreht lag sie im Hausflur, direkt vor ihrer Wohnungstür. Ihre rechte Hüfte schmerzte so stark, dass ihr sofort wieder schwarz vor Augen wurde. Als sie das nächste Mal erwachte, beugte sich ein Sanitäter in einer feuerroten Jacke über sie.

»Oberschenkelhalsbruch, schätze ich«, sagte er dumpf.

Neben ihm kniete Frau Wollersheim, Elisabeths Nachbarin, im rosa Frotteebademantel und mit schreckgeweiteten Augen. »Frau Schliemann! Hören Sie mich?«

»Binnich schwerhöhrich«, murmelte Elisabeth mit schwerer Zunge. »Wieso'n denkn alle …«

»Hat ganz schön geladen, die Dame«, grinste der Sanitäter.

»O Gott, was ist denn nur passiert?« Frau Wollersheim war außer sich. »Frau Schliemann, haben Sie die Telefonnummern Ihrer Töchter dabei?«

Fahrig wühlte Elisabeth in ihrer Handtasche, angelte das Seniorenhandy heraus und drückte auf den blauen Knopf. »Suuuse? Jaaa-ch binnns. Hicks. Nu regdich malbiddenich auf. Die brinnng mich jetzt ins, hicks, Dings, na, Kranngenhaus.«

Eine wütende Welle aus Fragen und Vorwürfen quoll aus dem Handy. Elisabeth reichte es dem Sanitäter. »Sagense netterweise, wohinnse mich fahrn?«

Es war vernünftig, was sie tat. In Anbetracht ihres Zustandes war es sogar überraschend vernünftig. Und der schrecklichste Fehler ihres Lebens. Das dämmerte ihr allerdings erst, als sie am nächsten Morgen erwachte, in einem Krankenhausbett, umringt von ihren drei Töchtern.

»Was hast du dir bloß dabei gedacht?«, fauchte Susanne, kaum dass Elisabeth zu sich gekommen war.

Gabriele stemmte die Hände in die Hüften. »Und wie du riechst, ekelhaft, wie eine ganze Kneipe!«

Nur Mara fragte mitfühlend, wie es ihr gehe. Elisabeth hatte keine Antwort darauf. Sie war völlig benommen von dem Medikamentencocktail, der durch einen Infusionsschlauch in ihren Arm floss. Vor ihren Augen verschwammen die Gesichter der drei Frauen zu einem bunten Aquarell.

»Fassen wir mal zusammen«, hörte sie wie aus weiter Ferne

Susannes resolute Stimme. »Erst verlässt sie heimlich ihre eigene Geburtstagsparty, dann betrinkt sie sich, und nun hat sie auch noch einen Oberschenkelhalsbruch. Mama ist orientierungslos, nicht mehr zurechnungsfähig und wird nach menschlichem Ermessen für immer gehbehindert sein. Ich weiß nicht, was ihr denkt, aber meiner Meinung nach sollte sie vom Krankenhaus direkt ins Seniorenheim ziehen.«

»Nein, nein, nein!«, rief Elisabeth verzweifelt. »Es war alles ganz anders. Ich will in meiner Wohnung bleiben, hört ihr?«

Niemand antwortete. Alles, was sie wahrnahm, war konspiratives Gemurmel, das wie eine Gewitterwolke über ihr schwebte.

Es gibt eben Tage, die man aus dem Kalender streichen sollte. Doch dieser siebzigste Geburtstag ließ sich weder löschen noch würde ihn Elisabeth jemals vergessen. Denn es war der Tag, an dem ein missgünstiges Schicksal und drei wild entschlossene Töchter ihr die Freiheit raubten.

2

Das Leben war wunderbar, wenn man fliegen konnte. Elisabeth schwebte mit der Anmut einer Schwalbe über der besonnten Küste. Das Meer glitzerte, ein Blütenhauch streifte sie, und sie ging etwas tiefer, um auf einem Oleanderbusch zu verweilen. Im Handumdrehen wechselte sie die Gestalt, setzte einen Sonnenhut aus gelbem Stroh auf und schlenderte über die Strandpromenade, vorbei an Eisverkäufern und spielenden Kindern. Sie war erfüllt von der Leichtigkeit des Seins, von einer unbändigen Lebenslust. Am liebsten hätte sie getanzt.

Warum eigentlich nicht? Ein Orchester stimmte schon seine Instrumente, ein überwältigend gut aussehender Kavalier in einem hellen Sommeranzug verbeugte sich vor ihr, umfasste zart ihre Taille, und sie tanzten mit bloßen Füßen im Sand. Er roch gut, dieser Herr. Elisabeth schmiegte sich in seine Arme, fasziniert von dem kleinen Menjoubärtchen auf seiner Oberlippe. Cha-Cha-Cha! Seine locker gebundene, rot-weiß gepunktete Fliege tanzte im Rhythmus der unwiderstehlichen Musik, machte sich selbständig und flatterte davon, bevor ...

»Hallo, aufwachen.«

Eine weibliche Stimme. Sie kam aus einer anderen Welt. Langsam, ganz langsam kehrte Elisabeth in die Realität zurück. Ihr Körper fühlte sich plötzlich bleischwer an, vor ihren Augen tanzten zuckende Sterne. Was auch immer die

Ärzte ihr hier verabreichten, die Medikamente versetzten sie in einen Drogenrausch, der sich gewaschen hatte. Oder war das etwa schon das Ende des berühmten Tunnels gewesen, den Sterbende beschreiben, nachdem man sie ins Leben zurückgeholt hat? Ein paradiesisches Jenseits, hell und heiter, mit Blumen und Musik?

»Wer stört meine Totenruhe?«, murmelte sie.

»Ich bin's, Schwester Klara. Übrigens, Frau Schliemann, Sie sind nicht tot.«

»Dann wecken Sie mich erst wieder auf, wenn ich's bin.« Elisabeth wollte weiterschlafen, weiterträumen, von Sonne, von südlichen Stränden und einem unwiderstehlichen Kavalier.

»Nee, nee, Frau Schliemann, Zeit für die Untersuchung.«

Diesmal war es eine männliche Stimme. Widerstrebend schlug Elisabeth die Augen auf. Neben Schwester Klara stand Dr. Weber, ein junger, tiefgebräunter Arzt, der ungeduldig auf seine Armbanduhr schaute. Seit der Operation untersuchte er sie täglich. Seiner Miene nach zu urteilen, war er allerdings nicht gerade begeistert von Elisabeths Genesungsfortschritten.

Sie zog die Bettdecke ein Stück zur Seite. Der Mediziner streifte sich Latexhandschuhe über, tastete konzentriert ihre rechte Hüftgegend ab, dann richtete er sich auf. »Sie werden einen Rollstuhl brauchen, Ihre Töchter haben sich schon darum gekümmert.«

»Einen Rollstuhl.« Elisabeths Stimme wurde brüchig. »Aber – aber Sie haben doch gesagt, dass ich bald wieder laufen kann.«

»Hat leider nicht geklappt«, sagte der Arzt, während er die

Latexhandschuhe auszog und auf den Nachtschrank warf. »Tja, aus einem ramponierten Oldtimer kann selbst ich keinen Porsche mehr zaubern.«

»Ist das etwa Ihre Art, mich aufzuheitern?«

Dr. Weber verschränkte die Arme vor seinem blütenweißen Arztkittel und setzte ein verschmitztes Grinsen auf. »Alte Leute sind wie alte Autos – etwas undicht, geben komische Geräusche von sich und sind nun mal nicht die schnellsten.«

Er war der Einzige im Zimmer, der herzhaft über diese Bemerkung lachte. Wieder sah er auf seine Armbanduhr, einen chromblinkenden Chronometer, der sicher ein Vermögen gekostet hatte. »Ich habe in den vergangenen zwei Wochen getan, was möglich war. Länger können wir Sie nicht hierbehalten. Bis elf Uhr muss das Zimmer geräumt sein.«

Jetzt war Elisabeth hellwach. »Das heißt, ich bin – entlassen?«

Der Arzt nickte, mit diesem unverbindlichen Wird-schon-wieder-Blick. »Alles Gute. Probieren Sie's mit ein bisschen Gymnastik. Könnte helfen.« Und schon war er verschwunden.

So ein gefühlloser Kerl. Elisabeth hätte ihm gern eine Standpauke gehalten, über den hippokratischen Eid und ein paar andere Dinge, die der Arztberuf ihrer Meinung nach mit sich brachte. Eine Portion Menschlichkeit zum Beispiel. Aber Dr. Weber gehörte offenbar zu der Sorte Medizinern, die sich mit den gebrochenen Knochen anderer Leute nur beschäftigten, um das Ferienhaus im Süden zu finanzieren. Jedenfalls hatte er bei seinen Visiten mehr Worte über seine dämliche Finca auf Ibiza verloren als über Elisabeths Oberschenkelhals. Nun warf er sie auch noch in hohem Bogen raus.

»Und für den habe ich mir heute die Beine rasiert«, grollte Schwester Klara. »Gefühllos, aalglatt, ein echter Flegelfall. Wo andere ein Herz haben, hat der eine Tiefkühltruhe.« Ihr pausbäckiges Gesicht nahm einen kummervollen Ausdruck an. »Schade, dass Sie uns verlassen, Frau Schliemann. Aber Sie freuen sich bestimmt, dass Sie wieder nach Hause dürfen, oder?«

»Sicher, ich freue mich«, antwortete Elisabeth matt.

Dabei hatte sie Angst, richtig Angst, zum ersten Mal in ihrem Leben. Solange sie im Krankenhaus war, musste sie sich keine Gedanken über die Zukunft machen. Aber heute war die Schonfrist jäh beendet. Und nun?

Sie fühlte sich wie aus dem Nest geschubst. Fröstelnd sah sie sich in dem weiß-getünchten Einzelzimmer um. Zwei Wochen hatte sie hier zugebracht. Zwei lange Wochen, in denen immer mal wieder Besuch hereingeschneit war: ihre Töchter, ihre Enkelkinder, sogar zwei, drei Bekannte aus der Wandergruppe. Alle hatten ihr versichert, sie sehe prächtig aus. Alle hatten Blumen mitgebracht, der Tisch am Fenster bog sich unter Sträußen, die in billigen Krankenhaus-Vasen aus Plastik steckten. Und alle hatten die Patientin im Unklaren darüber gelassen, wie es weitergehen würde.

Mehrfach hatte Elisabeth ihre Töchter beschworen, sie unter keinen Umständen in das Seniorenheim zu verfrachten. Die Reaktion war immer die gleiche gewesen: unbestimmtes Lächeln, vage Ausflüchte, beruhigendes Schultertätscheln.

Das Frühstück, das Schwester Klara wenig später brachte, kam Elisabeth vor wie eine Henkersmahlzeit. Der Appetit war ihr gehörig vergangen. Sie nahm nur einen Schluck von dem dünnen, lauwarmen Pfefferminztee. Beklommen sah sie der Schwester zu, die damit begonnen hatte, den Nachtschrank auszuräumen. Klara war ein Engel in Hellblau, immer freundlich, immer geduldig, mit einem eigenwilligen Humor. Manchmal hatten sie zusammen gekichert wie Teenager. Dann hatte Elisabeth fast vergessen, in welch misslicher Lage sie sich befand.

»Sie werden mir fehlen, Schwester Klara«, sagte sie, während sie den schwenkbaren Tisch mit dem Frühstückstablett von sich schob. »Ehrlich.«

Die Krankenschwester angelte sich einen Becher Joghurt vom Tablett. »Och, ich war doch nur Ihr Pausenclown. Sie haben Ihre Familie und bestimmt auch ganz viele Freunde.« Sie riss den Deckel auf und leckte ihn ab, bevor sie den Joghurt genussvoll auslöffelte.

»Das Problem in meinem Alter ist, dass einem die Freunde wegsterben«, seufzte Elisabeth. »Und wenn sie noch leben, erkennen sie einen nicht wieder.«

»Na, immerhin haben Sie drei Töchter.«

»Die haben ihr eigenes Leben, Mann, Kind, Beruf. Susanne arbeitet bei einem Steuerberater, Gabriele ist Maklerin, Mara ist der kreative Kopf einer Werbeagentur. Außerdem wissen sie alles besser und würden mich am liebsten ins Altersheim abschieben. Ohne mich. Ich werde es allein hinkriegen.«

»Ganz bestimmt.« Schwester Klara holte einen kleinen Zettel aus ihrem Kittel, kritzelte etwas darauf und reichte ihn Elisabeth. »Das ist meine Telefonnummer, falls Sie Hilfe brauchen. Einkaufen, duschen oder so was. Ich verdiene mir ein bisschen nebenher damit.«

»Danke, Sie sind ein Schatz.« Elisabeth faltete den Zettel

zusammen und ließ ihn in ihre Handtasche auf dem Nachttisch fallen. »Könnten Sie mir bitte beim Anziehen helfen? Im Schrank müssten meine Sachen sein.«

Schwester Klara ging zum Wandschrank und holte das rot-weiß gepunktete Kleid heraus. Bewundernd hielt sie es hoch. »Alter Falter! Ich finde es super, dass Sie sich noch so modisch anziehen.«

»Nun ja, ich hab's nicht so mit Stützstrumpf-Beige«, erwiderte Elisabeth mit einem gewissen Stolz.

In der Tat sah es in ihrem Kleiderschrank zu Hause ausgesprochen farbenfroh aus. Sie hatte nie verstanden, warum sich Menschen ab sechzig in sandfarbenen Freizeitjacken und steingrauen Popelinemänteln unsichtbar machten. So wie ihr Mann Walther. Beim Anblick des Kleides wurde ihr jedoch heiß und kalt. Unversehens war alles wieder da. Die unterirdische Geburtstagsfeier. Ihre Flucht. Ihr feuchtfröhlicher Ausflug mit – wie hieß er noch? Bernd? Bodo? Sie kam einfach nicht auf den Namen. Damit hatte jedenfalls alles angefangen. Was hatte sie sich da bloß eingebrockt?

Halte durch, sprach sie sich Mut zu. Du schaffst das schon. Komm erst mal auf die Beine. Fragte sich nur, wie. Allein das Anziehen war eine Tortur, obwohl Schwester Klara ihr geschickt half. Von gehen, laufen oder gar tanzen konnte überhaupt keine Rede sein. Sie hatte einen schlechtverheilten Oberschenkelhalsbruch und nach zwei Wochen Bettruhe den Muskeltonus verkochter Spaghetti. Fit war was anderes.

Plötzlich ging alles ganz schnell. Susanne erschien, einen Rollstuhl vor sich herschiebend. In Windeseile packte sie Elisabeths Sachen zusammen und hievte ihre Mutter mit Hilfe von Schwester Klara in den Rollstuhl. Währenddessen plauderte Susanne unablässig über das Wetter, über die Grippe-Epidemie im Büro und darüber, ob man möglicherweise den einen oder anderen Blumenstrauß mitnehmen sollte.

»Du hast es also gewusst«, unterbrach Elisabeth den Redefluss. »Dass ich heute entlassen werde. Und mir kein Sterbenswort gesagt?«

»Es kam – unverhofft.«

Eine glatte Lüge, das wussten sie beide.

»Suse«, Elisabeth klammerte sich so fest an die Griffe des Rollstuhls, dass ihre Knöchel weiß hervortraten, »wohin bringst du mich?«

Ihre Tochter zwinkerte nervös. Sie trug einen gutgeschnittenen grauen Hosenanzug, ihr nussbrauner Pagenkopf war perfekt frisiert. Nur ihr Lächeln wirkte irgendwie schief.

»Du wirst es lieben, versprochen. Dort wird man sich bestens um dich kümmern.«

»Dort …?« Fragend hob Elisabeth die Augenbrauen.

»Schwester Klara, würden Sie uns bitte allein lassen?«, bat Susanne.

Die Krankenschwester nickte. Auf ihren Zügen malte sich pures Mitleid. »Alles Gute, Frau Schliemann.«

»Nehmen Sie bitte einen Blumenstrauß mit, den größten«, sagte Elisabeth. »Ich weiß gar nicht, wie ich Ihnen danken soll.«

Schwester Klara schüttelte traurig den Kopf. »Nein, nein, die Blumen sind doch für Sie. Alles Gute noch mal. Passen Sie auf sich auf. Und melden Sie sich, wenn Sie etwas brauchen, ja? Sie sind mir wirklich ans Herz gewachsen, wissen Sie …«

Unschlüssig blieb sie stehen, so als wollte sie noch etwas sagen. Aber nach einem kurzen Blickwechsel mit Susanne drückte sie Elisabeth nur die Hand und lief hinaus. Sobald sich die Tür hinter ihr geschlossen hatte, kühlte die Stimmung merklich ab.

»Eine allzu redselige Person«, befand Susanne. »Für wen hält die sich? Aber du hättest sie wohl am liebsten adoptiert, was?«

»Suse, sieh mich bitte an. Du bringst mich doch nach Hause, oder?«

»Wozu? Die Seniorenresidenz ist erstklassig«, sprudelte Susanne los. »Wir haben deinen Krempel ausgemistet, den Umzug organisiert, alles eingeräumt, die Gardinen aufgehängt, ein orthopädisches Bett besorgt, ehrlich, das war eine Riesenarbeit, du solltest uns dankbar sein.«

Die Worte prasselten auf Elisabeth nieder wie ein Eiswürfelschauer. »Nein«, protestierte sie. »Ich will in meine Wohnung!«

»Da sind Gabriele, Mara und ich ganz anderer Auffassung«, erwiderte Susanne. »Mama, sieh den Tatsachen ins Auge. Es ist das Beste so.«

»Für mich oder für euch?«, fragte Elisabeth scharf.

Susanne holte tief Luft. Zwischen ihren akkurat gezupften Augenbrauen erschien eine Zornesfalte. »Wie hat sich Madame das denn vorgestellt? Im vierten Stock ohne Fahrstuhl? In einer Wohnung, die so vollgestopft ist, dass man sich kaum darin bewegen kann, geschweige denn mit einem Rollstuhl?«

»Was heißt überhaupt ausgemistet?«, rief Elisabeth. »Ihr habt doch wohl nichts weggeworfen, oder?«

In diesem Moment steckte Gabriele den Kopf zur Tür herein, in Jeans und roter Lederjacke. »Beeilt euch mal ein bisschen. Ich habe ein behindertengerechtes Taxi bestellt, es wartet schon unten.«

Hinter ihr erschien Mara. »Draußen ist es kalt, man muss ihr eine Decke überlegen.«

»Sie braucht keine Decke, ich habe ihr einen Mantel mitgebracht«, widersprach Gabriele.

»Und was ist mit Schuhen? Sie hat ja nur Puschen an«, warf Susanne ein.

»Halt, stopp!« Mit all ihrer Willenskraft stemmte sich Elisabeth halb im Rollstuhl hoch. »Will vielleicht mal jemand hören, was ich möchte?«

Die drei verstummten überrascht.

»Ihr bringt mich sofort in meine Wohnung«, sagte Elisabeth mit tonloser Stimme. »Und dann holt ihr die Möbel zurück und den übrigen ›Krempel‹, wie ihr meine Sachen netterweise nennt. Aber dalli, wenn ich bitten darf.«

Susanne sah Gabriele an, Gabriele warf Mara einen unsicheren Blick zu, und Mara betrachtete eingehend die Spitzen ihrer Schlangenlederpumps, die sie zu einem eleganten schokoladenbraunen Kostüm trug.

»Also gut, ich sag's ihr.« Gabriele straffte ihre Schultern. »Deine Wohnung ist schon neu vermietet, Mama. Der Bruder von Frau Wollersheim ist eingezogen. Ein echter Glücksfall. Normalerweise ist es nämlich gar nicht so einfach, auf die Schnelle einen Nachmieter zu finden.«

Elisabeth war wie vor den Kopf geschlagen. Meine Wohnung, dachte sie, während sich ihre Augen mit Tränen füllten, meine schöne Wohnung!

»Das werde ich euch nie verzeihen«, flüsterte sie. »Mein eigen Fleisch und Blut hintergeht mich. Und schickt mich ins Heim.«

Mara ging in die Hocke, beruhigend streichelte sie die Hände ihrer Mutter. »Schau es dir doch erst mal an. Ich finde es ganz, ganz toll. Wirklich.«

»So toll, dass du selbst einziehen würdest?«, fragte Elisabeth bitter. Sie wischte sich eine Träne aus dem Augenwinkel.

»Mutter, es ist ein Traum«, schwärmte Gabriele, die als Maklerin gewohnt war, ihren Kunden noch die schäbigste Hundehütte als Märchenschloss zu verkaufen. »Ein Neubau in Bestlage, ruhig, mit günstiger Verkehrsanbindung.«

»Und denk doch mal: Seniorenlesekreis, Seniorentanz, da bleibt kein Wunsch offen«, beteuerte Mara.

»Wie soll ich denn bitte schön tanzen in meinem Zustand?«, stieß Elisabeth hervor.

»Abmarsch«, befahl Susanne. »Diese Diskussion führt zu nichts.«

Und los ging's über die endlosen Krankenhausflure, in denen es nach Bohnerwachs, Desinfektionsmitteln und Verzweiflung roch.

***

Die Seniorenresidenz Bellevue übertraf Elisabeths schlimmste Befürchtungen. Von außen hatte das mehrstöckige Gebäude gar nicht so übel ausgesehen mit seiner weißgestrichenen Fassade und den Balkonen, über denen rot-weiß gestreifte Sonnenmarkisen hingen. Doch sobald sie das Heim betreten hatten, fühlte sich Elisabeth wie im Wartezimmer von Doktor Tod. Überall in der zugigen, unpersönlichen Eingangshalle lungerten uralte Leute herum. Manche starrten apathisch vor sich hin, andere führten Selbstgespräche, ein paar begafften stumpf die Neuankömmlinge. Es war einfach trostlos. Und wie es roch! Dagegen waren die Krankenhausflure eine Parfümerie gewesen. Elisabeth witterte eine unheilvolle Mischung aus Hoffnungslosigkeit und Langeweile. Über weitere Aromen wollte sie lieber gar nicht erst nachdenken.

»Hey, super, da wären wir!«, sagte Susanne viel zu begeistert, um glaubwürdig zu sein. »Ich habe Bescheid gesagt, man erwartet uns schon.«

Gabriele und Mara schwiegen. Elisabeth stand unter Schock. Sie war ja selbst nicht mehr die Jüngste, hatte es jedoch immer vermieden, sich mit dem Thema Alter zu beschäftigen. Auch an den üblichen Seniorenbespaßungen hatte sie nie teilgenommen. Keine Kaffeefahrten. Keine bunten Nachmittage, bei denen man gutgläubigen Rentnern überteuerte Rheumadecken andrehte. Elisabeth hatte ein aktives, selbstbestimmtes Leben geführt. Jetzt war sie in einem deprimierenden Greisenreservat gelandet. Sie konnte kaum atmen, so schwer wurde es ihr ums Herz.

Eine ziemlich korpulente Dame in den Fünfzigern segelte auf sie zu. »Sie müssen Frau Schliemann sein. Ihre Töchter haben mir schon so viel von Ihnen erzählt! Ich bin Annette Fröhlich, die Direktorin. Herzlich willkommen.«

Frau Fröhlich trug ihr dunkelblondes Haar raspelkurz, ihr linkes Ohrläppchen zierte ein Ohrring aus bunten Plastikperlen. In der knallgelben Grobstrickjacke und ihrem blau-rosa geblümten Jeansrock wirkte sie eher wie eine Kindergärtnerin.

Mit ausladenden Gesten zeigte sie auf den Eingangsbereich. »Und? Wie gefällt es Ihnen bei uns?«

Elisabeth betrachtete die abwaschbaren, türkisfarbenen Plastiksessel, den Empfangstresen, auf dem eine verstaubte Topfpflanze vor sich hin kümmerte, die klinisch weißen Raufaserwände, an denen scheußliche abstrakte Drucke hingen.

Sie seufzte. »Ich habe Tankstellen gesehen, die stilvoller eingerichtet waren.«

»Mama!« Susanne knetete verlegen ihre Hände. »Nichts für ungut, Frau Fröhlich, meine Mutter muss die neue Situation erst mal verarbeiten.«

»Ja, ja, das wird schon«, bekräftigte die Direktorin, völlig unbeeindruckt von Elisabeths katastrophaler Laune. »Ihr Appartement liegt im fünften Stock, nach Süden, Frau Schliemann. Jetzt beginnen die sonnigen Zeiten! Sie werden sich hier sehr wohlfühlen!«

Ein alter, kahlköpfiger Herr in einer grauen Strickweste schlurfte vorbei. Er streifte den Rollstuhl mit einem feindseligen Blick durch seine Hornbrille. »Schon wieder ein Rolli«, schimpfte er. »Dauernd fahren die einem in die Hacken. Könnten Sie vielleicht mal für die gehobene Klientel sorgen, die der Prospekt des Hauses versprochen hat, Frau Direktorin?«

»Einen wunderschönen guten Tag, Herr Martenstein«, rief die Heimleiterin übertrieben laut. Dann senkte sie die Stimme. »Ein netter Mann. Sie werden sich bestimmt anfreunden. Er war früher Oberstudiendirektor am Gymnasium. Überhaupt haben wir hier ein sehr gehobenes Publikum.«

In diesem Moment ertönte in einer Ecke des Empfangsbereichs erregtes Geschrei. Drei ältere Damen zankten sich, dass es nur so schepperte. Eine grell geschminkte Greisin in einem nachtschwarzen seidenen Morgenmantel löste sich aus der Gruppe und stolzierte laut fluchend in Richtung Empfangstresen. Als sie Elisabeth entdeckte, blieb sie stehen.

»Glückwunsch«, sagte sie spitz. »Sie haben die Eintrittskarte für ein unwürdiges Schauspiel gelöst.« Schrill auflachend raffte sie ihren Morgenrock zusammen und stürmte hinaus.

Elisabeth schüttelte den Kopf. »Wo soll das enden, wenn es schon so anfängt?«

»Fräulein Fouquet war früher Opernsängerin«, erklärte die Direktorin. »Sie liebt das Drama. Kein Grund zur Beunruhigung.«

»Nur, dass wir uns richtig verstehen«, erwiderte Elisabeth eisig. »Das hier mache ich nur so lange mit, bis ich wieder laufen kann. Dann ziehe ich sofort aus. Klar so weit?«

Frau Fröhlich tauschte bedeutungsvolle Blicke mit Susanne, Gabriele und Mara. »Natürlich. Selbstverständlich.«

Dabei verstand sich von selbst, dass niemand im Ernst annahm, Elisabeth würde jemals wieder woanders wohnen als in der Seniorenresidenz Bellevue.

»Wir gehen dann mal nach oben«, beschloss Susanne. »Sobald meine Mutter in ihren eigenen vier Wänden ist, sieht die Welt schon ganz anders aus.«

Leider sah die Welt noch weit düsterer aus, als Elisabeth ihr Appartement in Augenschein nahm. Es war winzig. Ein Wohnklo mit Schlafnische. Nur ein Bruchteil ihrer Möbel hatte hineingepasst. Eine Schuhkommode blockierte den kleinen Vorflur. Im Wohnzimmer quetschten sich ihre rote Samtcouch, ihr Küchentisch nebst vier Stühlen, ein Bücherregal und ein Vitrinenschrank auf engstem Raum zusammen. Das Schlafzimmerchen, eine bessere Besenkammer, wurde fast völlig von einem monströsen orthopädischen Bett eingenommen – in allen möglichen Varianten elektrisch verstellbar, wie Susanne demonstrierte. Statt Elisabeths großem Kleiderschrank aus weißem Schleiflack stand ein hässlicher, schmaler Schrank aus Kunststoff in der Ecke. Schon ein erster flüchtiger Blick genügte, um festzustellen, dass nur zwei Bilder den Umzug überlebt hatten, dass jede Menge Garderobe verschwunden war, dass Bücher, Fotoalben, Geschirr, Nippes und tausend andere Dinge fehlten.

»Wo sind meine ganzen Sachen geblieben?«, fragte sie fassungslos.

»Ach, weißt du, bei eBay kann man heutzutage ...«, begann Mara, doch Gabriele schnitt ihr das Wort ab. »Haben wir eingelagert. Bekommst du alles zurück, wenn du wieder auszieht.«

Elisabeth glaubte ihr kein Wort. Aber sie war zu schwach, um weiter nachzuhaken. Überhaupt fühlte sie sich noch ziemlich wacklig. Nach den ereignislosen Tagen im Krankenhaus war das hier etwas viel auf einmal.

Mara öffnete den Kleiderschrank. »Wir haben ein bisschen aussortiert, die Tanzkleider wirst du ja nicht mehr brauchen. Und sieh doch, Papas Uniform ist auch noch da, als Erinnerungsstück.«

»Na toll«, sagte Elisabeth.

Ausgerechnet die dämliche Polizeiuniform. Als wollte sie täglich daran erinnert werden, wie Walther sie drangsaliert hatte.

»Tja, ich müsste dann mal los«, verkündete Susanne. »Mein Chef hat mir nur einen halben Tag freigegeben.«

Gabriele hüstelte. »Ich komme mit, bin schon spät dran mit meinem Kosmetiktermin.«

»In der Agentur warten sie längst auf mich«, sagte Mara. »Bevor ich gehe, bringe ich dich noch in den Speisesaal, Mama. Um zwölf gibt es Mittagessen, da kannst du gleich deine Mitbewohner kennenlernen.«

»Nichts da, ich esse hier, allein«, knurrte Elisabeth.

Was sie unten in der Eingangshalle gesehen hatte, reichte ihr vollauf. Sie wusste nicht, was schlimmer war: die leeren, völlig ausdruckslosen Gesichter oder die verbiesterten, zänkischen Gestalten.

Aber Mara hatte den Rollstuhl schon in Richtung Flur bugsiert. »Mach das Beste draus, Mama. Knüpf ein paar Kontakte. Das bringt dich auf andere Gedanken.«

Kontakte? In diesem Irrenhaus?

Innerlich kochend ließ sich Elisabeth zum Speisesaal fahren. Etwas anderes blieb ihr auch gar nicht übrig, sie konnte ja schlecht die Beine in die Hand nehmen und fliehen. Unablässig fragte sie sich, wie das alles hatte passieren können. Sicher, in ihrem Leben waren einige Klippen zu meistern gewesen, doch alles hatte sich immer zum Guten gefügt. Im Rückblick war ihre Vergangenheit nahezu perfekt. Bis auf die Tatsache, dass sie zur Gegenwart geführt hatte.

Schon rauschte der Lift ins Erdgeschoss, schon durchquerten sie die Eingangshalle und erreichten eine Minute später den Speisesaal. Es war ein weitläufiger, cremefarben gestrichener Raum, in dem ein paar Kübel mit Grünpflanzen die einzige Abwechslung darstellten.

Die Heimbewohner saßen an Vierertischen zusammen, dazwischen flitzten Serviererinnen mit dampfenden Tellern hin und her. Das Stimmengewirr erstarb, als Mara den Rollstuhl durch die Tischreihen schob. Unzählige Augenpaare richteten sich auf den Neuzugang. Das reine Spießrutenlaufen.

»Hierher!« Professionell munter winkte Frau Fröhlich ihnen zu. »Hier am Fenster ist Ihr Tisch!«

Elisabeth hatte einen Kloß im Hals. Alles in ihr sträubte sich, diesen Wahnsinn mitzumachen. Doch Mara steuerte unbeirrt auf den Tisch zu, an dem ausgerechnet die streitlustige Operndiva saß, neben dem granteligen Glatzkopf aus der Eingangshalle und einer älteren Dame in einer braunen Pelzjacke, die in ihrem Rollstuhl eingeschlafen war. Die Direktorin rückte einen frei gebliebenen Stuhl beiseite, so dass Mara ihre Mutter direkt an den Tisch schieben konnte.

»Ich möchte Ihnen Frau Schliemann vorstellen.« Frau Fröhlich deutete auf Elisabeth. »Eine reizende Dame, eine echte Bereicherung für unser Haus. Frau Schliemann, darf ich bekannt machen – Ihre Tischgenossen Lila Fouquet, Hans Martenstein und Ella Janowski. Die Gute leidet unter Narkolepsie, deshalb …«

»… weiß man nie: Schläft sie noch oder stirbt sie schon?«, fiel ihr Hans Martenstein ins Wort.

»Ein Trauerspiel, wenn es nicht so eine jämmerliche Komödie wäre.« Fräulein Fouquet lachte hysterisch. Die einstige Diva hatte ihren schwarzseidenen Morgenmantel gegen eine giftgrüne Tunika getauscht, dazu trug sie einen goldfarbenen Turban. Ihre Lippen schimmerten dunkelviolett. »Bühne frei für die Schrecken des Alters! Willkommen im Club der lebenden Leichen!«

»Und jetzt noch eine weitere lebende Leiche auf Rädern«, murrte Hans Martenstein mit einem abfälligen Blick auf Elisabeth.

Das anschließende Schweigen war derart geräuschvoll, dass es Elisabeth in den Ohren dröhnte. O Gott. Ogottogott. Sie war sprachlos. Hilfesuchend sah sie sich zu Mara um. Es war ihrer jüngsten Tochter deutlich anzumerken, wie unbehaglich sie sich fühlte. Bestimmt hatte sie sich das Ganze ein bisschen anders vorgestellt.

»Mara, könntest du mich bitte wieder nach oben bringen?«, flehte Elisabeth leise.

Es war einfach unvorstellbar für sie, in dieser grauenvollen Tischgesellschaft zu essen.

Leider hatte die Direktorin das gehört. »Kommt nicht in Frage«, widersprach sie. »Einsamkeit ist der stille Schmerz einer alternden Gesellschaft, Geselligkeit ist die beste Medizin dagegen.«

Es klang hohl und auswendig gelernt, so als läse sie ihren eigenen Seniorenheimprospekt vor. Zwar hielt auch Elisabeth eine Menge von Geselligkeit, jedoch unter der Voraussetzung, dass sie sich gefälligst selbst aussuchen konnte, mit wem sie ihre Zeit verbrachte. Die Tischordnung des Altersheims funktionierte wie ein Blind Date, und in der Lotterie der einsamen alten Herzen hatte sie eindeutig nur Nieten gezogen.

»Seien Sie unbesorgt«, wandte sich Frau Fröhlich nun an Mara. »Ihre Mutter wird sich schnell eingewöhnen. Sie sollten jetzt besser gehen.«

In diesem Moment erwachte die schlafende Dame. Erstaunt rieb sie sich die Augen und rückte ihren Pelzkragen zurecht. Dann entdeckte sie Elisabeth. »Hab ich was verpasst? Wer sind Sie?«

»Das ist Frau Schliemann«, antwortete die Direktorin geduldig. »Ihre neue Tischgenossin.«

»Freut mich, Sie kennenzulernen«, sagte die alte Dame und nickte prompt wieder ein.

»Narkolepsie, die Neigung zum spontanen Einschlafen«, dozierte Herr Martenstein. »Eine äußerst interessante Erkrankung, auch Schlummersucht genannt. Unheilbar, mäßig unterhaltsam, aber immerhin: wer schläft, sündigt nicht, oder?«

Fräulein Fouquet rollte mit den Augen. »Es fing ganz harmlos an. Überall machte sie ein kleines Nickerchen, irgendwann auch hinter dem Steuer ihres Wagens. Tja, seither sitzt sie im Rollstuhl.«

»Also, ich, äh, ich ver-verschwinde dann mal«, stammelte Mara sichtlich verwirrt. Sie strich sich eine Locke ihres rötlichblonden Haars aus der Stirn. »Ich ruf dich morgen an, Mama, versprochen.«

Bevor Elisabeth wusste, wie ihr geschah, hauchte Mara ihr einen Kuss auf die Wange und wandte sich zum Gehen.

»Dann guten Appetit«, rief Frau Fröhlich mit ihrer Kindergärtnerinnenstimme. »Es gibt Frühlingssalat, der ganze Stolz der Küche.«

Damit verabschiedete auch sie sich. Elisabeth nahm es kaum wahr, sie sah Mara hinterher, die eiligen Schritts den Speisesaal verließ, ohne sich auch nur einmal umzudrehen. Das war's also. Jetzt war sie allein. Eingesperrt im Käfig voller Narren.

»Così fan tutte – so machen's alle«, kommentierte Fräulein

Fouquet Maras zügigen Abgang. »Erst zieht man sie groß, dann behandeln sie einen wie Kleinkinder.«

»Na ja, in Ihrem Fall ist das auch angebracht, Fräulein Fouquet«, ätzte Hans Martenstein. »Schließlich müssen Sie wieder Windeln tragen.«

»Sie alter Romantiker!« Lila Fouquet tat so, als wollte sie ihn mit ihrer Papierserviette schlagen, dann warf sie sich in Pose und schmetterte Elisabeth entgegen: »Reich mir die Hand, mein Leben, komm auf mein Schloss mit mir.«

Die alte Dame in der Pelzjacke öffnete die Augen. »Hab ich was verpasst? Wer sind Sie? Ich muss sagen, Sie haben Talent!«

»Talent?« Fräulein Fouquet verzog die lilafarben geschminkten Lippen. »Talenteee! Und sie entwickeln sich alle langsam zurück.«

Ella Janowski hörte es nicht mehr, sie war schon wieder in sich zusammengesackt. Erst jetzt sah Elisabeth, dass diese seltsame Dame mit einer Art Sicherheitsgurt an ihrem Rollstuhl festgeschnallt war.

Herr Martenstein hatte unterdessen eine Plastikflasche herausgeholt, seine Serviette damit angefeuchtet und reinigte sein Besteck. »Das ist ein Desinfektionsmittel«, ließ er Elisabeth wissen. »Man kann nicht vorsichtig genug sein. In solchen Großküchen geht es meist sehr unhygienisch zu. Mein Enkel sagt immer: Opa, nimm dich in Acht, das Seniorenheim ist Bakterien-City.«

Elisabeth brachte keinen Ton heraus. Das konnte doch alles nicht wahr sein. War das hier eine dieser Fernsehshows mit versteckter Kamera? Leider sah es nur danach aus. Wer wollte schon eine Show mit schrulligen alten Leuten sehen? Ihr Überlebensinstinkt sagte ihr, dass sie schnellstens hier rausmusste. Fünf Minuten länger in dieser Geisterbahn, und sie würde selbst verrückt werden.

Ein dickleibiger, ausgesprochen trübselig aussehender junger Mann mit einer Nickelbrille trat an den Tisch. »Frau Schliemann?« Er streckte Elisabeth eine kaltfeuchte Hand entgegen. »Mein Name ist Müller-Neuenfels. Ich bin Therapeut, Fachgebiet Altersdepression. Sie können mich jederzeit ansprechen, wenn Sie Probleme haben.«

»Nein danke«, antwortete Elisabeth finster. »Kein Bedarf.«

Depression war gar kein Ausdruck für ihren desolaten Gemütszustand, aber sie hatte nicht die Absicht, diesem halbgaren Typen auf die Nase zu binden, wie hundeelend sie sich fühlte.

Der junge Mann sah sie zweifelnd an. »Kein Bedarf? Da habe ich aber was ganz anderes gehört.«

Soeben machte Elisabeth die Erfahrung, dass alles immer noch schlimmer kommen konnte. Reichte es denn nicht, dass sie einem feindlichen Schicksal ausgeliefert war, hart am Rande eines Nervenzusammenbruchs? Musste dieser Mann das auch noch öffentlich ausposaunen? Sie ahnte, wer dahintersteckte. Ein Komplott mehr, das ihre Töchter ausgeheckt hatten, zusammen mit dieser unausstehlichen Frau Fröhlich.

»Ich gehe davon aus, dass Sie sich bald melden.« Herr Müller-Neuenfels legte eine Visitenkarte auf den Tisch. »Nur für den Fall.« Damit trollte er sich.

»Therapeut, ha!« Lila Fouquet zog die dick gepuderte Nase kraus. »Ein Schmalspurpsychologe ist er! Wir nennen ihn den Nimm's-nicht-so-schwer-Bär. Geben Sie sich bloß nicht mit dem ab.«

»Der einzige Trost ist, dass solche lachhaften Milchgesichter meine Rente zahlen«, brummte Hans Martenstein, während er akribisch sein Besteck wienerte.

In diesem Moment erschien eine Serviererin und verteilte vier Teller auf dem Tisch. »Bitte sehr, bunter Frühlingssalat nach Art des Hauses.«

Immer noch völlig perplex, starrte Elisabeth auf ihren Teller, wo zwei kleine Tomaten zwischen angewelkten Salatblättern vereinsamten.

»Dieser Salat hat den Herbst seiner Karriere eindeutig erreicht«, stichelte Fräulein Fouquet. »Und Sie, werte Frau Schliemann?«

3

Es gibt Leute, die das Leben einen langen, ruhigen Fluss nennen. Elisabeth war eindeutig an den Ufern des Nirwanas gestrandet. Sie fühlte sich wie auf einer einsamen Insel, weit weg vom normalen Leben, ja fernab jeder menschlichen Zivilisation.

In der Nacht hatte sie wieder vom besonnten Strand im Süden geträumt, vom Fliegen und vom Tanzen, vom puren Glück. Nun saß sie schon seit Stunden untätig am Fenster und sah nach draußen, ohne wirklich etwas zu sehen. Die Zeit schien stillzustehen.

Tag zwei im Seniorenheim Bellevue, dachte sie, der zweite Tag vom kümmerlichen Rest meines Lebens. Endstation. In mannshohen Lettern pflanzte sich das Wort vor ihrem inneren Auge auf. ENDSTATION.

Ein Pfleger hatte sie gestern nach dem Essen zurück ins Appartement geschoben, ihr einen schönen Nachmittag gewünscht und war dann wieder abgezogen. Seither hatte sie ihre Wohnung nicht verlassen. Am Abend hatte der Pfleger sie ins Bett gebracht, am Morgen war es ein anderer Pfleger gewesen, der sie wieder in den Rollstuhl gesetzt hatte. Die Tabletts mit Abendbrot und Frühstück standen unberührt auf dem Tisch. Das Mittagessen im Speisesaal hatte sie geschwänzt. Hungrig war sie ohnehin nicht, und auf das Geplapper ihrer Tischgenossen konnte sie wahrlich verzichten.

ENDSTATION. Dabei hatte sie doch noch so viel vorgehabt! Wehmütig dachte Elisabeth an die wunderbaren Pläne, die sie noch vor kurzem geschmiedet hatte. Einen Italienischkurs an der Volkshochschule belegen und mit der Wandergruppe an die Amalfi-Küste bei Neapel reisen zum Beispiel. Elisabeth hatte ihr Leben lang von Italien geschwärmt, doch Walther hatte sich stets geweigert, in das Land der Mafia, der Betrüger und Taschendiebe zu fahren, wie er sich ausgedrückt hatte. Nun waren ihre Italienträume endgültig ausgeträumt.

Mindestens ebenso sehr schmerzte es Elisabeth, dass sie nicht mehr im Tanzclub ihre goldene Ehrennadel für die vierzigjährige Vereinszugehörigkeit in Empfang nehmen konnte. Elisabeth tanzte für ihr Leben gern. Foxtrott, Walzer, Cha-Cha-Cha. Seit vierzig Jahren. Vorbei. Am Morgen hatte sie ein paar wacklige Schritte probiert, in Anwesenheit des Pflegers. Und feststellen müssen, dass sie es allein allenfalls vom Waschbecken bis zur Toilette schaffte. Ihre vollmundige Ankündigung, sie werde demnächst wieder laufen, war nichts weiter als eine Illusion. Sosehr sie es sich auch wünschte – nie wieder würde sie ohne den verdammten Rollstuhl irgendwohin kommen.

Auf einmal durchzuckte sie ein nachtschwarzer Gedanke: War es nicht besser, ihrem Leben ein Ende zu bereiten? Was konnte sie denn noch erwarten außer einem unwürdigen Countdown, an den Rollstuhl gefesselt, umzingelt von verhaltensauffälligen Alten, von den eigenen Kindern aufgegeben? Dann lieber gleich in die Kiste springen. Am besten, sie sammelte ab jetzt die Schlaftabletten, die man ihr seit dem Krankenhausaufenthalt verschrieb. Was machen schon ein paar durchwachte Nächte, ging es ihr durch den Kopf. Schlafen kann ich auch noch, wenn ich tot bin.

Ein heftiges Pochen an der Tür riss sie aus ihren trüben Überlegungen. Wer mochte das sein? Vielleicht Mara? Ja, bestimmt! Ihre Jüngste hatte schließlich das Elend gesehen, in dem ihre Mutter gelandet war. Auf einmal schöpfte Elisabeth neue Hoffnung. Mara, ihr Nesthäkchen, würde sie aus diesem Jammertal erlösen! Hektisch setzte sie den Rollstuhl in Bewegung, wendete ihn etwas ungeschickt, riss dabei die Tischdecke nebst einer Blumenvase vom Tisch und erreichte ächzend die Wohnungstür.

»Mara? Bist du's?«

»Liliana Alessandra Eleonore Fouquet«, ertönte eine krächzende Stimme.

Elisabeths Vorfreude fiel in sich zusammen wie ein missratenes Soufflé. Diese aufgedonnerte Dramaqueen war die letzte Person, die sie jetzt sehen wollte.

»Ein andermal«, rief sie. »Ich halte gerade Mittagsschlaf!«

»Wie man ja deutlich hören kann«, kam es sarkastisch von der anderen Seite der Tür. »Nun machen Sie schon auf. Wir müssen uns unterhalten.«

Da war Elisabeth allerdings ganz anderer Meinung. Mucksmäuschenstill horchte sie, ob sich das Problem von selbst erledigen würde. Tat es aber nicht. Mit bemerkenswerter Energie hämmerte Fräulein Fouquet an die Tür. So leicht ließ sich diese aufdringliche Dame nicht abwimmeln.

Elisabeth löste die Verriegelung, drückte die Klinke herunter und zog die Tür auf. »Was ist denn los?«

»Das fragen Sie noch?« Mit angriffslustig funkelnden Augen stand die einstige Diva vor ihr. In der rechten Hand schwenkte sie eine Flasche Sekt. »Man muss doch blind sein, um nicht zu sehen, dass Sie sich kurz vor dem Schlussvorhang befinden.«

»Wie bitte?«

Statt zu antworten, klemmte sich Fräulein Fouquet die Sektflasche unter den Arm, umfasste die Griffe des Rollstuhls und schob Elisabeth ins Wohnzimmer zurück. Neugierig sah sie sich um. Als Erstes entdeckte sie die Tischdecke auf dem Boden und die heruntergefallene Blumenvase. Anschließend musterte sie das karge Mobiliar, um schließlich ihre lindgrün umrandeten Augen auf Elisabeth zu richten.

»Diesen Ort sogleich verlasset, denn Gefahren Euch umgeben!«, sang sie lauthals.

Keine Frage, die Dame hatte einen gehörigen Knall.

»Moment mal, Sie können hier nicht einfach so reinplatzen«, schnaubte Elisabeth.

Fräulein Fouquet hob theatralisch die Hände. »Das waren Violettas Worte in La Traviata, neunter Aufzug. Verehrte Frau Schliemann, ich habe zu lange auf der Bühne gestanden, um mich mit der Rolle des Zuschauers zu begnügen. Sie sind offensichtlich in einen äußerst heiklen Zustand geraten. Und ich werde etwas dagegen tun.«

Das wurde ja immer schöner. »Was fällt Ihnen ein? Schon mal was von Privatsphäre gehört?«

Ungerührt nestelte Fräulein Fouquet am Verschluss der Sektflasche, bis der Korken mit einem lauten Plopp entwich. Sie sah sich um, holte zwei Teetassen aus dem Vitrinenschrank und füllte sie mit Sekt. Dann reichte sie Elisabeth eine Tasse.

»Fort mit den Sorgen, hoch das Glas«, trällerte sie. »Das ist aus La Bohème. Trinken Sie einen Schluck. Dann reden wir.«

»Und wenn ich keine Lust darauf habe?«

Fräulein Fouquet leerte ihre Tasse, bevor sie antwortete. »Dies ist keine Sache von Leben und Tod, dies ist wesentlich ernster.«

Aha. Zögernd nippte Elisabeth an dem Sekt. Eigentlich war es eine nette Geste, nur, dass ihr diese Frau gehörig auf die Nerven ging. Schon allein der schaurige Anblick war mehr, als ein normaler Mensch verkraften konnte. Rötlich getönte schüttere Haarsträhnen lugten unter dem goldenen Turban hervor. Zu einem feuerroten Kaftan trug Fräulein Fouquet Unmengen klimpernder Armreifen, ihre Füße steckten in bestickten rosa Seidenpantoffeln. Gerade schenkte sie sich nach und löste drei rosa Pillen in dem Sekt auf.

»Das sind Stimmungsaufheller«, wisperte sie. »Herr Martenstein hat Zugang zum Medikamentenschrank. Wir nennen sie die kleinen Sonnenstrahlen für verschattete Seelen. Möchten Sie auch ein paar?«

»Um Himmels willen, nein!«

Lila Fouquet nahm auf der Couch Platz. »Ich habe Herrn Martenstein übrigens auf Sie angesetzt. Er hilft bei der Verwaltung aus und hat sich Ihre Akte besorgt.«

»Also wirklich. Und was ist mit dem Datenschutz?«

Ein kehliges Lachen folgte. »Ist nur zu Ihrem Besten, Schätzchen. Als Erstes müssen wir Sie aus dem Ding da rausholen.« Fräulein Fouquet tippte den Rollstuhl mit ihrem rechten Seidenpantoffel an. »Dann schauen wir weiter.«

Elisabeth winkte müde ab. »Im Krankenhaus hat man

mir gesagt, dass ich ein Oldtimer bin, der in die Garage gehört.«

»Ihre Röntgenbilder legen andere Schlussfolgerungen nahe. Verflixt, wo bleibt denn nur der rettende Held?«

»Wer?«

»Na, Martensteinchen, unser Oberlehrer.«

Wie auf Kommando klopfte es. Ohne Elisabeths Einverständnis abzuwarten, huschte Fräulein Fouquet zur Tür und öffnete sie.

»Das wurde aber auch Zeit«, begrüßte sie ihren Tischgenossen. »Sie hätten fast Ihren Auftritt verpasst.«

Der ältere Herr schlurfte ins Wohnzimmer, blieb vor Elisabeth stehen und deutete eine Verbeugung an. »Habe die Ehre.«

Noch immer trug er seine graue Strickweste, die er heute mit einer verwaschenen blauen Jogginghose und abgetretenen, ehemals weißen Gesundheitslatschen kombinierte. Mit seinem gänzlich kahlen Kopf und der Hornbrille hätte man ihn für einen honorigen Rechtsanwalt halten können, wenn nicht sein fragwürdiger Kleidungsstil eine andere Geschichte erzählt hätte.

»Ein Tässchen Sekt?«, säuselte Fräulein Fouquet.

»Ein hervorragendes rezeptfreies Mittel zur Stabilisierung altersbedingter Kreislaufschwäche«, wurde sie von Herrn Martenstein belehrt. »Danke, gern.«

Er legte eine graue Mappe auf den Tisch, ließ sich von Fräulein Fouquet eine Tasse geben und sank neben sie auf die Couch.

Elisabeth fühlte sich ziemlich überrumpelt. »Ich verstehe nicht ganz, was Sie hier eigentlich wollen.«

Die beiden tauschten einen verschwörerischen Blick. Elisabeth wurde einfach nicht schlau aus ihnen. Beim Mittagessen am Vortag hatte sie den Eindruck gewonnen, dass man nicht gerade begeistert über ihre Anwesenheit war. Und jetzt kamen ihre Tischgenossen mit Sekt um die Ecke? Wollten die ihr etwa was verkaufen? Oder sie bestehlen? Man musste auf der Hut sein. Sie kannte das bizarre Pärchen ja kaum.

Unruhig rutschte Elisabeth auf ihrem Sitz hin und her. »Also, was führt Sie zu mir?«

Lila Fouquet überprüfte den Sitz ihres Turbans, betrachtete eingehend ihre leise klirrenden Armreifen, dann nahm sie Haltung an. »Wir haben uns heute Mittag gefragt, wo Sie bleiben.«

»Wir dachten schon, Sie wären wieder ausgezogen«, ergänzte Hans Martenstein. »Was in Anbetracht des zweifelhaften Ambientes nicht verwunderlich wäre.«

»Stimmt genau«, pflichtete Lila Fouquet ihm bei. »Aber Sie sind immer noch da. Wie man sieht.«

Eine kleine Pause entstand. Elisabeth schielte verstohlen nach dem Telefon, das unerreichbar hoch oben auf dem Regal in der anderen Ecke des Wohnzimmers stand. Ihr Handy lag ebenso unerreichbar im Schlafzimmer neben dem Bett. Seit Jahren wehrte sie sich gegen einen Notfallknopf, den man um den Hals tragen konnte, wie Susanne ihr mehrfach empfohlen hatte. Jetzt bedauerte Elisabeth zutiefst, dass sie keinen besaß.

»Nun ...«, Hans Martenstein erhob sich, angelte sich die Mappe vom Tisch und schlug sie auf. »Ihre Töchter – nehme ich an – haben alle Fragebögen gewissenhaft ausgefüllt, was uns einen umfassenden Einblick in Ihr Leben erlaubt. Ausbildung zur Bankkauffrau, ein nicht unwesentliches Detail. Seit acht Jahren verwitwet. Bis zu Ihrem Sturz haben Sie allein gewohnt, in der Erdinger Straße 3. Mitgliedschaften im Wanderverein Watzmann und im Tanzclub Blau-Weiß. Diverse Kurse an der Volkshochschule: EDV für Anfänger, Einführung in den orientalischen Tanz, Seidenmalerei. Keine Vorerkrankungen, keine Anzeichen von Demenz, dafür massive Symptome einer depressiven Verstimmung. Ich gehe davon aus, dass Sie gegen Ihren Willen hier sind. Richtig?« Zufrieden mit seinem kleinen Vortrag, setzte er sich wieder hin.

Elisabeth war empört. »So eine Frechheit! Das alles geht Sie gar nichts an! Wie können Sie es wagen, in meiner Akte herumzuschnüffeln?«

»Sie sind verrrzweifelt, Sie haderrrn mit Ihrem Schicksal, Sie trrragen sich mit finsterrren Gedanken«, rief Lila Fouquet, wobei sie so laut sprach und die R so effektvoll rollte, als müsste sie die Mailänder Scala mit ihrer Stimme füllen.

»Ich glaube, Sie gehen jetzt besser«, zischte Elisabeth mit mühsam unterdrücktem Zorn. »Sonst schlage ich Alarm.«

Weder Fräulein Fouquet noch Herr Martenstein ließen sich von dieser Drohung sonderlich beeindrucken. Wie festgetackert hockten sie auf der Couch.

»Die gute Nachricht Nummer eins.« Hans Martenstein zog ein Röntgenbild aus der Mappe und hielt es gegen das Licht. »Die Bruchstelle ist leicht verkapselt, im Übrigen aber recht glatt verheilt, stellt also kein grundsätzliches Hindernis für die Wiederherstellung Ihrer Mobilität dar. Hat man Ihnen eine Reha verschrieben?«

»Sie meinen – eine Rehabilitationskur, um wieder laufen zu lernen? Nein«, antwortete Elisabeth verblüfft.

Warum war sie eigentlich nicht selbst darauf gekommen? Und warum hatten ihre Töchter diese Möglichkeit mit keinem Wort erwähnt? Weil es für sie bequemer war, wenn ihre Mutter ruhiggestellt im Rollstuhl saß? Und nicht auf dumme Gedanken kam?

»Sehen Sie«, triumphierend schob Herr Martenstein das Röntgenbild zurück in die Mappe. »Da setzen wir an. Ab jetzt wird trainiert. Täglich. Bald springen Sie wieder herum wie eine junge Gazelle.«

Elisabeth hatte sich kaum von dieser Ankündigung erholt, als Lila Fouquet das Wort ergriff. »Und damit Ihr zweifellos vorhandener Geist nicht zu kurz kommt, bieten wir Ihnen hiermit die Mitgliedschaft im Einstein-Club an.« Sie füllte die Tassen erneut. »Das ist übrigens eine große Ehre. Wir sind ein kleiner, feiner Club. Unbefugte haben keinen Zutritt.«

Elisabeth verdrehte entnervt die Augen. Wer wollte schon Mitglied in einem Club sein, dem Lila Fouquet angehörte?

»Wir treffen uns regelmäßig und lösen Denksportaufgaben«, erklärte Hans Martenstein. »Außerdem unternehmen wir Exkursionen.«

Erwartungsvoll schaute er Elisabeth an, während er sich einen großen Schluck Sekt genehmigte.

»Nein, danke.« Sie bewegte den Rollstuhl vorsichtig ein Stück zurück, bis sie die Tischkante in ihrem Rücken spürte. »Das ist alles furchtbar nett, aber ich eigne mich nicht für Seniorenkram. Und von sportlichen Betätigungen bin ich weiter entfernt als der Mops vom Mond. Wenn Sie mich dann bitte jetzt allein lassen würden …«

Fräulein Fouquet brach in Gelächter aus. »So ein zähes Biest! Habe ich es Ihnen nicht gleich gesagt?«

»Das macht Sie richtig sympathisch«, amüsierte sich Hans Martenstein. »Hören Sie, Frau Schliemann, es steckt etwas mehr dahinter.« Er dämpfte seine Stimme. »Unser Engagement für Sie ist nicht ganz uneigennützig. Seit längerem schon arbeiten wir an einer Exit-Strategie.«

Elisabeth fühlte sich wie ertappt. Ihr wurde ganz schummrig zumute. »An einer ... Sie meinen, Sie möchten, Sie wollen – sich umbringen?«

Mit weit aufgerissenen Augen starrten die beiden ungebetenen Gäste sie an. Jetzt reichte es aber wirklich. Man konnte nicht behaupten, dass Elisabeth zu unbeherrschten Gefühlsausbrüchen neigte, doch das hier brachte sie komplett aus der Fassung.

»Raus!«, brüllte sie. »Auf der Stelle! Und falls ich jemals freiwillig aus dem Leben scheide, dann ganz bestimmt nicht mit Ihnen!«

Lila Fouquet legte mit gespielter Schwerhörigkeit eine Hand hinters Ohr. »Oh, ich habe Sie nicht verstanden, weil drei Straßen weiter ein Schmetterling auf einem Blatt gelandet ist.«

»Lassen Sie es gut sein, Lila«, wies Hans Martenstein sie zurecht. »Frau Schliemann, wir meinen nicht den Exit ins Jenseits, wir sprechen vom Ausbruch aus der Seniorenresidenz Bellevue. Natürlich ist es Ihnen unbenommen, den Rest Ihres noch jungen Lebens wegzuwerfen. Wir hingegen sind entschlossen, uns aus diesem Gefängnis zu befreien. Dafür brauchen wir einen guten Plan, eine ganze Stange Geld und tatkräftige Mitstreiter.«

»Wir erwägen, eine Bank zu überfallen«, fügte Lila Fouquet so beiläufig hinzu, als spräche sie über das Wetter. »Wir zählen auf Ihre Diskretion. Und auf ein paar brillante Ideen. Im Gegensatz zu den anderen Heimbewohnern scheinen Sie ja geistig einigermaßen auf der Höhe zu sein.«

Das war ein Paukenschlag. Elisabeth musste diese brisanten Informationen erst mal verdauen. Das alles klang völlig absurd, wenn nicht komplett verrückt. Eigentlich gefiel ihr der Gedanke, wie sie widerstrebend feststellte. Ausbrechen! Das Seniorenheim hinter sich lassen! Freiheit! War sie nicht insgeheim von dieser Idee besessen, seit ihre Töchter sie hier abgeliefert hatten wie ein Postpaket?

Andererseits war klar, dass eine abgetakelte Operndiva und ein greiser Hobbydetektiv in Gesundheitslatschen kaum die geeigneten Komplizen für eine Flucht waren. Und die Sache mit dem Banküberfall war vollends irre. Ging's noch? Wofür hielten die sich? Für Bonnie und Clyde? Ein Bankraub! So etwas Hirnrissiges! Allein die Vorstellung, wie der gemächlich herumschlurfende Hans Martenstein vor der Polizei flüchtete, war eine Lachnummer.

»Sie können natürlich weiterhin Ihre Altersdepression kultivieren und irgendwann in Ihren eigenen Tränen ertrinken«, erklärte Fräulein Fouquet. »Überlegen Sie es sich gut. Unser Angebot läuft bis morgen Abend, neunzehn Uhr. Dann trifft sich der Einstein-Club im Bridgezimmer. Entweder Sie sind dabei – oder Ihnen bleiben nur die letzten Worte von Aida: Leb wohl, o Erde, o du Tal der Tränen, verwandelt ward der Freudentraum in Leid.«

»Bedaure.« Elisabeth zeigte auf die Tür. Sie wollte dieses schräge Duo nur noch loswerden.

»Verbindlichsten Dank für Ihre Gastfreundschaft«, mit diesen Worten stand Hans Martenstein auf. Er zeigte auf die

Mappe. »Hier ist Ihr Leben drin. Und hier wird es enden, falls Sie es vorziehen, Ihren letzten Atem an ein Seniorenheim zu verschwenden, in dem Sie bestenfalls dahinvegetieren. Sie haben die Wahl.«

Lila Fouquet trank ihren Sekt aus. »Löse, lockere, zerreiße, sprenge!, um es mit La Bohème zu sagen.«

Dann traten die beiden grußlos den Rückzug an und ließen Elisabeth wie vom Donner gerührt zurück.

* * *

Draußen war es schon dunkel, als das Handy klingelte. Elisabeth saß gerade am Tisch und ordnete einen Schuhkarton mit Unterlagen, immer noch aufgewühlt von dem seltsamen Besuch. Nicht nur beim Umzug war so einiges durcheinandergeraten. Hastig setzte sie den Rollstuhl in Bewegung, arbeitete sich ins Schlafzimmer vor und holte das Handy aus der Handtasche.

»Ja, bitte?«

»Hallo, Mama, hier ist Mara. Ich wollte wissen, wie es dir so geht.«

Es fiel Elisabeth schwer, darauf etwas halbwegs Vernünftiges zu antworten. Seit dem denkwürdigen Gespräch am Nachmittag tobten die widersprüchlichsten Gefühle in ihr. Mal erwog sie die Möglichkeit, tatsächlich dem Seniorenheim zu entwischen, dann wieder versank sie in tiefste Resignation.

»Mara, erklär mir mal bitte, warum ihr keine Reha für mich organisiert habt.«

»Eine Reha ...«, Mara atmete schwer, »also, ich weiß nicht,

der Arzt sagte, wir sollten dir keine unnötigen Hoffnungen machen.«

Elisabeth schluckte. »Hast du dir mal überlegt, dass Hoffnung die einzige Währung ist, die in meiner Situation zählt?«

»Ach, Mama, nun werd doch nicht gleich melodramatisch«, wiegelte Mara ab. »Du musst dich langsam damit abfinden, dass du nicht mehr laufen kannst und jetzt in einem Heim untergebracht bist.«

»Abfinden? Ich gehe hier ein wie eine Primel ohne Wasser! Am liebsten würde ich gar nicht mehr leben. Lieber ein Ende mit Schrecken ...«

»Um Gottes willen, Mama!« Mara schien ehrlich erschüttert zu sein. »So was darfst du nicht sagen! Nicht mal denken!« Sie räusperte sich. »Was hältst du davon, wenn ich gleich noch kurz vorbeikomme?«

»Falls dein wohlgefüllter Terminkalender es erlaubt, eine vollkommen überflüssige alte Schachtel zu beglücken ...«

Mara lachte erleichtert auf. »Siehst du, jetzt hörst du dich fast schon wieder so an wie früher. In einer Stunde bin ich da, okay?«

»Gut. Bis dann.«

Elisabeth rollte ins Wohnzimmer zurück. Auf dem Tisch lagen unzählige Zettel und Formulare. Wer auch immer den Karton für den Umzug gepackt hatte, einen Sinn für Ordnung hatte er nicht gerade bewiesen. Versicherungspolicen und Kontoauszüge vermischten sich mit Ansichtskarten und Quittungen. Auch den Inhalt ihrer Handtasche hatte Elisabeth vor sich ausgebreitet. Während sie alles neu sortierte, fiel ihr eine Taxiquittung in die Hand. Das Datum ihres siebzigsten Geburtstages stand darauf. Aber das war noch nicht alles. *Benno*

Unverzagt, las sie, *Ihr freundliches Taxiunternehmen ganz in der Nähe. Pünktlich, zuverlässig, hilfsbereit.*

Benno! Endlich wusste sie, wer sie an dem Schicksalstag kutschiert hatte! Der Mann, der wie ein Rennfahrer Auto fuhr, Spaghetti kochen konnte und die Lizenz zum Abfüllen hatte. Nich lang schnacken, Kopf in'n Nacken!

Sie musste unwillkürlich lächeln. Dann wurde sie wieder ernst. Was war wirklich passiert an jenem Abend? Sie schaute in ihr Portemonnaie. Alles noch drin – ihr Ausweis, ihre Bankkarte, ein paar Geldscheine, Münzen. Allerdings hatte sie auch nicht wirklich angenommen, dass Benno sie ausgeraubt hätte. Auf seine Weise war er ein Gentleman.

Sie legte die Taxiquittung zu den anderen Unterlagen, nachdem sie Bennos Telefonnummer in ihr Adressbuch eingetragen hatte. Man konnte nie wissen. Als Nächstes entdeckte sie den Zettel von Schwester Klara. Auch diese Nummer notierte sie vorsichtshalber im Adressbuch.

Wie sehr sie Klara vermisste! Immer, wenn sie ins Krankenzimmer gekommen war, hatte sie Elisabeth mit einem frechen Spruch oder einer kleinen Anekdote über andere Patienten aufgeheitert. Verglichen mit der Ödnis des Altersheims war die Zeit im Krankenhaus ein reiner Erholungsurlaub gewesen.

Verbissen machte sich Elisabeth wieder ans Sortieren. Es erfüllte sie mit tiefer Befriedigung, als sich das Zettelchaos nach einer Weile zu lichten begann. Demnächst würde sie alles fein säuberlich abheften. Sie war so vertieft in ihre Arbeit, dass sie zunächst das Klopfen überhörte. Erst als es sich zu einem Trommelwirbel steigerte, rollte sie zur Tür und öffnete.

»Überraschung!« Alle drei Töchter standen draußen, bepackt mit Einkaufstüten.

Elisabeth lächelte matt. »Oh, welch hoher Besuch in meiner armseligen Hütte.«

»Nun mach aber mal 'nen Punkt!« Gabriele lief hochrot an. »Weißt du eigentlich, was der Schuppen hier kostet?«

»Deine mickrige Rente reicht gerade mal für das Basispaket«, giftete Susanne, während sie Elisabeth an den Tisch schob. »Wir zahlen alle drauf, damit du das Rundum-sorglos-Programm hast. Aber Madame bläst ja Trübsal.«

»Nun lasst uns doch erst mal den Abendbrottisch decken«, beschwichtigte Mara ihre aufgebrachten Schwestern. »Schließlich sind wir nicht zum Streiten hergekommen.«

Doch Elisabeth war hellhörig geworden. »Was heißt das, meine Rente reicht gerade mal für das Basispaket? Ich habe doch gespart!«

Gabriele fegte die Papierstapel beiseite und stellte eine Tüte mit Lebensmitteln auf den Tisch. »Du kannst es gern nachrechnen. Deine Ersparnisse sind für das Einzelzimmer im Krankenhaus, den Umzug und für die ziemlich hohe Kaution hier draufgegangen. Mit deiner Rente liegst du knapp unter dem Monatssatz der Seniorenresidenz Bellevue, wir drei schießen den Rest zu. Habe ich da ein danke gehört?«

Elisabeth schnappte nach Luft. »Ich soll mich dafür bedanken, dass ich jetzt arm wie eine Kirchenmaus bin?«

»Dir bleibt ein Taschengeld von zwanzig Euro im Monat«, sagte Susanne. Sie holte Käse, ein Baguette sowie Kartoffelsalat und Würstchen aus der Tüte. »Zwanzig Euro, das dürfte genügen, um mal einen Kaffee trinken zu gehen. Mehr brauchst du nicht, es ist ja für alles gesorgt.«

Sie haben mir mein Geld weggenommen, dachte Elisabeth bestürzt. Ihre Rente war bescheiden, sie hatte nie große Sprünge damit machen können. Doch sie hatte stets etwas zurückgelegt, Monat für Monat, damit sie sich die eine oder andere kleine Reise mit der Wandergruppe leisten konnte. Und jetzt? Zwanzig Euro im Monat, das waren umgerechnet fünf Euro pro Woche. So viel wie nichts!

»Was habt ihr mir angetan?«, begehrte sie auf.

Gabriele stemmte die Fäuste in die Hüften. »Wir haben getan, was nötig war.«

»Ich würde aber viel lieber in meiner eigenen Wohnung leben!«, rief Elisabeth. »Und mein eigenes Geld haben!«

»Und ich würde lieber mit George Clooney auf die Bahamas fliegen statt mit Klaus-Dieter nach Mallorca«, witzelte Susanne unfroh.

»Das Leben ist kein Wunschkonzert«, trumpfte Gabriele auf. »Deine jetzigen Lebensumstände hast du deinem eigenen Leichtsinn zu verdanken. Wer mit zwei Promille im Blut eine Bruchlandung hinlegt, kann kaum damit rechnen, dass er im Ritz aufwacht.«

Das gab Elisabeth einen Stich. Gabriele hatte leider recht. Trotzdem war die Erkenntnis, dass sie jetzt praktisch mittellos dastand, einfach niederschmetternd.

»Wir sollten nach vorn schauen«, schlug Mara begütigend vor. »Es bringt doch nichts, die Schuldfrage zu stellen. Machen wir das Beste draus. Ich finde es hier sehr schön. Und, Mama? Hast du deine Tischgenossen schon näher kennengelernt? Sie schienen, nun ja, nett zu sein.«

Elisabeth fand immer schon, dass die Wahrheit jede Phantasie übertraf. »Sehr nett, ja. Fräulein Fouquet kräht Opernarien und trinkt lauwarmen Sekt mit geklauten Psychopharmaka. Außerdem will sie mit Herrn Martenstein eine Bank überfallen und dann durchbrennen.«

Ungläubig starrten die drei Frauen Elisabeth an.

Susanne war die Erste, die sich fing. »Was ist das? Eine böse Gutenachtgeschichte?«

»Nein, das ist eine Vergiss-das-Thema-und-lass-mich-damit-in-Ruhe-Geschichte«, erwiderte Elisabeth. »Ihr glaubt doch wohl nicht im Ernst, dass ich mich in diesem Wachsfigurenkabinett wohlfühle.«

Gabriele wickelte das Baguette aus dem Papier. »Dann erzähl uns mal bitte, was die Alternative gewesen wäre.«

Darüber hatte Elisabeth seit Stunden nachgedacht. »Eine Erdgeschosswohnung, eine anständige Reha, und in der Zwischenzeit hätte sich Schwester Klara um mich gekümmert«, antwortete sie, wie aus der Pistole geschossen. »Das hat sie mir selbst angeboten. Die Lösung wäre viel, viel billiger gewesen als dieses schreckliche Altersheim.«

»Seniorenresidenz«, verbesserte Gabriele.

»Schwester Klara – ach, daher weht der Wind!« Susanne, die gerade Besteck aus dem Vitrinenschrank holte, stach mit einem Buttermesser in die Luft. »Mensch, Mama, merkst du denn gar nichts? Die hatte es auf dein Geld abgesehen! Weiß man doch. Das Pflegepersonal ist bekannt dafür, dass es sich an alte Leute ranmacht. Erst erschleichen sie sich dein Vertrauen, dann kassieren sie ab.«

Elisabeth zitterte vor Wut. »Wie kannst du nur so etwas behaupten? Ohne Schwester Klara hätte ich die Zeit im Krankenhaus niemals durchgestanden!«

»Aber wir waren doch auch da«, warf Mara ein.

Es hatte keinen Sinn. Man musste selbst erlebt haben, was Fürsorge und Freundlichkeit rund um die Uhr bedeuteten, wenn man hilflos in einem Krankenhausbett lag. Ein paar Besuche zwischen Tür und Angel konnten da nicht mithalten.

»Jaja, ihr wart großartig«, flötete Elisabeth.

Susanne überhörte die Ironie, die in der Stimme ihrer Mutter mitschwang. »Ende der Debatte, guten Appetit.«

Als wäre dies ein völlig normales Abendessen im Kreise der Familie, fingen alle an zu essen. Alle, außer Elisabeth. Teilnahmslos sah sie zu, wie Susanne, Gabriele und Mara dicke Scheiben vom Baguette absäbelten, die Käsestücke zerteilten, sich über den Kartoffelsalat und die Würstchen hermachten.

Gabriele goss Mineralwasser ein und erhob ihr Glas. »Prost. Wir werden das Kind schon schaukeln.«

»Und mit dem Kind bin ich gemeint.«

Alle drei Töchter hörten auf zu kauen.

»Ihr habt mich praktisch entmündigt«, fuhr Elisabeth ruhig fort. »Oder, wie es Fräulein Fouquet so treffend formuliert: Erst zieht man sie groß, dann behandeln sie einen wie Kleinkinder.«

Sie schaute über die Köpfe der drei hinweg zu einem Ölgemälde an der Wand, das sie vor Jahren auf dem Flohmarkt erstanden hatte. Es zeigte den Watzmann. Scharf hoben sich die Konturen des schneebedeckten Gipfels vom unwirklichen Blau des Himmels ab. Irgendwo dahinter lag Italien, das Land, von dem Elisabeth ihr Leben lang geträumt hatte und das sie nun niemals kennenlernen würde.

»Ich weiß, ich sollte euch dankbar sein«, sagte sie leise.

»Andere alte Leute sind völlig auf sich allein gestellt. Bitte schön, hiermit danke ich euch ausdrücklich für eure Bemühungen. Dummerweise habt ihr zu keinem Zeitpunkt gefragt, wie ich mir meine Zukunft vorstelle.«

»Mama«, Mara seufzte tief, »wenn du zwanzig Jahre jünger wärst, könnte ich dich ja verstehen. Aber so …«

»… gehöre ich einer Altersklasse an, die keine Zukunft mehr hat?« Elisabeth lächelte bitter. »Warum sagt ihr nicht, was ihr denkt? Dass ich ein nutzloser Krüppel bin?«

»Na ja, Krüppel ist kein schönes Wort, trifft es aber im Großen und Ganzen«, sagte Gabriele.

Das saß. Elisabeth holte tief Luft. »Leb wohl, o Erde, o du Tal der Tränen, verwandelt ward der Freudentraum in Leid.«

Mit offenem Mund saßen die drei Frauen da.

»Aida, letzter Akt«, erklärte ihre Mutter. »Das Leben ist eine Bühne, und dies hier ist der Schlussvorhang.«

»Jetzt tickt sie völlig aus«, raunte Gabriele.

4

Diesmal klappte es nicht so richtig mit dem Fliegen. Eine Gewitterwolke verhüllte den Horizont, aufgewühlt peitschte das Meer an die Mauer der verwaisten Strandpromenade. Keine spielenden Kinder heute, keine Eisverkäufer, kein Orchester. Eine Windböe traf Elisabeth mit voller Wucht und wirbelte sie in gefährliche Nähe zu den Klippen. Verzweifelt ruderte sie mit den Armen, kämpfte mit aller Kraft gegen den Sturm an, dennoch wurde sie wie von einer Riesenfaust nach unten gedrückt. Schon spürte sie, wie sie ins Bodenlose stürzte, tiefer, immer tiefer. Sie schrie um Hilfe, aber der Wind trug ihren Schrei aufs Meer hinaus, niemand konnte sie hören.

Schweißgebadet wachte Elisabeth auf. Die ganze Nacht hatte sie sich im Bett hin und her gewälzt und war erst gegen Morgen in einen unruhigen Schlaf gefallen. Die Schlaftabletten fehlten ihr. Doch sie hatte sich fest vorgenommen, einen Vorrat zu horten. Für den Ernstfall, wie sie es innerlich nannte. Müde blinzelte sie in das helle Morgenlicht. Dann fiel ihr das Abendessen mit ihren Töchtern wieder ein. Seltsam, wie fremd einem die eigenen Kinder werden konnten. Der Abschied war kühl gewesen. Selbst Mara hatte einen ziemlich reservierten Eindruck gemacht.

Elisabeth wollte sich gerade noch einmal auf die Seite drehen, als der Pfleger ins Schlafzimmer kam. Mit geübten Griffen setzte er sie in den Rollstuhl, schob sie ins Badezimmer und wartete im Flur, bis sie sich die Zähne geputzt hatte. Anschließend half er ihr beim Anziehen und stellte das Frühstückstablett auf den Tisch.

»Dankeschön«, seufzte Elisabeth. »Danke für Ihre Geduld.«

Der Pfleger, ein kräftiger dunkelhäutiger Mann, der Mitte vierzig sein mochte, lächelte sanft. »Ach wissen Sie, ich habe mich schon dran gewöhnt. Hier läuft alles wie in Zeitlupe.«

»Und – macht Ihnen der Job Spaß?«

Er überlegte einen Moment. »Eigentlich ja. Aber es ist auch ein bisschen traurig. In meiner Heimat gibt es keine Altersheime. Ich komme aus Nigeria, da wohnen alle zusammen, vom Baby bis zu den Urgroßeltern. Die Familie geht über alles.«

»Hier ist das anders«, erwiderte Elisabeth nachdenklich.

Würde sie mit ihren Kindern und Enkeln zusammen wohnen wollen? Wenn sie ehrlich war, musste sie sich eingestehen, dass diese Vorstellung eher zum Abgewöhnen war. Schon allein wegen der Schwiegersöhne. Mit Klaus-Dieter unter einem Dach zu leben, das konnte einfach nicht gutgehen.

»Manche hier kriegen nie Besuch«, erzählte der Pfleger. »Wirklich nie. Nicht mal Weihnachten.«

An Weihnachten mochte Elisabeth noch gar nicht denken. Sie war immer selbst losgegangen, um einen Tannenbaum auszusuchen, und dann hatte sie ihn mit den alten Kristallkugeln geschmückt, die schon seit drei Generationen in Familienbesitz waren. Hoffentlich hatten ihre Töchter sie nicht achtlos weggeworfen. Oder auf eBay verkauft.

Dem Pfleger war nicht entgangen, welche Gefühle Elisabeth bewegten. »Sie bekommen ganz bestimmt Besuch zu Weihnachten«, tröstete er sie.

»Wie heißen Sie eigentlich?«

Er strahlte. »Sagen Sie einfach Pete zu mir. Alle nennen mich Pete.«

»Schön, ich freue mich. Ich bin Lissy.«

Elisabeth staunte selbst über die Vertraulichkeit, die sie an den Tag legte. Doch Petes gutmütiges Lächeln versöhnte sie ein wenig mit ihrer unerfreulichen Lage. Er war immer gutaufgelegt, und es schien ihm nicht das Geringste auszumachen, dass er sich den ganzen Tag mit hinfälligen alten Leuten abmühen musste.

»Haben Sie eine Familie, Pete?«

Sein Lächeln erlosch. »Nein. Sind alle von bewaffneten Rebellen getötet worden. Mein Vater war Nigerianer, meine Mutter Deutsche. Deshalb kam ich schon als Kind hierher, meine deutsche Tante und ihr Mann haben mich adoptiert. Leider leben meine Adoptiveltern nicht mehr. Und – eine passende Frau habe ich nicht gefunden.«

»Wie schade. Aber die Richtige kommt bestimmt noch.«

Er machte eine wegwerfende Handbewegung, so als hätte er die Suche längst aufgegeben. »Bis später, Lissy«, verabschiedete er sich. »Wenn Sie heute Mittag Hilfe mit dem Rollstuhl brauchen, sagen Sie einfach Bescheid. Anruf genügt.«

»Danke, Pete, bis später.«

Als sich die Tür hinter ihm geschlossen hatte, rollte Elisabeth langsam zum Fenster. Es war ein strahlender Spätsommertag. Wanderwetter. Sehnsüchtig sah sie hinaus. Gut möglich, dass ihre Wandergruppe gerade beratschlagte, wohin der heutige Ausflug gehen sollte. Es tat gemein weh. Besser nicht dran denken. Sie manövrierte den Rollstuhl in Richtung Tisch und stutzte, als sie ein graues Rechteck entdeckte, das halb verborgen unter dem Sofa lag. Stöhnend beugte sie sich vor und fischte es vom Boden auf.

Es war das Röntgenbild. Offenbar war es aus der Mappe geglitten, als Herr Martenstein aufgestanden war. Konzentriert betrachtete Elisabeth die Aufnahme. Ihr ungeübtes Auge sah jedoch wenig mehr als eine Ansammlung grauer Schemen. Hm. Stimmte es vielleicht doch, was ihr Tischgenosse gesagt hatte? Dass es noch eine Chance gab, das Laufen wieder zu lernen?

Sie legte das Röntgenbild beiseite und stemmte sich vorsichtig hoch. Dann peilte sie die Tischkante an und ging mit unsicheren Schritten darauf zu. Geschafft! Sie fühlte sich, als hätte sie soeben einen Berg bestiegen. Schwer stützte sie sich auf die Tischplatte auf. Ein kurzes Atemschöpfen, und schon ging es in Richtung Couch. Doch ihre Beine fühlten sich auf einmal an wie Wackelpudding. Sie verlor das Gleichgewicht, taumelte und fand im letzten Moment Halt an der Couchlehne.

Zitternd ließ sie sich zurück in den Rollstuhl fallen. Ein ernüchternder Versuch. Du liebe Güte, wie naiv sie doch war! Was verstand einer wie Hans Martenstein schon von Röntgenbildern?

Den weiteren Vormittag verbrachte Elisabeth mit ihren Papieren, bis es Zeit fürs Mittagessen war. Heute würde sie im Speisesaal vorfahren, jawohl. Schon allein deshalb, um diese eitle Diva zu ärgern. Niemand sollte sagen, Elisabeth Schliemann habe eine Altersdepression! Ob sie es mit dem Rollstuhl wohl ganz alleine schaffte? Der Weg zum Speisesaal erschien ihr endlos, und noch immer stellte sie sich ziemlich ungeschickt mit ihrem Gefährt an.

»Du reißt dich jetzt mal zusammen!«, sagte sie laut zu sich selbst. »Wie lange willst du denn noch auf Hilfe angewiesen sein? Wenn du schon nicht mehr gehen kannst, dann mach wenigstens deinen Rollstuhlführerschein.«

Natürlich hätte sie Pete anrufen können. Aber eines hatten der schräge Besuch ihrer Tischgenossen und das Abendessen mit ihren Töchtern bewirkt: Ihr Kampfeswille war geweckt. Sie wollte kein Mitleid. Bloß nicht!

Mit zusammengebissenen Zähnen machte sie sich auf den Weg. Das war leichter gesagt als getan. Zentimeter für Zentimeter musste sie die Schwungräder aus Metall in Bewegung setzen. Schon nach wenigen Metern schmerzten ihre Arme. Der Rollstuhl reagierte nur schwerfällig auf ihre Manöver, es war eine wahre Plackerei.

Als Elisabeth endlich den Aufzug erreichte, hatte sie Schweißperlen auf der Stirn. Sie drückte auf den Liftknopf und wartete, bis sich die Türen mit einem feinen Pling öffneten. Die Kabine war schon reichlich voll. Alles strömte zum Mittagessen. Auf jeder Etage hielt der Aufzug an, und immer mehr Heiminsassen quetschten sich hinein. Kurz bevor der Lift im Erdgeschoss hielt, sah die Kabine so aus, als ob darin die Weltmeisterschaft im Engtanz ausgetragen würde. Für jemanden, der ein natürliches Distanzbedürfnis hatte, die reine Qual.

Elisabeth wartete, bis alle ausgestiegen waren, dann arbeitete sie sich tapfer bis zur Eingangshalle vor. Als sie auf der Höhe des Empfangstresens war, wurde sie von einer älteren

Dame in einem surrenden Elektrorollstuhl überholt. So hatte sich Elisabeth das letzte Mal gefühlt, als sie vor Jahrzehnten mit ihrem ersten VW Käfer von einem Mercedes überholt worden war. Fehlte nur noch, dass die ältere Dame sie anhupte. So was nannte man wohl Zwei-Klassen-Gesellschaft.

»Danke, Susanne«, murmelte sie. »Danke für dieses Mistding von einem superlahmen, superschwerfälligen Rollstuhl.«

Erschöpft hielt sie an und wischte sich mit einem Taschentuch den Schweiß von der Stirn. Alles tat ihr weh. Sie hatte sich einfach zu viel zugemutet. Elisabeth ärgerte sich über sich selbst. Warum hörte sie nicht auf Mara? Bestimmt hatte der Arzt recht gehabt, als er sagte, man solle einer alten Frau wie ihr keine unnötigen Hoffnungen machen. Sie war ein Wrack. Hilflos, kraftlos, am Ende. In dieser Verfassung wollte sie auf keinen Fall in den Speisesaal. Also hieß es jetzt: zurück in ihre Wohnung.

»Einen wunderschönen guten Tag, Frau Schliemann!« Die Direktorin marschierte in einer unförmigen blauen Latzhose auf sie zu. »Ach, es ist immer wieder herrlich zu erleben, wie wohl sich die alten Leutchen bei uns fühlen. Hopp, hopp, zum Mittagessen!« Sie klatschte in die Hände, als müsste sie Dreijährige zum Ringelreihen animieren.

»Lassen Sie mich bloß in Ruhe«, fauchte Elisabeth. »Ich fahre wieder hoch.«

Ohne auf den Einwand zu achten, dirigierte die Heimleiterin den Rollstuhl zum Speisesaal. Was für eine Unverschämtheit! Elisabeth war außer sich. Jeder schob und rollte sie neuerdings dorthin, wo es ihm gerade passte.

»Frau Fröhlich, haben Sie mich nicht verstanden?«

»Doch, sehr gut«, lautete die muntere Antwort. »Aber Sie wissen ja, Einsamkeit ist der stille Schmerz einer alternden Gesellschaft, Geselligkeit ist ...«

»... die reine Folter in diesem Tollhaus«, vollendete Elisabeth den Satz.

Frau Fröhlich hielt es nicht mal mehr für nötig, darauf zu antworten. In Windeseile schob sie den Rollstuhl weiter. Damit war die Sache mit dem freien Willen ja wohl erledigt. Elisabeth fühlte sich nur noch herabgewürdigt. Es war einfach bodenlos, was hier passierte.

Das skurrile Trio war bereits vollzählig versammelt, als die Direktorin an Elisabeths Tisch anhielt. Ella Janowski schlief wie gewöhnlich. Herr Martenstein hatte sich hinter einer Zeitung verschanzt, Fräulein Fouquet wedelte sich Kühlung mit einem schwarzen Spitzenfächer zu. Als sie Elisabeth sah, mit den feuchten Haarsträhnen, die ihr in die schweißnasse Stirn hingen, verzog sie mokant den Mund. »Ist Ihr Friseur gestorben?«

»Bevor ich mir einen goldenen Turban aufsetze, springe ich lieber samt Rollstuhl aus dem Fenster«, grummelte Elisabeth.

Wie sehr sie es bereute, dass sie sich überhaupt zum Speisesaal aufgemacht hatte. Ihr war schwindlig, ihre Arme fühlten sich an, als hätte sie die ganze Nacht lang Kartoffelsäcke geschleppt. Jetzt musste sie zu allem Überfluss auch noch den Hohn von Lila Fouquet über sich ergehen lassen.

»Guten Appetit, die Herrschaften«, rief Frau Fröhlich. »Heute haben wir Schonkost, den perfekten Seniorenteller! Hühnerfrikassee – fettarm, salzarm, kalorienreduziert.«

»Zur Hölle mit Seniorentellern«, entfuhr es Elisabeth.

Lila Fouquet kicherte, Hans Martenstein lugte amüsiert über den Rand seiner Zeitung hinweg. Frau Fröhlich hingegen runzelte ungehalten die Stirn. »Also, ich weiß wirklich nicht, was ich dazu sagen soll.«

»Das hat Sie leider noch nie am Sprechen gehindert«, bemerkte Lila Fouquet.

Das Gesicht der Direktorin verzerrte sich. Nervös spielte sie mit ihrem Plastikohrring. »Sagen Sie, Frau Schliemann, haben Sie eigentlich schon unseren Therapeuten, Herrn Müller-Neuenfels, kennengelernt?«

Elisabeth sah mittlerweile rot. Dunkelrot. »Damit er mich wieder hinbiegt? So lange, bis ich nicht mehr darüber nachdenke, wie miserabel es mir geht? Und wie Sie uns behandeln? Besten Dank, ich brauche keine Gehirnwäsche.«

»Dann eben nicht«, erwiderte die Direktorin schnippisch. »Aber ich warne Sie: Unfrieden kann ich in meiner Einrichtung nicht gebrauchen.«

Sie warf Elisabeth einen finsteren Blick zu, bevor sie wutschnaubend den Rückzug antrat.

»Schach und auf die Matte«, grinste Hans Martenstein. »Sie machen Fortschritte, Frau Schliemann.«

»Immer dieser Schnullipulli-Tonfall. Sie nennt uns alte Leutchen! ›Hopp, hopp zum Mittagessen‹! Ich sage es nur ungern, aber ich hasse diese Frau«, zischte Elisabeth.

»Sehr gut!« Fräulein Fouquet verbarg ihr Gesicht halb hinter dem Fächer. »Kommen Sie auf die dunkle Seite. Was wir Ihnen im Übrigen schon gestern empfohlen haben. Und? Sehen wir uns heute Abend im Einstein-Club?«

Elisabeth setzte zu einer Antwort an, verstummte jedoch, weil das Essen serviert wurde. Der großspurig angekündigte

Seniorenteller entpuppte sich als ein undefinierbarer grauer Klecks auf einem Haufen klumpig verkochtem Reis. Elisabeth fragte sich mittlerweile, ob Seniorenteller die ungenießbare Variante von Kindertellern waren. Sie hatte immer selbst gekocht, keine Haute Cuisine, aber auch keinen Fertigpamp. Dies hier sah verdächtig nach billiger Dosenkost aus, ein Verdacht, der sich nach dem ersten Bissen bestätigte.

»Pfui Deibel!« Elisabeth würgte den grauen Brei widerstrebend hinunter und legte die Gabel beiseite. »Das schmeckt ja wie aus der Spülmaschine!«

Völlig unvermittelt wachte Ella Janowski auf. Sie strich sich durch das bläulich gefärbte Haar, rückte ihren Pelzkragen zurecht und sah Elisabeth mit einem Ausdruck größten Erstaunens an. »Hab ich was verpasst? Wer sind Sie?«

»Elisabeth Schliemann, der neue Star bei diesem Komikerfestival.«

»Ach so«, sagte die alte Dame, woraufhin ihr Kopf schlagartig zur Seite fiel. Die geschlossenen Augen und das leise Schnarchen zeigten, dass sie wieder eingeschlafen war.

»Haben Sie denn nun über unser Angebot nachgedacht?«, erkundigte sich Hans Martenstein, während er penibel sein Besteck desinfizierte.

»Das würde mich ebenfalls brennend interessieren.« Lila Fouquet stocherte sichtlich angewidert in dem Frikassee herum. »Im Gegensatz zu diesem Essen ist das nämlich ein Angebot, das man nicht ablehnen kann.«

»Oh, doch.« Abweisend verschränkte Elisabeth die Arme. »Ihr Gerede von einem Banküberfall ist doch absurd. Wofür halten Sie mich? Mein Mann war Polizist, und ich habe früher selbst mal in einer Bank gearbeitet.«

»Was Sie zu einer wertvollen Beraterin macht«, sagte Hans Martenstein lächelnd. »Endlich mal jemand, der sich auskennt.«

Elisabeth schob ihren Teller von sich. »Krumme Dinger kommen für mich nicht mal in meinen kühnsten Phantasien in Frage. Der Einstein-Club muss leider ohne mich Räuber und Gendarm spielen.«

»Ist das Ihr letztes Wort?«

Elisabeth sah auf. Neben ihr stand ein großgewachsener, schlanker älterer Herr in einem hellen Sommeranzug. Sie hätte schwören können, dass er genauso aussah wie der Kavalier in ihren Träumen von südlicher Sonne und beschwingt aufspielenden Tanzorchestern. Ihr Herz klopfte schneller, in ihrem Kopf summte es. Was für ein Mann! Wie kam der denn hierher?

»Wackerbarth«, stellte er sich vor. »Ich bin entzückt, Ihre Bekanntschaft zu machen.«

Oha. Es war einer dieser Momente, in denen sich Elisabeth keinen Tag älter als siebzehn fühlte. Ihr Herz klopfte mittlerweile so heftig gegen die Rippen, dass sie Angst hatte, alle könnten es hören. Ihre Unterlippe zitterte, während sie ein »Angenehm« murmelte. Er war es. Der Mann aus ihren Träumen. Gut, das Menjoubärtchen fehlte, und sein Haar war grau statt schwarz, aber der Rest stimmte. Außerdem hatte er bernsteinfarbene Augen, die helle Funken sprühten und ihre Wangen glühen ließen.

»Vincent von Wackerbarth ist Gründungsmitglied des Einstein-Clubs und, wie man sagen darf, der Glamourfaktor unseres Zirkels«, zwitscherte Lila Fouquet.

Sie griff zu ihrem Fächer und bewegte ihn so hektisch, dass

Elisabeth den Lufthauch auf ihrem heißen Gesicht spürte. Hans Martenstein zog eine Grimasse. Es war offensichtlich, dass er nicht viel von Glamour hielt.

»Nun, ich will nicht weiter stören«, sagte Vincent von Wackerbarth höflich. »Aber es wäre mir eine große Freude, Frau Schliemann, wenn Sie uns heute Abend Gesellschaft leisten würden.«

Er schenkte Elisabeth ein gewinnendes Lächeln. Dann ging er zu einem weiter entfernten Tisch, wo er sich mit federnden Bewegungen niederließ.

»Ist er nicht ein wundervoller Charmeur? Und so gutaussehend!«, schwärmte Fräulein Fouquet. Sie wechselte in einen blechernen Sopran. »Dies Biiiildnis ist bezaubernd schön!«

Elisabeth war immer noch wie betäubt. Warum bloß hatte sie heute eine nichtssagende weiße Bluse und einen braven Tweedrock angezogen statt eines ihrer schicken Kleider? Und warum musste sie solch ein Prachtstück von Mann ausgerechnet in einem derart abgekämpften Zustand kennenlernen, verschwitzt und mit aufgelöster Frisur?

»Wohnt er etwa hier?«, fragte sie. »Er scheint doch noch ganz gut beieinander zu sein.«

In der Tat wirkte Vincent von Wackerbarth völlig deplatziert im Seniorenheim Bellevue. In der Menge muffliger, mausgrauer alter Menschen, so schien es Elisabeth, war er der Königstiger im Streichelzoo.

»Es ist wegen seiner kranken Frau – Katharina von Wackerbarth leidet unter Alzheimer, Endzustand«, berichtete Hans Martenstein. »Alleine schaffte er es nicht mehr, sie zu pflegen, deshalb sind die beiden ins Heim gezogen.«

Lila Fouquet presste ihre beringten Finger auf die Herzgegend. »Das ist wahre Liebe. Rüüüührend, wie er sich um die Gute kümmert! Aber man darf ihn nicht darauf ansprechen. Dann wird er fuchsteufelswild.«

Verheiratet, aha, dachte Elisabeth. Warum spürte sie einen nadelfeinen Stich der Enttäuschung in ihrer Brust? Ja, warum wohl? Elisabeth Schliemann, siebzig Jahre alt, Rollstuhlfahrerin und nach allgemeiner Einschätzung ein unbedeutender Restposten der menschlichen Gesellschaft, hatte sich soeben Hals über Kopf verliebt.

»Na jaaa, verarmter Adel mit einem Schuss Dekadenz, aber sonst ist der Mann ganz in Ordnung.« Hans Martenstein verstaute das Desinfektionsfläschchen in seiner Strickweste. »Jedenfalls ist Vincent von Wackerbarth ein Grund mehr, dem Einstein-Club beizutreten.«

Ein Grund mehr? Der einzige!, schoss es Elisabeth durch den Kopf.

»Wer weiß – vielleicht machen Sie sogar eine Eroberung«, lächelte Lila Fouquet. »Ich hingegen ziehe es vor, jemanden zu küssen, der noch seine eigenen Zähne hat.«

***

Was mache ich mit meinen Haaren? Welche Schuhe, welcher Schmuck, welches Parfum? Und was, um Himmels willen, ziehe ich bloß an? Solche bohrenden Fragen hatten Elisabeth zuletzt als Backfisch bewegt. Das war Ewigkeiten her. Allerdings schien sie unversehens in eine Zeitmaschine geraten zu sein, die sie im Teenageralter wieder ausgespuckt hatte. Seit dem Mittagessen überlegte sie fieberhaft, wie sie sich etwas vorteilhafter präsentieren könnte. Viel war nicht dabei herausgekommen.

Mittlerweile zeigte die Uhr fast halb fünf, und Elisabeth verhielt sich zunehmend hyperaktiv. Rollte zum Kleiderschrank und ging zum hundertsten Mal ihre deutlich reduzierte Garderobe durch. Rollte zur Kommode im Flur und wühlte zum hundertsten Mal in ihren Schuhen. Rollte ins Badezimmer und schaute zum zweihundertsten Mal in den Spiegel.

Was sie sah, blieb unverändert niederschmetternd. Durch den langen Krankenhausaufenthalt war ihr frischer Teint einer fahlen, ins Wächserne spielenden Gesichtsfarbe gewichen. Ihre Wangen waren eingefallen, und die Frisur war keine Frisur, sondern ähnelte einem zerfledderten Wischmopp. Seufzend begann sie, mit Hilfe von Wasser und Haarbürste etwas Ordnung in das Chaos zu bringen. Das Ergebnis war deprimierend. Nun klebten die Haarsträhnen an ihrer Kopfhaut wie Schnittlauch auf einem Käsebrot.

Dumme Gans, schalt sie sich. Warum denkst du überhaupt über solche Sachen nach? Erstens bist du uralt, zweitens ist er verheiratet, und drittens machst du dich komplett lächerlich. Wenn nur nicht diese feine, leise Stimme gewesen wäre, die ihr unaufhörlich zuwisperte: Er hat dich angelächelt! Und du kannst ihn heute Abend treffen!

Ein angenehmer Schauer überlief ihren Rücken. Doch ein weiterer prüfender Blick in den Spiegel sagte ihr, dass alle Überlegungen und Anstrengungen vergeblich bleiben würden. Sie war ein Schatten ihrer selbst. Frustriert warf sie die Haarbürste ins Waschbecken und rollte ins Wohnzimmer. Es war aussichtslos. Am besten, sie blieb, wo sie war. Traurig betrachtete sie die Stapel mit Papieren, die immer noch auf dem Tisch lagen. Und dann hatte sie plötzlich eine Eingebung. Eine Minute später umklammerte sie das Handy und wählte eine Nummer.

Nach einigen Freizeichen meldete sich eine vertraute Stimme. »Ja, bitte?«

Wie gut es tat, schon allein den Klang dieser Stimme zu hören!

»Hallo Klara. Ich bin's, Elisabeth Schliemann.«

»Oh, Frau Schliemann! Wie geht es Ihnen? Haben Sie sich gut zu Hause eingewöhnt?«

»Fragen Sie besser nicht«, seufzte Elisabeth, »ich bin auf der Müllkippe der verlorenen Seelen gelandet.«

»Was?«

»In einem Altersheim.« Elisabeth nahm ihren ganzen Mut zusammen. »Schwester Klara, Sie sagten doch, dass Sie mir eventuell helfen könnten. Es ist nämlich so, dass ich heute Abend etwas Besonderes vorhabe. Leider sehe ich aus, als hätte man mich gerade aus dem Grab gebuddelt.«

Einen Moment lang war es still am anderen Ende der Leitung. Vermutlich nur ein paar Sekunden, Elisabeth kam es wie eine Stunde vor. »Sie meinen, Sie brauchen ein Styling?«

»Wie auch immer Sie es nennen, liebe Klara, so, wie ich aussehe, traue ich mich nicht unter die Leute.«

Das war natürlich geschwindelt. Es ging einzig und allein um Vincent von Wackerbarth, den Charmeur mit den bernsteinfarbenen Augen, der durch Elisabeths Träume tanzte. Aber das musste man ja nicht unbedingt erwähnen.

»Warten Sie einen Augenblick.« Schwester Klara schien nachzudenken. »In einer halben Stunde habe ich Feierabend, in einer Stunde könnte ich da sein, wenn die Busse pünktlich fahren. Reicht das?«

»Das heißt, Sie kommen?«

Innerlich legte Elisabeth schon eine Salsa aufs Parkett. Obwohl sie Schwester Klara nicht sehen konnte, spürte sie, dass ihre Gesprächspartnerin lächelte.

»Na klar. Scheint ja wirklich wichtig zu sein.«

»Sie Goldschatz!«, jubelte Elisabeth.

Mit bebender Stimme nannte sie Schwester Klara die genaue Adresse des Seniorenheims. Nachdem sie aufgelegt hatte, vollführte sie eine Art Rollstuhltanz, fuhr vor und zurück und drehte das Gefährt im Rhythmus jener Melodie, die das Orchester in ihren Träumen spielte. Als es eine Stunde später klopfte, wartete Elisabeth schon sehnsüchtig hinter der Tür. Es war kurz vor sechs, die Uhr tickte.

»Frau Schliemann!« Schwester Klara umarmte Elisabeth überschwänglich, dann trat sie einen Schritt zurück. »Eigentlich erzähle ich den Patienten immer, dass sie gut aussehen. Aber ich müsste lügen, wenn ich das von Ihnen behaupten würde. Sie hängen ja wie ein Schluck Wasser in der Kurve.«

»Kriegen Sie mich einigermaßen wieder hin?«, fragte Elisabeth bang.

Triumphierend hielt Schwester Klara ein pinkfarbenes Kosmetikköfferchen hoch. »Schaumfestiger, Fön, Haarspray, Nagellack, Make-up. Sonst noch Fragen?«

Ja, Elisabeth fragte sich zum Beispiel, was der Spaß wohl kosten würde. Doch selbst wenn ihr letztes Geld dafür draufging, würde sie diese Sache durchziehen. Deshalb hob sie nur einen Daumen und zeigte Schwester Klara den Weg zum Badezimmer.

Die Verschönerungsaktion erwies sich als eine äußerst umständliche und zeitraubende Prozedur. Schwester Klara half Elisabeth beim Duschen, wusch ihr die Haare, reichte ihr den Bademantel und setzte sie wieder in den Rollstuhl. Dann fönte und sprayte sie drauflos, bis unter ihren geschickten Händen eine windschnittige Frisur entstand. Überglücklich verfolgte Elisabeth im Badezimmerspiegel, wie sie sich vom hässlichen Entlein, nun ja, nicht gerade in einen schönen Schwan, aber immerhin in eine ganz passable Ente verwandelte. Währenddessen erzählte sie, wie es ihr inzwischen ergangen war.

Mitfühlend schüttelte Schwester Klara den Kopf. »Das haben Sie nicht verdient, dass man Sie einfach aufs Abstellgleis schiebt.« Sie schraubte ein Fläschchen mit rotem Nagellack auf und widmete sich Elisabeths Fingernägeln. »Was haben Sie eigentlich heute Abend Aufregendes vor? Mit den Jungs um die Ecken ziehen und Mülltonnen abfackeln? Oder geht's in die Oper?«

Elisabeth druckste verlegen herum. Es war ihr unmöglich, mit der Wahrheit herauszurücken. »Ach, es gibt so einen komischen Verein hier im Haus. Einstein-Club oder so ähnlich. Ein Seniorenzirkel mit Denksportprogramm.«

»Ist klar.« Schwester Klara lachte spitzbübisch. »Und die kleinen Babys bringt der Klapperstorch. Da steckt doch ein Kerl dahinter!«

»Gut, ein relativ attraktiver Mann ist auch dabei«, gab Elisabeth zögernd zu. Sie schämte sich ein wenig. Was mochte Schwester Klara bloß von ihr denken? Gab es etwas Peinlicheres als eine Siebzigjährige, die sich wie ein Backfisch aufführte?

»Ein Flirt ist das Beste, was Ihnen passieren kann!«, versicherte Klara unbekümmert. »Ist gut für den Teint und hebt die Stimmung. Ich hör schon die Hormone hüpfen. Oder hat es da eben geklopft?«

Sie ging hinaus und kehrte in Begleitung von Pete ins Badezimmer zurück. Der Pfleger brachte das Tablett mit dem Abendbrot. Eingehend erkundigte er sich nach Elisabeths Befinden, so richtig bei der Sache aber wirkte er nicht. Es war nicht zu übersehen, dass er nur Augen für Klara hatte. Auch sie wirkte plötzlich verändert. Eine sanfte Röte überzog ihr rundes Gesicht, sie lachte etwas lauter als sonst und fuhr sich nervös durchs Haar.

»Ich habe meine persönliche Stilberaterin engagiert«, erklärte Elisabeth. »Aus besonderem Anlass.«

»Sie sehen toll aus, Lissy«, sagte Pete. »Steht Ihnen gut, die Frisur.«

Klara reckte stolz das Kinn. »Warten Sie erst mal, bis sie angezogen und geschminkt ist! Hier läuft die Aktion ›Pimp your Oma!‹«

»Das Verhältnis von Männern und Frauen in Seniorenheimen liegt gefühlt bei eins zu hundert«, schmunzelte Pete. »Aber so, wie Lissy aussieht, kann sie hier jeden Mann erobern.«

»Das kann sie auch ohne Styling.« Kess zwinkerte Klara dem Pfleger zu. »Frau Schliemann ist ein Knaller. Man sieht es vielleicht nicht auf den ersten Blick, aber ich bin sicher, sie hat es faustdick hinter den Ohren.«

Soso. Elisabeth hatte das Gefühl, dass Klara mehr über sich selbst sprach als über die alte Frau im Rollstuhl, die sie gerade frisiert hatte.

»Ich geh dann mal, ich habe noch eine lange Runde vor mir«, verabschiedete sich Pete mit hörbarem Bedauern. »Und vergessen Sie nicht, die Tabletten zu nehmen, Lissy. Sie liegen neben dem Teller. Die blaue ist die Schlaftablette, die weiße ist für die gute Laune.«

»Mit schönen Grüßen vom Psychoklempner?« Elisabeth zog die Augenbrauen hoch. »Herr Müller-Neuenfels kann seine Gute-Laune-Pillen behalten. Der Trauerkloß braucht sie dringender.«

»Für Sie wäre das bestimmt auch ganz gut«, versicherte Pete. »Oh, ich glaube, da ist jemand an der Tür.«

Zehn Sekunden später stolzierte Lila Fouquet ins Badezimmer. Sie trug ein lachsfarbenes, tief ausgeschnittenes Abendkleid, dazu üppigen Goldschmuck und eine blassrosa Nerzstola. In ihrem goldenen Turban wippte eine rosa Feder. »Ich kam gerade zufällig vorbei, hörte Stimmen und dachte, hier läuft eine Party.«

Verdutzt musterte Klara die extravagante Erscheinung. »Sie hat ja wohl nicht der Klapperstorch gebracht, sondern ein Flamingo, was?«

Lila Fouquet senkte hoheitsvoll ihre nachtblau geschminkten Lider. »Kleines, ich bin schon in Lackschuhen auf die Welt gekommen, an meiner Schultüte klebten Glitzerpailletten, und seit ich zehn bin, trage ich bühnentaugliche Gewänder. Das Leben ist keine Generalprobe, für mich ist jeden Tag Vorstellung.«

»Sie war früher Opernsängerin.« Elisabeth zwinkerte Klara zu. »Außerdem ist sie meine Tischnachbarin im Speisesaal. Trotzdem muss ich Sie bitten, mein Badezimmer zu verlassen, Fräulein Fouquet. Wir haben zu tun.«

Erst jetzt schien der einstigen Diva aufzufallen, dass Elisabeth geradezu sensationell frisiert war. »Oh, Verzeihung. Verstehe. Das bedeutet dann ja wohl, dass Sie heute Abend mit von der Partie sind.« Argwöhnisch betrachtete sie Elisabeths feuerrot lackierte Nägel. »Sie legen sich ja mächtig ins Zeug. Hat Vincent Sie dazu inspiriert? Man könnte auf die Idee kommen, dass Sie es auf den gedankenlosen Austausch von Körperflüssigkeiten abgesehen haben!«

Elisabeth stöhnte auf. Das war mal wieder echt Lila Fouquet, taktlos und hemmungslos wie immer.

Klara drohte ihr mit der Haarspraydose. »So, Königin der Nacht, raus jetzt. Sie sollten mal an Ihren inneren Werten arbeiten. Wir dagegen müssen nur an der Verpackung feilen.«

»Dann geben Sie acht, dass es keine Mogelpackung wird«, stichelte Lila Fouquet. »Dies Biiiildnis ist bezaubernd schön!«, hallte es durch die Wohnung, dann fiel die Tür ins Schloss.

Klara kicherte. »Nette Bekanntschaften haben Sie, Frau Schliemann. Ich weiß nicht, was sie nimmt, aber ich will das auch haben. Die Frau ist doch mindestens neunzig, trotzdem macht sie noch die ganz große Welle.«

»Fräulein Fouquet ist wie ein Atomkraftwerk – geballte Energie, aber störanfällig«, seufzte Elisabeth. »Bei ihr laufen manchmal die Brennstäbe heiß, dann muss man sie runterkühlen. Sie will einfach immer im Mittelpunkt stehen.«

»Aber heute Abend bekommt sie ernsthafte Konkurrenz!« Mit diesen Worten holte Schwester Klara eine Handvoll Schminkutensilien aus dem Kosmetikkoffer und breitete sie auf der Ablage des Waschbeckens aus.

»Meinen Sie wirklich, dass ich in meinem Alter noch Make-up tragen sollte?« Elisabeth zeigte auf ihre Cremetöpfchen. »Hier sieht es aus wie in einer Autowerkstatt. Überall steht ›Repair‹ drauf. Bei mir müsste man erst mal den Rost abschmirgeln und die Zündkerzen auswechseln, bevor neue Farbe draufkommt.«

»Nur ein Hauch Frische«, versprach Klara. »Damit Sie aussehen, als kämen Sie gerade von einer Wandertour.«

Für eine Weile wurde es still im Badezimmer. Schwester Klara verteilte getönte Tagescreme auf Elisabeths Gesicht, strich mit einem Rougepinsel über ihre Wangen und krönte das Werk mit rosa Lipgloss.

»Das Lipgloss können Sie behalten«, sagte sie. »Ist ein Alles-wird-gut-Geschenk. So ein bisschen Glanz auf den Lippen macht sofort gute Laune.«

Elisabeths Laune war bereits auf ungekannte Höhengrade geklettert. Ungläubig starrte sie in den Spiegel. »Bin ich das wirklich?«

»Nee, das ist die neue Elisabeth Schliemann. Und die möchte ich von jetzt an öfter sehen.«

»Lissy, sagen Sie doch Lissy.« Elisabeth lächelte dankbar. »Was darf ich Ihnen für ihre großartige Arbeit geben?«

»Sie meinen Geld?« Klara winkte ab. »Normalerweise nehme ich zwanzig Euro, aber heute war's umsonst. Und wenn Sie mich mal wieder brauchen, geben Sie mir einfach, was Sie können. Bestimmt ist ganz schön Ebbe auf Ihrem Konto, oder?«

»Ja, leider.« Elisabeth erzählte von dem Streit mit ihren Töchtern und von dem finanziellen Loch, in das sie gefallen war.

»Ich bin immer für Sie da«, bekräftigte Schwester Klara. »Geld ist nun mal eine Dauerbaustelle. Ich meine, woher nehmen und nicht stehlen?«

Es war schon ziemlich komisch, wie zielsicher Schwester Klara ins Schwarze getroffen hatte. Dennoch widerstand Elisabeth der Versuchung, von den kriminellen Plänen ihrer Tischgenossen zu erzählen. »Tja, die große Frage ist: Wie befreit man sich aus einer ausweglosen Situation?«

»Wenn ich das wüsste, hätte ich mich längst von meinem Mann getrennt«, entgegnete Schwester Klara. »Aber das ist eine andere Geschichte. Jetzt gehen Sie da raus und zeigen der Welt, was ein echtes Vollweib ist!«

5

Eine Sache ist umso kostbarer, wenn wir ihr begegnen, wo wir sie nicht erwarten. Mit vielem hatte Elisabeth gerechnet, aber nicht damit, in diesem trostlosen Altersheim einem Mann wie Vincent von Wackerbarth zu begegnen. Dabei hegte sie überhaupt keine konkreten Hoffnungen. Verheiratete Männer waren für sie immer tabu gewesen, auch im Wanderverein und im Tanzclub. Ihr reichte es völlig, wenn sie Vincent sehen, mit ihm sprechen konnte. Umso seliger war sie, dass ihn wenigstens in einem vorzeigbaren Zustand anhimmeln durfte. Klara hatte ihr zu einem kobaltblauen Seidenkleid und dezentem Schmuck geraten. Eine einzige Perle an einem goldenen Kettchen schmückte ihr Dekolleté wie eine schimmernde Träne.

Elisabeth sprühte ein wenig Parfum auf ihre Handgelenke und sah auf die Uhr. Viertel vor sieben. Es wurde Zeit. Sie war aufgeregt wie ein junges Mädchen vor dem ersten Rendezvous, als sie ihre Wohnung verließ und losrollte. Im Schneckentempo, um ihre Frisur nicht wieder durch Schweißausbrüche zu ruinieren. Ihre Hüfte schmerzte, aber das konnte ihre Vorfreude nicht trüben.

Wenn ich zum Tanzen geh, tut mir das Bein nicht weh, hatte ihre Mutter immer gesagt. Elisabeth fühlte sich so leicht und lebendig wie lange nicht mehr. Nur Schwester Klaras Andeutung über ihre Ehe beunruhigte sie. Warum war eine so wunderbare Frau mit einem Mann zusammen, der sie offenbar unglücklich machte? Demnächst würde sie dieser Sache auf den Grund gehen. Aber jetzt wartete erst einmal ein verheißungsvoller Abend auf sie.

Die Uhr zeigte schon fast halb acht, als sie endlich das Bridgezimmer erreichte. Mehrmals hatte sie sich durchfragen müssen, was dadurch erschwert wurde, dass sie an gleich zwei orientierungslose ältere Damen geraten war. Deshalb hatte sie Bekanntschaft mit der Küche und dem Heizungskeller gemacht, bevor sie schließlich mit Hilfe von Pete an ihr Ziel gelangte.

»Danke, Pete«, sagte sie. »Sie haben mich gerettet. Es könnte heute später werden. Macht Ihnen das etwas aus?«

»Kein Problem. Gleich fängt der Kollege von der Abendschicht an, der kann Ihnen beim Zubettgehen helfen. Viel Spaß. Sie sehen wirklich toll aus.« Er hielt einen Moment inne. Die Augen in seinem dunklen Gesicht leuchteten. »Und falls Sie mit Klara sprechen, grüßen Sie sie von mir, ja?«

Es war herzzerreißend. Pete wirkte wie ein kleiner Junge, der unverhofft den Weihnachtsmann gesehen hatte.

»Mache ich gern«, sagte Elisabeth. »Dann bis morgen.«

Nachdem sie geklopft hatte, öffnete sie die Tür zu einem schwachbeleuchteten Raum, in dem mehrere mit grünem Filz bezogene Spieltische standen. Sie waren alle leer, bis auf einen Tisch, an dem Hans Martenstein, Lila Fouquet, Ella Janowski und Vincent von Wackerbarth saßen. Das also war der sagenumwobene Einstein-Club? Na, immerhin war der Mann dabei, für den sie sich weit mehr interessierte als für die albernen Pläne ihrer Tischgenossen.

»Frau Schliemann!« Vincent von Wackerbarth sprang auf

und verneigte sich leicht. Als er sich wieder aufrichtete, registrierte Elisabeth, dass er sie aufmerksam musterte. Offenbar gefiel ihm, was er sah. Himmel, er flirtete! Und sie? Errötete so heftig, dass ihre Wangen unter dem Rouge die Farbe reifer Tomaten annahmen.

»Entschuldigen Sie, dass ich, ich – äh, später bin, ich habe mich, äh, verirrt«, stotterte sie, verlegen wie ein Schulmädchen.

Vincent von Wackerbarths Bernsteinaugen glühten. »Und ich war schon in Sorge, dass Sie gar nicht mehr kommen.«

»Also, diese Sorge hatte ich nicht.« Lila Fouquet lächelte schlitzohrig. »Man muss sie doch nur anschauen. Wer so aufdreht, bleibt nicht im stillen Kämmerlein sitzen.«

Bevor sie irgendwelche Badezimmergeheimnisse ausplaudern konnte, fiel Elisabeth ihr hastig ins Wort. »Es ist mir eine große Ehre, Ihrem Club beizutreten.«

Wobei ihr absolut nicht klar war, worum es sich dabei eigentlich handelte. In einem Zirkel dieser Art hätte sie wenigstens ein paar Bücher erwartet, doch auf dem Tisch standen nur eine Flasche Wein, fünf Gläser und ein Pappkarton mit Prospekten des Seniorenheims. Nach einem konspirativen Treffen sah es auch nicht aus, eher nach einem harmlosen Dämmerschoppen. War die Geschichte mit dem Bankraub am Ende nichts weiter als ein schlechter Scherz gewesen?

»Hiermit erkläre ich die Sitzung des Einstein-Clubs für eröffnet«, verkündete Hans Martenstein gewichtig. »Tagesordnungspunkt eins: Überprüfung der Vollzähligkeit.« Er sah in die Runde und hakte den oberen Punkt einer Liste ab, die vor ihm auf dem Tisch lag. »Ist bestätigt.«

»Sagen Sie, warum ist Frau Janowski Clubmitglied?«, fragte Elisabeth neugierig. »Ich meine, sie schläft doch eigentlich nur. Oder bekommt sie mit, was rings um sie her geschieht?«

»Ich glaube, in ihrem Hirn gibt es ein großes Fach mit ungeklärten Fragen«, antwortete Vincent von Wackerbarth. »Vielleicht räumt sie darin auf, wenn sie weggetreten ist. Doch man sollte sie nicht unterschätzen. Sie verfügt über einen äußerst scharfen Verstand.«

Hans Martenstein nahm seine Hornbrille ab und putzte sie ausgiebig mit einer Papierserviette. »Außerdem könnte sie für unsere Pläne durchaus hilfreich sein. Man kann sie zwar nicht wecken, aber man kann sie einschlafen lassen.«

Es war Elisabeth schleierhaft, warum dies, für welchen Zweck auch immer, von Vorteil sein sollte. Völlig unverständlich war ihr außerdem, wie man jemanden dazu bringen konnte, spontan einzuschlafen.

»Das Phänomen der Narkolepsie ist eigenwillig«, erläuterte Vincent von Wackerbarth das Krankheitsbild. »Es gibt einen Schlüsselreiz, der Ella zum Einschlafen bringt«, er schnippte mit den Fingern. »Simsalabim!« Elisabeth kam aus dem Staunen nicht mehr heraus. Außerdem hätte sie Vincent von Wackerbarth auch dann stundenlang zuhören können, wenn er das Telefonbuch vorgelesen hätte. Diese sonore Stimme. Diese eleganten kleinen Gesten, mit denen er das Gesprochene unterstrich. Seine ganze Art. Es war eben Vincent. Gekonnt öffnete er die Weinflasche und füllte die Gläser.

»Tja, Frau Schliemann, die Wunderkammer der Seniorenresidenz Bellevue hält weit mehr Überraschungen bereit, als

Sie denken«, gluckste Lila Fouquet. Ihre üppig beringten Finger spielten mit der Nerzstola. »Bald schon werden wir reich sein. Reich! Aber bevor wir Sie in die Geheimnisse unseres Zirkels einweihen, müssen Sie das Aufnahmeritual absolvieren.«

Ein Ritual? Elisabeth wurde es unbehaglich zumute. Was kam denn jetzt? Teeren und federn? Oder wollte man sie auf den Arm nehmen? Sie beschloss, spaßeshalber so zu tun, als glaubte sie den Unsinn von dem Banküberfall.

»Soso, Sie wollen also eine Bank ausrauben. Ritual hin oder her, was macht Sie eigentlich so sicher, dass ich nicht zur Polizei gehe?«

»Schätzchen, Sie haben noch gar nicht begriffen, was der Vorteil des Alters ist«, kicherte Lila Fouquet.

Elisabeth schüttelte verständnislos den Kopf. »Bis jetzt kann ich nur Nachteile entdecken.«

»Oho! Eine Anfängerin!« Die Stimme von Fräulein Fouquet triefte vor Hohn. »Alte Leute nimmt doch keiner ernst! Und das ist absolut großartig! Werte Frau Schliemann, Sie können Ihr Geld scheinchenweise verbrennen, nackt auf dem Tisch tanzen, sich mit Bratensauce eincremen – und jeder sagt: Die ist halt dement. Ist das nicht wunderbar? Angenommen, Sie erzählen der Heimleiterin, was wir vorhaben, oder sogar der Polizei. Was glauben Sie, was dann passiert? Gar nichts! Jeder denkt doch: Ach, das sind nur ein paar verrückte Alte. Wir haben Narrenfreiheit, verstehen Sie? Und das ist unsere Chance!«

So hatte es Elisabeth in der Tat noch nicht gesehen. Dabei machte sie ja neuerdings selber die Erfahrung, dass niemand auf sie hörte. Nicht einmal die eigenen Töchter, und schon gar nicht diese unsägliche Heimleiterin. Was sie dachte, was sie sagte, spielte keine Rolle mehr.

»In den Augen der Gesellschaft sind wir hilflose, schwache Kreaturen«, sinnierte Hans Martenstein. »Niemand traut uns zu, dass wir etwas im Schilde führen. Man unterschätzt uns. Umso wirkungsvoller können wir zuschlagen.«

Das hatte eine gewisse Logik, musste Elisabeth zugeben. Dennoch fand sie das Gerede vom Bankraub vollkommen lächerlich. Fragte sich nur, was Vincent von Wackerbarth in dieser Runde verloren hatte. Sein Hirn schien jedenfalls einwandfrei zu funktionieren.

»Auf unser reizendes neues Mitglied«, sagte er galant und hob sein Glas. »Willkommen im Einstein-Club.«

Alle tranken einen großen Schluck. Elisabeth nippte nur. Sie hatte noch nicht vergessen, welche Scherereien sie durch unkontrollierten Alkoholkonsum bekam. Ohne Bennos Schnäpse säße ich gar nicht hier, dachte sie. Ohne den verhängnisvollen Schwips hätte ich allerdings auch niemals Vincent kennengelernt.

»Und jetzt das Ritual!«, rief Lila Fouquet, woraufhin sie eine ihrer Gesangseinlagen zum Besten gab: »Wer du auch seist, ich will dich retten, bei Gott, bei Gott, du sollst kein Opfer sein, gewiss, gewiss, ich löse deine Ketten, ich will, du Armer, dich befrein!«

»Sehr schön – und sehr treffend«, sagte Vincent von Wackerbarth anerkennend. »Fidelio, wenn ich mich recht erinnere?«

»Zweiter Akt, Leonores Gesang im Kerker«, bestätigte Fräulein Fouquet.

Sie öffnete ihr Abendtäschchen aus rosa Perlmutt und holte eine dicke rote Kerze heraus, die sie mitten auf den Tisch stellte. Vincent entzündete sie mit einem silbernen Feuerzeug. Hans Martenstein erhob sich ächzend, schlurfte zum Lichtschalter und löschte das Deckenlicht. Nun saßen sie im flackernden Schein der Kerze da.

Elisabeth wusste nicht, ob sie lachen oder verschwinden sollte. Am besten beides. Wenn nur Vincent nicht gewesen wäre. Es war seltsam, aber sie spürte eine Vertrautheit, die von ihren Träumen herrührte. Vermutlich habe ich mir nicht nur den Oberschenkelhals gebrochen, sondern auch das Hirn verrenkt, dachte sie. So gefühlsduselig war ich doch früher nicht.

Herr Martenstein kramte in dem Pappkarton und hielt einen farbigen Prospekt hoch. »Dies ist die Broschüre der Seniorenresidenz Bellevue. Frau Schliemann, bitte übergeben Sie diese Schandschrift jetzt den Flammen. Und schwören Sie, dass niemals nach außen dringt, was in unserem Zirkel besprochen wird.«

»Das Ritual haben wir der neapolitanischen Mafia, der Camorra, nachempfunden«, wisperte Lila Fouquet.

»Was den Ernst der Sache betont«, fügte Vincent von Wackerbarth hinzu. »Und was das Motto betrifft, so haben wir es von den drei Musketieren übernommen: Einer für alle, alle für einen.«

Spätestens jetzt wäre der perfekte Augenblick gewesen, sich höflich zu verabschieden. Eigentlich. Denn in Vincents Gesicht las Elisabeth so viel erwartungsvolle Zuversicht, dass sie schon ein Unmensch hätte sein müssen, um ihn zu enttäuschen. Elisabeth war kein Unmensch. Sie war eine Frau, deren Herz kraftvoll in der Brust hämmerte, die den Kavalier ihrer Träume vor sich sitzen sah und die wenig mehr zu verlieren hatte als die Perspektivlosigkeit einer unfrohen Existenz.

»Ich schwöre Geheimhaltung«, murmelte sie. »Einer für alle, alle für einen.«

Beherzt nahm sie Hans Martenstein die Broschüre ab und hielt sie in die Kerzenflamme. Der Prospekt fing sofort Feuer, schneller, als Elisabeth erwartet hatte. Knisternd verbrannte das farbige Papier. Die Flamme fraß sich ihren Weg zu Elisabeths Hand und erreichte in Sekundenschnelle ihre Fingerspitzen. Aufschreiend ließ sie den Rest der brennenden Broschüre auf den Tisch fallen. Auf den mit grünem Filz bezogenen Tisch.

Niemand hatte damit gerechnet, dass Filz hervorragend brannte. Eine Stichflamme züngelte auf. Erschrocken warf Elisabeth ihr Glas um, leider in die falsche Richtung. Das folgende Durcheinander, begleitet von Schreien, hektischen Bewegungen und umkippenden Stühlen konnte den Brand ebenso wenig löschen.

»Feuer!«, kreischte Lila Fouquet, während sie mit ihrer Nerzstola nach den Flammen schlug. Womit sie nur erreichte, dass auch die Stola lichterloh brannte – was darauf schließen ließ, dass es sich um Kunstpelz handelte.

Vincent von Wackerbarth zog sein helles Jackett aus und drosch damit auf den Tisch ein, doch auch das Jackett erwies sich als wenig wirkungsvoll. Hans Martenstein rettete erst mal seine Liste. Er faltete sie zusammen und verstaute sie in den Tiefen der Strickweste, bevor er den Inhalt seines Desinfektionsfläschchens in das Feuer kippte. Leider keine sonderlich gute Idee. Hell loderten die Flammen auf, erreichten den Lampenschirm, brennende Stofffetzen fielen herab und steckten alles in Brand, die Sitzpolster der Stühle, den Teppichboden und sämtliche Prospekte der Seniorenresidenz Bellevue.

Wenig später war der Bridgeraum verwüstet. Was die Flammen nicht vernichteten, wurde ein Opfer des Löschwassers, mit dem gleich zwei Feuerwehrmannschaften anrückten. Beißender Rauch quoll durch die Flure, in denen vermummte Einsatzkräfte umherrannten. Unaufhörlich hörte man den gellenden Ton von Sirenen, aufgeregte Schreie, Fußgetrappel. Das gesamte Altersheim wurde evakuiert. Auf dem Vorplatz der Seniorenresidenz drängten sich immer mehr alte Menschen im zuckenden Blaulicht der Feuerwehrwagen. Kamerateams des örtlichen Fernsehsenders schwirrten umher und interviewten die verstörten Bewohner, während die Mitglieder des Einstein-Clubs kleinlaut dastanden, in Decken gehüllt und einer tobenden Direktorin ausgesetzt.

»Das wird ein Nachspiel haben!«, schrie sie. »So eine Sabotage lasse ich mir nicht bieten! Die Polizei ist schon verständigt! Wer von Ihnen ist dafür verantwortlich?«

Ihre Worte prallten an einer Mauer aus Schweigen ab. Sie stampfte mit dem Fuß auf. »Ich bringe Sie alle ins Gefängnis! Vor allem Sie, Frau Schliemann! Jawohl, Sie! Seit Sie hier eingezogen sind, haben Sie nichts als Unfrieden gestiftet! Ihre Aufsässigkeit hat mich von Anfang an gestört! Aber jetzt sind Sie zu weit gegangen, hören Sie? Das ist kriminell! Das ist Anarchie!«

In diesem Moment erwachte Ella Janowski. Erstaunt rieb sie sich die Augen und betrachtete die wutschäumende Direktorin. »Hab ich was verpasst? Wer sind Sie?«

Die Augen traten der Heimleiterin fast aus den Höhlen. Fassungslos starrte sie auf die rechte Hand von Ella Janowski, in der ein elegantes silbernes Feuerzeug ruhte.

***

Elisabeth träumte von einer Feuersbrunst, aus der sie ein gewisser Vincent rettete. Das Gesicht rußgeschwärzt, mit angesengten Haaren und funkensprühenden Augen trug er sie durch ein Flammenmeer, als plötzlich eine Tür aufgerissen wurde. Es war die Schlafzimmertür. Im Handumdrehen füllte sich der winzige Raum. Nicht nur Susanne, Gabriele und Mara kamen hereingestürmt, sondern auch Klaus-Dieter.

Drohend baute er sich vor dem Bett auf. »Bist du wahnsinnig? Du hast mit deinen Mitbewohnern Feuer gelegt! Was hast du dir bloß dabei gedacht?«

Nun brach ein wahres Donnerwetter über Elisabeth herein. Es hagelte Vorwürfe und Verwünschungen. Alle redeten wild gestikulierend durcheinander, schimpften und zeterten wie die Rohrspatzen.

Langsam, sehr langsam rieb sich Elisabeth die Augen. Sie musste Zeit gewinnen, irgendeine gute Ausrede finden. Oje. Schon wieder hatte sie sich eine ganze Menge eingebrockt. Doch unter ihre Schuldgefühle mischte sich plötzlich eine ganz andere Sicht der Dinge. Was hatte Lila Fouquet noch gesagt? Alte Leute nimmt keiner ernst? Und das ist absolut großartig?

Ich bin eine unzurechnungsfähige alte Frau, dachte sie. Für die anderen jedenfalls. »Also wirklich, ich weiß gar nicht, worüber ihr euch so aufregt. Wir haben nur ein lustiges Lagerfeuer gemacht mit den Prospekten, die brannten so schön, das solltet ihr auch mal ausprobieren.«

Klaus-Dieters fleischiges Gesicht verfärbte sich lila. Eine Zornesader schwoll auf seiner Stirn. »Sie dreht durch!« Seine Stimme überschlug sich. »Die ist ja total plemplem!!«

»Ja, und deshalb möchte ich hier auch gar nicht wieder weg«, sagte Elisabeth treuherzig. »Mir ging's noch nie so gut!«

Susanne fiel die Kinnlade herunter. »Was?«

»Ihr habt das großartig gemacht«, versicherte Elisabeth. »Endlich bin ich da, wo ich hingehöre. Hier sind alle so nett zu mir, besonders diese reizende Frau Fröhlich.«

»Sie ist wieder betrunken, hundertpro«, giftete Gabriele.

Elisabeth hob die Hand zum Schwur. »Oh, nein, ich trinke keinen Tropfen, ich schwör's euch, ich nehme nur die Tabletten von Herrn Müller-Neuenfels, dem Therapeuten. Ich nenne sie die kleinen Sonnenstrahlen für verschattete Seelen. Danke, dass Ihr mir Herrn Müller-Neuenfels geschickt habt. Er hat mich wieder hingebogen. Meine Altersdepression ist wie weggeblasen!«

Zur Demonstration ihrer grandiosen Geistesverfassung klatschte sie in die Hände wie ein Kindergartenkind.

Mara sank entsetzt auf das Bett. »Sie steht ja völlig neben sich. Was haben wir bloß getan?«

»Die Frage ist ja wohl, was Mama getan hat!«, rief Susanne. »Wenn das Papa wüsste, er würde sich im Grab umdrehen! Seine Frau dreht durch, fackelt das halbe Altersheim ab!«

»Seniorenresidenz«, korrigierte Elisabeth ihre älteste Tochter.

Susanne erbleichte. »Oh. Mein. Gott.«

»Wir müssen sie hier rausholen«, stöhnte Mara.

Zart strich Elisabeth über die Wange ihres Nesthäkchens. »Nein, Kind, das müsst ihr ganz und gar nicht. Ich bin glücklich hier. Aber wenn ich erst mal eine Bank überfallen habe, ziehe ich nach Italien.«

Elisabeth hatte das nur so dahingesagt. Ein weiteres Märchen, das sie ihren Töchtern auftischte. Doch in dem Moment, in dem die Worte ihre Lippen verlassen hatten, entfalteten sie einen eigentümlichen Zauber. Warum nicht?, durchzuckte es sie. Warum denn eigentlich nicht? Vor ihrem inneren Auge sah sie schon, wie sie zusammen mit ihren Gefährten zum Flughafen fuhr, die Taschen voller Geld, und wie sie flogen, weit weg, nach Süden, bis zu dem Strand, von dem sie immer nur geträumt hatte.

»Banküberfall? Italien? Hast du sie noch alle?«, brüllte Klaus-Dieter.

»Es gibt da spielende Kinder und Eisverkäufer am Strand«, schwärmte Elisabeth, »und ihr solltet erst mal das Orchester hören!« Sie schnipste mit den Fingern. »Cha-Cha-Cha!«

Ein Ächzen ging durch den Raum. Alle sahen einander betreten an.

»Was ist hier denn los?« Ein dunkles Gesicht tauchte zwischen den schweigenden Besuchern auf. »Lissy, alles in Ordnung?«

»Guten Morgen, lieber Pete!«, sagte Elisabeth. »Wollen Sie mitkommen nach Italien?«

»Mit Ihnen gehe ich überallhin«, grinste er. »Sofern Sie Ihre nette Stilberaterin mitnehmen.«

Das war ein Scherz, aber den übrigen Anwesenden war nicht nach Lachen zumute. Alle starrten nun Pete an, der das Frühstückstablett in den Händen hielt und Elisabeth verschwörerisch zulächelte. Heute trug er ein kurzärmliges hellblaues Hemd, und zum ersten Mal fiel Elisabeth auf, dass seine Arme höchst phantasievoll tätowiert waren. Sanft ineinander verschlungene Muster schmückten seine milchkaffeebraune Haut, am rechten Arm zeigte ein Buddha sein unergründliches Lächeln. Normalerweise fand Elisabeth Tätowierungen vulgär, doch Pete verliehen sie eine eigentümliche Würde.

»Gestern Nacht muss hier ja die Hölle los gewesen sein«, sagte er. »Hat Frau Janowski wirklich gezündelt? Das hätte ich ihr gar nicht zugetraut.«

Elisabeth richtete ihre Augen zur Zimmerdecke. Sie ahnte nur zu gut, wer der schlafenden Ella ein silbernes Feuerzeug in die Hand gedrückt hatte. Aber hieß es nicht: Alle für einen, einer für alle?

»Der Einstein-Club wollte nur mal ein bisschen Schwung in die Bude bringen, und wir haben uns großartig amüsiert«, behauptete sie. »Noch schöner ist so ein Lagerfeuer natürlich am Strand. Können Sie grillen, Pete?«

»Also, ich bin komplett bedient«, stieß Klaus-Dieter hervor. »Sie ist irre, vollkommen irre. Lasst uns verschwinden und dann beratschlagen, wie es weitergeht.«

»Schön, dass ihr mich besucht habt«, säuselte Elisabeth. »Ich kann wirklich froh sein, dass ich so wunderbare Töchter habe, und einen Prachtkerl von Schwiegersohn!«

Susanne durchbohrte ihre Mutter mit Blicken. »Mama, ich warne dich! Falls du uns hier eine Komödie vorspielst, ist das einfach nur geschmacklos.«

»Und eine absolute Missachtung!«, fauchte Gabriele.

Was Missachtung und Geschmacklosigkeiten betraf, hätte

Elisabeth ihren Töchtern auch so einiges erzählen können. Die drei Frauen hatten einfach über ihren Kopf hinweg bestimmt, den größten Teil ihrer Habe weggeworfen, ihr Geld ausgegeben, sie einen Krüppel genannt. Und alle ihre Proteste waren sinnlos gewesen. Deshalb begnügte sich Elisabeth mit einer Abschiedsfloskel.

»Auf Wiedersehen, Kinder, tausend Dank für alles.«

Stumm verdrückten sich die morgendlichen Besucher. Als alle gegangen waren, verzog Pete das Gesicht.

»Eine nette Verwandtschaft haben Sie. Aber jetzt mal im Ernst: Frau Fröhlich ist im Ausnahmezustand. Schon den ganzen Morgen schreit sie rum. Ich soll Sie nach dem Frühstück ins Direktionsbüro bringen.«

»Oha. Bestimmt kein angenehmer Termin.«

»Das können Sie laut sagen.« Pete drückte auf einen Knopf an dem orthopädischen Bett. Das Kopfteil fuhr hoch. »So, alles aussteigen, der Badezimmerexpress ist abfahrbereit.«

»Sagen Sie …« Elisabeth betrachtete Petes freundliches Gesicht, seine breiten Schultern, seine muskulösen Arme. »Könnten Sie sich vorstellen, in Italien zu leben?«

Verblüfft kratzte er sich am Kopf. »Italien? Wie kommen Sie denn darauf?«

»Ist nur so eine Idee.«

Ein ungläubiges Lächeln glitt über Petes Gesicht. »Sie haben das ernst gemeint eben?«

»Nur wer träumt, verändert die Realität«, erwiderte Elisabeth. »Das habe ich mal irgendwo gelesen. Wer weiß, vielleicht wendet sich doch noch alles zum Guten.«

Pete schwieg nachdenklich, während er Elisabeth in den Rollstuhl setzte und sie zum Badezimmer schob. Er schwieg auch noch, als er sie zehn Minuten später an den Tisch rollte. Nachdem er Elisabeth eine Tasse von dem dünnen Kaffee eingeschenkt hatte, setzte er sich zu ihr. Das hatte er noch nie getan.

»Lissy, ich weiß nicht, wie ich es sagen soll – ich glaube, Sie spielen wirklich mit dem Feuer. Oder zumindest ein gefährliches Spiel.«

Elisabeth, die gerade einen Schluck Kaffee trinken wollte, ließ die Tasse in der Luft schweben. »Wieso?«

»Der Brand war schon eine schwerwiegende Sache. Aber wenn Sie noch mehr Mist bauen, kommen Sie auf die Regenbogenallee.«

»Auf die – was?«, fragte Elisabeth.

»So nennen sie hier die Demenzstation. Da werden Sie rund um die Uhr bewacht und dürfen nicht mehr allein raus auf die Straße. Abgesehen davon, dass Sie nur noch Leute sehen, die mit dem Essen die Wände bemalen und nach ihrer Mami rufen.«

Klirrend setzte Elisabeth ihre Tasse ab. »So schnell geht das?«

»Schneller, als Sie bis drei zählen können. Herr Müller-Neuenfels schreibt ein psychologisches Gutachten, holt das Einverständnis Ihrer Familie ein, und dann geht es ab auf die Knaststation. So nennen wir Pfleger nämlich die Regenbogenallee.«

Elisabeth spürte eine leichte Übelkeit in sich aufsteigen. Der Hauspsychologe würde zweifellos alles schreiben, was die wütende Direktorin ihm diktierte. Und das Einverständnis ihrer Töchter war nur noch eine Formalität, so merkwürdig, wie sie sich heute verhalten hatte. Sie saß in der Falle.

Beklommen sah sie Pete an. »Was soll ich jetzt tun?«

»Unauffällig bleiben. Alles machen, was Frau Fröhlich sagt. Und bloß keinen Unsinn anstellen«, erwiderte er. »Ich würde Ihnen raten, sich auf keinen Fall mehr mit diesem komischen Club zu treffen. Die Direktorin sagt, sie wären so etwas wie eine terroristische Zelle. Lachen Sie nicht, die denkt das wirklich. Ich habe gehört, wie sie sagte: Wenn ich die noch einmal bei einer Zusammenkunft erwische, gehen die geschlossen in die Regenbogenallee. Das wird sie Ihnen vermutlich auch gleich bei dem Termin erzählen.«

Leider klang das alles plausibel. Völlig geknickt starrte Elisabeth vor sich hin.

Pete stand auf. »Soll ich wiederkommen, wenn Sie gefrühstückt haben?«

»Nicht nötig, ich habe keinen Hunger.« Elisabeth zitterte wie Espenlaub. Ihre Lage war ernster, als sie gedacht hatte. »Wissen Sie zufällig, wo Vincent von Wackerbarth wohnt?«

»Klar, ein Stockwerk tiefer. Ich soll Ihnen sowieso ausrichten, dass wir vor dem Gespräch mit der Fröhlich bei ihm vorbeischauen sollen. Aber Sie müssen sich was Vernünftiges anziehen, Lissy. Sie müssen jetzt überhaupt sehr vernünftig sein.«

Elisabeth sah an sich herab. Noch immer trug sie ihr Nachthemd. Verlor sie etwa wirklich den Verstand? Etwas mitgenommen fühlte sie sich ohne Frage, was nach den Aufregungen des vorherigen Abends auch kein Wunder war. Aber jetzt wurde ihr bewusst, dass sie, nur sie allein die Übeltäterin war. Warum hatte sie den brennenden Prospekt fallen lassen?

»Gut, gut, ich ziehe mich an und bin ganz brav«, versicherte sie und ließ sich von Pete zum Kleiderschrank schieben.

Viel Auswahl gab es nicht. Neben der völlig überflüssigen Polizistenuniform ihres verblichenen Gatten hing der traurige Rest ihrer einstmals üppigen Garderobe. Nach kurzem Überlegen wählte sie ein dunkelblaues Kostüm. Sie wollte so seriös wie möglich aussehen, wenn sie schon bei der Direktorin antreten musste. Pete half ihr beim Anziehen. Dann rollte er sie zur Wohnung von Vincent von Wackerbarth.

»Ich hole Sie in einer Viertelstunde ab«, sagte der Pfleger. »Pünktlich! Frau Fröhlich hasst Unpünktlichkeit.«

Elisabeth bedankte sich und klopfte. Was wohl Vincent von ihr wollte? Hoffentlich macht er mir keine Vorwürfe, dachte sie.

Vincent von Wackerbarth war wie aus dem Ei gepellt. Heller Dreiteiler, weißes Hemd, taubenblaue Krawatte. Hochelegant, wie immer. Er sah aus, als ob er gleich eine Luxusyacht besteigen und zu einem glamourösen Lunch an der Côte d'Azur segeln würde. Erleichtert stellte Elisabeth fest, dass er sie anlächelte. Wie entzückend doch die kleinen Fältchen rund um seine funkensprühenden Augen waren!

»Gut, dass Sie da sind, die anderen kommen auch gleich«, begrüßte er Elisabeth. »Bitte sehr, treten Sie näher.«

Das war natürlich nur eine höfliche Formel. Mit einer galanten Geste umrundete er den Rollstuhl und schob Elisabeth in die Wohnung. Überrascht sah sie sich um. Das Appartement war so groß wie ihr eigenes, aber völlig überladen mit schweren Eichenschränken, Sesseln, Beistelltischchen, Lampen. An den wenigen freien Stellen der Wand hingen golden gerahmte Portraits.

»Ihre Ahnengalerie?«, fragte sie beeindruckt.

»Nur der traurige Rest.« Vincent von Wackerbarth hob seufzend die Schultern. »Wir mussten fast alles verkaufen.«

»Und Ihre Frau lebt in der – Regenbogenallee?«

Unwirsch wandte er sich ab. »Ja, auf der Demenzstation.«

»Wo wir ebenfalls landen, wenn der Termin bei Frau Fröhlich schiefläuft«, erwiderte Elisabeth.

Vincent von Wackerbarth fuhr herum. »Wer hat das gesagt?«

»Pete hat das gesagt, und er muss es wissen. Er hat die Direktorin heute Morgen schon erlebt, und ihre Laune scheint nicht die beste zu sein.«

»Kann ich mir vorstellen.« Versonnen betrachtete Vincent von Wackerbarth die Ölgemälde, die seine Vorfahren zeigten, dann deutete er auf seinen Siegelring, einen dicken Goldreifen mit einem blauen Stein, in den ein Adler eingeprägt war. »Unser Stammbaum reicht bis ins dreizehnte Jahrhundert zurück. Ein stolzes Geschlecht, die Ritter von Wackerbarth. Aber das hier« – er zeigte auf die Möbel, die sich dicht an dicht drängten – »ist alles, was davon übriggeblieben ist.«

»Nein«, widersprach Elisabeth, »Sie sind auch noch da. Und«, sie schluckte, »und Ihre Frau.«

Wieder reagierte Vincent seltsam. Sein Blick verfinsterte sich, und er sah aus, als ob er etwas loswerden wollte. In diesem Moment kam Lila Fouquet hereingerauscht, Hans Martenstein im Schlepptau.

»Rote Blitze flammen, schrecklich rollt der Donner ringsumher, alles zittert, kracht zusammen, und der Sturm zerpeitscht das Meer«, sang die einstige Diva.

»Othello hilft uns jetzt auch nicht weiter.« Vincent von Wackerbarth strich sich durchs graue, leicht gewellte Haar. »Wir müssen Kriegsrat halten.«

»Wieso?« Lila Fouquet lachte schlau. »Ich habe Ella das Feuerzeug in die Hand gedrückt. Damit dürfte der Fall klar sein.«

Aha, die Diva hatte es also getan. Elisabeth war unendlich erleichtert. Zu Vincent, dem Kavalier, hätte das auch gar nicht gepasst. Trotzdem fand sie es empörend, wie übel man der wehrlosen Ella Janowski mitspielen wollte.

»Fräulein Fouquet, Sie wissen, was das bedeutet«, sagte sie aufgebracht. »Wenn Sie bei dieser Version bleiben, wird Frau Janowski weggesperrt! Also, wirklich. So geht das nicht. Ich bin zwar erst seit kurzem Clubmitglied, aber ich finde, wir sollten unserem Motto treu bleiben: Einer für alle, alle für einen.«

»Hm«, Hans Martenstein rieb sich gemächlich über die Glatze, »alle für einen – alle im Eimer, was nützt uns das? Da ist es doch besser, dass wir Ella opfern, oder?«

»Hier wird niemand geopfert!«, donnerte Vincent von Wackerbarth so laut, dass sämtliche Anwesenden zusammenzuckten.

Dankbar strahlte Elisabeth ihn an. »Finde ich auch!«

»Also«, erkundigte sich Lila Fouquet, »was ist die Idee?«

»Es gibt keine Idee.« Elisabeth spielte nervös mit dem Verschluss ihrer Handtasche. »Die Direktorin hält den Einstein-Club für eine terroristische Vereinigung, mit dem Ziel, das Seniorenheim zu sprengen. Und sie wird uns bestrafen, wenn wir uns weiterhin treffen. Mit der Einweisung in die Regenbogenallee.«

Schon die bloße Erwähnung des Worts ließ alle erschaudern. Ratlos sahen sie einander an.

»Ich bin für Schadensbegrenzung«, schlug Vincent von Wackerbarth vor. »Wir sagen, dass es ein Unfall war, dass wir uns entschuldigen und dass der Einstein-Club ...« Alle hielten den Atem an. »... aufgelöst wird.«

Hans Martenstein ließ den Kopf hängen, Lila Fouquet griff sich an die Kehle, als müsste sie ersticken, Elisabeth erstarrte. Das war's dann mit den Ausbruchsplänen. Sie würde hier im Altersheim versauern, bis der Tod sie gnädigerweise holte. Es gab wohl keine andere Lösung. Oder doch?

Sie hob das Kinn. »Ich schließe mich meinem Vorredner an. Jedoch mit einer Einschränkung.« Einen Augenblick lang genoss sie die gespannte Erwartung in den Augen ihrer Mitstreiter. »Fräulein Fouquet, Sie haben doch von dieser Oper gesprochen, in der jemand im Kerker sitzt und befreit wird.«

Missmutig nickte die Diva. »Fidelio.«

»Tja. Der Einstein-Club ist tot, es lebe der Club Fidelio«, rief Elisabeth voller Leidenschaft. »Wir halten vier Wochen still, dann geht es los.«

»Gar nichts geht los«, grummelte Hans Martenstein. »Hier im Bellevue bleibt nichts verborgen. Wenn wir uns auch nur fünf Minuten lang irgendwo treffen, heißt es doch gleich, dass wir wieder eine Verschwörung planen.«

»Deshalb treffen wir uns ja auch woanders«, erklärte Elisabeth.

Lila Fouquet schüttelte den Kopf. »Wo sollen wir denn hin? In die Fußgängerzone? In den Park?«

»Das lassen Sie mal meine Sorge sein«, antwortete Elisabeth. »Mir schwebt da schon was vor.«

6

Nichts ist schmerzhafter als schöne Erinnerungen in schlechten Zeiten. So ähnlich hatte es Elisabeth mal irgendwo gelesen. Bei ihr lagen die Dinge allerdings noch weit verquerer. Denn jetzt, wo sich die Zeit wie Kaugummi dehnte, nur von den Mahlzeiten unterbrochen, stiegen vor allem die schlechten Erinnerungen in ihr hoch.

Seit drei Tagen befand sie sich schon in freiwilliger Isolation, um nicht den Unmut der Direktorin auf sich zu ziehen. Ihr Mittagessen ließ sie sich wie Frühstück und Abendbrot in die Wohnung bringen. Die einzige Abwechslung bestand darin, dass Pete sie ab und zu in den Garten des Heims rollte. Manchmal unterhielten sie sich dann ein wenig, doch Pete war immer unter Druck, weil sein Pflegeplan knapp getaktet war. So hing Elisabeth die meiste Zeit allein ihren Gedanken nach.

Je länger sie über ihr Leben nachdachte, desto mehr beschlich sie das Gefühl, dass sie es gar nicht richtig gelebt hatte. Im Nachhinein fühlte sich alles falsch an. Wie ein Schuh, der schon beim Kauf zu eng gewesen war und den sie dennoch pflichtbewusst getragen hatte, auch mit Blasen an den Füßen.

Der Schuh hatte einen Namen: Walther. Als sie einander kennengelernt hatten, war er der begehrteste Junge in der Tanzstunde gewesen. Schlank, smart, witzig. Mit einer blonden Haartolle, die ihm verwegen in die Stirn fiel. Und mit diesem feurigen Erobererblick, bei dem man einfach schwach werden musste. Walther hätte jedes Mädchen haben können. Umso mehr hatte es Elisabeth erstaunt, dass er sich ausgerechnet für sie interessierte.

Es war eine wilde Zeit gewesen. Heimliche Küsse, durchtanzte Nächte, schließlich die erste Liebesnacht auf dem Rücksitz eines geliehenen VW Käfer. Dafür brauchte man nicht nur akrobatische Fähigkeiten, dafür musste man wirklich verliebt sein, sonst wäre es mit der Romantik nicht weit her gewesen.

Vielleicht hatte Elisabeth geahnt, dass die Heirat ein Fehler sein würde. Jedenfalls waren sie volle fünf Jahre verlobt, bevor sie vor den Traualtar traten. Kurze Zeit später war Walther nicht mehr wiederzuerkennen gewesen. Aus dem lässigen Typen, der wie ein junger Gott Rock 'n' Roll tanzte und seine Verlobte auf Händen trug, wurde ein kleinlicher Haustyrann. Als Elisabeth es bemerkte und schon an Trennung dachte, kündigte sich die erste Schwangerschaft an.

So nahm das Unglück seinen Lauf, obwohl es nach außen hin wie das perfekte Glück aussah. Alle Freundinnen beneideten Elisabeth um ihren Mann, um das kleine Häuschen mit Garten, das sie bewohnten, um die hübschen Töchter, die in kurzem Abstand das Licht der Welt erblickten. Nie wäre es ihr in den Sinn gekommen, aus dieser falschen Idylle auszubrechen. Sie war Hausfrau und Mutter und, da sie ihren Job bei der Bank aufgegeben hatte, finanziell von Walther abhängig. Wesentlich schlimmer aber waren die mentalen Gitterstäbe ihres Ehegefängnisses.

Immer, wenn sie aufbegehrte, hieß es: Was sollen bloß die Leute denken? Die leidige Frage wurde ihr Mantra. Walther wiederholte sie täglich, bei jedem erdenklichen Anlass: Wenn Elisabeth mit ihren Töchtern im Garten herumtobte, wenn sie beim Tanzen ein gewagt kurzes Kleid trug, wenn er sie erwischte, wie sie kichernd mit ihren Freundinnen zusammensaß. Ihr jugendlicher Überschwang, ihre himmelstürmenden Gefühle, ihr überbordendes Temperament, für Walther waren das nichts als Flausen.

Benimm dich anständig! Was sollen bloß die Leute denken?

Irgendwann hatte sie sich angepasst. Warum nur? Weil sie unbedingt die brave Polizistengattin sein wollte? Oder weil sie zu ängstlich gewesen war, ihre Gefühle zu zeigen?

Elisabeth klappte das Fotoalbum zu, in dem sie geblättert hatte, und verstaute es ganz unten im Vitrinenschrank. Sie konnte die Familienfotos nicht mehr ertragen, von Walther peinlich genau arrangiert. Immer stand sie verkrampft lächelnd vor der Kamera, bemüht, einen guten Eindruck zu machen, und neben ihr die ebenso angespannten Mädchen, aufgereiht wie Orgelpfeifen. Allmählich wurde ihr klar, dass ihre Töchter mindestens so sehr unter dieser klemmigen Ehe gelitten hatten wie sie selber. War das der Grund, warum sie sich jetzt so distanziert verhielten? Weil es an Nähe gefehlt hatte, an Wärme und fröhlicher Vertrautheit?

Wenn sie an Walther dachte, wehte Elisabeth jedenfalls stets etwas Muffiges, Ungelüftetes an. Eine unselige Mischung aus Schweigen und Missachtung. Nur acht Jahre war sie frei gewesen, kostbare, viel zu kurze Jahre. Aber sie hatte noch nicht aufgegeben. Genauso wenig wie ihre Tischgenossen und Vincent von Wackerbarth.

Vincent. Elisabeth sprach leise seinen Namen vor sich hin. Es war komisch, in ihrem Alter verliebt zu sein. Irgendwie auch lächerlich. Selbst wenn Vincent Junggeselle wäre: Wollte sie allen Ernstes mit ihm herumknutschen? Mit ihm ins Bett steigen? Regte sich überhaupt noch was bei einem älteren Herrn? Und wollte sie ihm wirklich ihren Körper offenbaren, den etwas molligen Körper einer Siebzigjährigen, der letztlich nur aus Problemzonen bestand?

Plötzlich musste sie über sich selbst lachen. Mensch, Lissy, alte Schachtel, geht's noch? Sitzt im Rollstuhl und denkst über heiße Liebesnächte nach! Immerhin hatte sie das Träumen noch nicht verlernt. Das war auf jeden Fall besser als die Themen, die sonst so im Heim erörtert wurden. Da war ihre Wohnungsnachbarin, die immer ihr Gebiss verlegte und sich nur noch von Babybrei ernährte. Oder die Greisin von schräg gegenüber, die jedem ungefragt ihr offenes Bein zeigte. Ganz zu schweigen vom Dauerthema Inkontinenz, das selbst beim Mittagessen zur Sprache kam.

Auf einmal ging die Tür auf und das Licht an. »Lissy, warum sitzen Sie denn hier im Dunkeln?«

Geblendet hielt Elisabeth eine Hand vor die Augen. »Hallo, Pete.« Sie hatte nicht einmal bemerkt, dass es Abend geworden war.

»Gefällt mir gar nicht, dass Sie nur noch allein rumhocken und Trübsal blasen«, sagte der Pfleger. »Sie sollten wenigstens zum Mittagessen runtergehen.«

»Damit ich den Lagerkoller bekomme? Frau Fröhlich hat mich an einen Tisch mit drei alten Damen gesetzt, die von ihren Krankheiten und ihren Ausscheidungen besessen sind.« Elisabeth zog eine Grimasse. »Entweder geht es um Verstopfung oder Durchfall. Außerdem haben sie die Angewohnheit, beim Essen ihre Winde abzusondern. Da vergeht einem doch alles.«

»Kenn ich.« Pete grinste, während er das Tablett mit dem Abendbrot auf den Tisch stellte. »Wie heißt es doch so schön – ist der Ruf erst ruiniert, pupst es sich ganz ungeniert. Sie glauben gar nicht, was für Konzerte ich hier täglich höre.« Er schob Elisabeth an den Tisch. »Essen Sie was, bitte. Sonst bauen Sie noch mehr ab.«

Entschuldigend hob sie die Schultern. »Tut mir leid, ich habe einfach keinen Appetit.«

Er überlegte einen Moment, dann bestrich er die beiden Brotscheiben mit Butter, belegte sie mit Wurst und Käse und schnitt sie in kleine Stückchen. »Das sind Schäfchen. So hat meine Tante das immer genannt. Schmeckt gleich viel besser. Los doch, probieren Sie mal.«

Elisabeth war gerührt. »Warum sind Sie so nett zu mir, Pete?«

»Weiß nicht – vielleicht, weil Sie mich an meine Mutter erinnern. Und weil es mir im Herzen weh tut, dass man Sie hier alleine rumsitzen lässt. Was ist mit Ihren Töchtern los? Warum kommen die nicht öfter?«

»Über diese Frage habe ich schon den ganzen Tag nachgedacht«, bekannte Elisabeth. »Ich war keine schlechte Mutter. Aber offensichtlich auch keine besonders gute. Ich traute mich nicht, ich selbst zu sein. Wir haben zu wenig gekuschelt, zu wenig gelacht, zu wenig Blödsinn gemacht. Aber es gibt nun mal keine zweite Chance.«

»Doch, die gibt es immer.« Der Pfleger goss ihr eine Tasse Tee ein. »Und Klara? Kommt die wenigstens?«

»Sie gefällt Ihnen, stimmt's?«

»Ich – ich meine ja nur, weil Sie sich so gut verstehen«, wich Pete aus. »Wenn Klara da ist, lachen Sie wenigstens mal. Und, okay, ja – sie ist ein Sahneschnittchen.«

»Pete, ich sage Ihnen was.« Elisabeth sah zu ihm auf, in sein freundliches, ebenmäßiges Gesicht. »Ich war nicht mutig genug. Nicht stark genug. Ich habe immer getan, was andere von mir erwarteten. Lassen Sie sich bloß nicht von irgendwas und irgendwem einschüchtern. Zeigen Sie Ihre Gefühle.«

Auf einmal sah Pete sehr unglücklich aus. »Sie trägt einen Ehering, Lissy. Das ist ein No-Go für mich. Trotzdem vielen Dank. Ich muss dann mal los, bis morgen.«

Sie sah ihm hinterher, wie er zur Tür ging, dann aß sie ein Schäfchen. Es schmeckte köstlich. Pete hatte recht, sie musste etwas essen, wenn sie die kommenden vier Wochen durchstehen wollte. Die vier endlos langen Wochen, bis sie ihre Gefährten wiedersehen würde.

***

Es war weit nach Mitternacht, als Elisabeth von einem schwachen Klopfen erwachte. Sie setzte sich im Bett auf und knipste die Nachttischlampe an. Hatte sie geträumt? Nein, wieder drangen leise Klopfgeräusche an ihr Ohr. Vorsichtig hievte sie ihre Beine aus dem Bett und ließ sich in den Rollstuhl fallen. Dann manövrierte sie ihn zur Tür.

»Frau Schliemann«, erklang eine gedämpfte Männerstimme. »Sind Sie wach? Und hätten Sie vielleicht die Liebenswürdigkeit zu öffnen?«

In Anbetracht der Uhrzeit verspürte Elisabeth wenig Lust dazu. Da konnte ja sonst wer draußen stehen – ein Einbrecher zum Beispiel. Allerdings war nicht zu vermuten, dass sich Einbrecher dermaßen gewählt ausdrückten.

Sie öffnete die Tür einen winzigen Spaltbreit und brach in leises Gelächter aus. »Herr Martenstein! Ist denn schon Karneval?«

Der alte Herr hatte sich höchst phantasievoll ausstaffiert. Zu einem braunen Frotteebademantel und blauen Badeschlappen trug er einen Hut mit breiter Krempe, die den oberen Teil seines Gesichts verdeckte. Seine Mundpartie verschwand hinter einem mehrfach verschlungenen Wollschal.

»Ich wollte unerkannt bleiben«, erklärte er. »Wie wär's, wenn Sie mich reinlassen?«

»Na gut, Sie nächtlicher Romeo.«

Elisabeth rollte ein Stück zurück, damit er eintreten konnte. Jetzt erst wurde ihr bewusst, dass Sie nur ein dünnes Nachthemd trug. Aber Hans Martenstein schien es gar nicht zu bemerken. Schnurstracks schlurfte er zum Sofa, wo er den Hut abnahm und sich ächzend niederließ.

Elisabeth kicherte leise in sich hinein. »Sehr unauffällig, Ihre Verkleidung.«

»Nur leider viel zu warm.« Hans Martenstein wickelte umständlich den Wollschal vom Hals, dann griff er zu seinem Hut und fächelte sich damit Luft ins Gesicht. »Ungewöhnliche Situationen erfordern ungewöhnliche Mittel. Ich musste Sie unbedingt sprechen.«

Elisabeth unterdrückte ein Gähnen. »Nur zu, aber machen Sie's kurz.«

»Sie müssen wieder laufen lernen, Frau Schliemann. Unbedingt. Tun Sie es für sich selbst – und für unseren Club.«

»Das habe ich ja versucht, aber es klappt nicht.« Resigniert zeigte Elisabeth auf ihren Rollstuhl. »In diesem Ding werde ich den Rest meines Lebens verbringen.«

»Wer sagt das? Die Ärzte? Ihre Töchter?«, rief Hans Martenstein. »Sie dürfen sich nicht damit abfinden! Sie haben Potential, Frau Schliemann. Lassen Sie sich helfen. Ich übe mit Ihnen, wenn Sie wollen. Heimlich, damit die Direktorin uns nicht erwischt.«

Elisabeth hatte genug gehört. Sie wollte nur noch zurück ins Bett. »Bitte, lassen Sie es gut sein. Mit meinen Puddingbeinen komme ich nicht weit. Was, wenn ich wieder stürze und mir den Hals breche?«

»Das Problem ist, dass Sie das selber glauben. Sie sind eine Mordsnervensäge, wissen Sie das eigentlich?« Er stand auf und griff nach seinem Schal. »Also schön, dann steigen Sie am besten gleich in den Sarg. Und vergessen Sie nicht, den Deckel zuzumachen, wenn Sie drin sind.«

»Wenn das mal kein schöner Gedanke ist«, erwiderte Elisabeth spöttisch. »Aber im Moment ziehe ich mein Bett vor. Gute Nacht, Herr Martenstein.«

Wortlos erhob er sich, setzte seinen Hut auf und schlurfte zur Tür. Dort drehte er sich noch einmal um. »Ich weiß ja, ich bin nicht gerade der ideale Kandidat für einen Charmewettbewerb. Nur ein staubtrockener Pauker, der sein Leben mit Tafel und Kreide verbracht hat. Doch mein Angebot steht.«

7

Es ist ein langer, mühsamer Weg, den eine Raupe zurücklegt, bevor sie zum Schmetterling wird. Wochenlang muss sich das arme Tier kriechend vorwärtsbewegen, sich durch Staub und Unrat wälzen, bevor es sich verpuppt, die Flügel entfaltet und davonfliegt – als gebe es nichts Leichteres. Daran musste Elisabeth denken, als sie vier Wochen später im Badezimmer stand, sich einen Morgenmantel überwarf und zur Tür ging.

Jawohl, sie konnte gehen! Nun ja, sie bewegte sich nicht gerade mit der federleichten Anmut einer Gazelle, aber die Wackelpuddingbeine waren Vergangenheit.

»Ein Wunder ist geschehen!« Mit großen Augen stand Klara vor ihr. »Ich fasse es nicht! Wie haben Sie denn das geschafft?«

»Tja, Willenskraft und Starrsinn führen manchmal zum Erfolg«, erwiderte Elisabeth nicht ohne Stolz.

Sie setzten sich auf die rote Samtcouch, und Elisabeth begann zu erzählen. Die Raupenphase hatte ihr viel abverlangt. Täglich war sie mit Hans Martenstein in ihrer Wohnung auf und ab marschiert, manchmal auch nachts im Hausflur. Jeder Tag hatte einen kleinen, zäh erkämpften Fortschritt gebracht. Oft war sie schweißbedeckt in ihre Wohnung zurückgekehrt, einmal war sie hingefallen. Doch ans Aufgeben hatte sie nie auch nur gedacht.

Ihre Töchter ahnten nichts. Bei den immer seltener werdenden Besuchen tauschte Elisabeth Belanglosigkeiten mit ihnen aus. Lachhafte Bemerkungen über das Wetter zum Beispiel, über das Heimessen, über die Kapriolen der Enkelkinder. Mit keinem Wort erwähnte Elisabeth, dass sie sich keineswegs mit ihrem kümmerlichen Dasein in der Seniorenresidenz Bellevue abgefunden hatte. Und dass sie schon wieder ziemlich flink auf den Beinen war. Selbst Mara vertraute sie sich nicht an.

Klara staunte nur noch. »Das heißt – keiner weiß ...«

»... dass ich Rumpelstilzchen heiß«, ergänzte Elisabeth vergnügt. »Nur Pete ist eingeweiht in den Geheimplan Remobilisierung, wie Herr Martenstein meine Do-it-yourself-Reha nennt.«

»Oh, Pete hat Sie also auch unterstützt.« In Klaras Gesicht flackerte eine zarte Röte auf. »Das ist wunderbar.«

Elisabeth lächelte in sich hinein. »Ich glaube, er findet Sie auch wunderbar, liebe Klara.«

»Mich?« Offensichtlich fiel es Klara schwer, ihre Freude zu verbergen. Verlegen nestelte sie an ihrem Ehering herum. »Also, ich weiß nicht ...« Sie wechselte schnell das Thema. »Verraten Sie mir mal, was das Ganze soll? Wieso die Geheimniskrämerei?«

»Später«, vertröstete Elisabeth sie. »Erst sind meine Haare dran.«

Einen Moment lang zögerte Klara. So ganz geheuer schienen ihr die neuen Geheimnisse nicht zu sein. »Also gut«, sagte sie schließlich. »Wie hätten Sie's denn heute gern? Elegant? Verrucht? Verwegen?«

»Nicht zu verwegen«, mahnte Elisabeth.

Schwester Klara kicherte. »Kein Kerl heute?«

Was sollte Elisabeth darauf antworten? Ihre Gedanken schweiften zu Vincent. In den vergangenen vier Wochen hatte sie wenig mehr als ein paar Worte mit ihm gewechselt, um nicht den Argwohn der Direktorin auf sich zu ziehen. Gegenseitige Besuche verbot die Etikette. Aber manchmal waren sie einander zufällig auf dem Flur oder in der Eingangshalle begegnet, und Elisabeth hatte es zunehmend so empfunden, als würden sie sich mit Blicken unterhalten. Ein stummes Einverständnis verband sie, vielleicht sogar eine Seelenverwandtschaft. Jedenfalls kam es Elisabeth so vor.

Ja, aus der anfänglichen Verliebtheit war mehr geworden. Ein tiefes Gefühl. Nichts erschreckte Elisabeth mehr als das, denn sie spürte, dass ihre edle Zurückhaltung an Grenzen geriet. Auch Vincent schien Ähnliches zu empfinden. Natürlich sprachen sie nie darüber. Nur ihre Blicke loderten auf wie die Stichflamme im Bridgezimmer, wenn sie einander schon von weitem erkannten.

»Doch, dieser Mann von neulich ist heute auch mit von der Partie«, sagte Elisabeth. »Erinnern Sie sich noch, dass ich den Einstein-Club erwähnt habe?«

»Ach, diesen Flirtverein?« Schwester Klara kicherte wieder. »Wo Sie so tun, als würden Sie Denksportaufgaben lösen, und in Wirklichkeit glühen Sie sich an?«

»So ähnlich.«

»Und wieso dann keine verwegene Frisur?«, wollte Klara wissen.

»Weil ich gut aussehen möchte, aber nicht zu gut.« Elisabeth strich ihren Morgenmantel glatt, obwohl es überhaupt nichts zu glätten gab. »Sagen wir – normal gut.«

Verständnislos schüttelte Klara den Kopf. »Verstehe ich

nicht. Sie sagen, Sie brauchen mich drei Stunden! Ich dachte, das wird ein Beauty Day, mit Gesichtsmaske, Maniküre, Pediküre, Augenbrauen zupfen …«

»Nein, nein, nur fönen«, unterbrach Elisabeth die Aufzählung. »Dann gehen wir für eine halbe Stunde mittagessen, und anschließend brauche ich Ihre Hilfe bei einem kleinen Ausflug.«

Schwester Klara pfiff leise durch die Zähne. »Hey, hey, hey. Wollen Sie etwa ausbüxen?«

»Noch nicht. Aber bald.« Elisabeth stand auf und ging bemerkenswert schnell auf die Badezimmertür zu. »Kommen Sie?«

Das Werk, das Klara in der folgenden halben Stunde vollbrachte, war genau nach Elisabeths Geschmack. Sie sah adrett, aber nicht zu flott aus. Nachdem sie eine graue Bluse und einen beigefarbenen Rock angezogen hatte, sank sie zu Klaras größtem Erstaunen in den Rollstuhl und beugte den Rücken nach vorn. Das gehörte zur Strategie. Die Mitglieder des künftigen Clubs Fidelio waren bei ihrer Besprechung nach dem Brand übereingekommen, sich so schwach, so kränkelnd und hinfällig wie möglich zu präsentieren – damit niemand auf den Gedanken kam, sie könnten irgendetwas anstellen.

Als Elisabeth es Klara erzählte, brach sie in Lachen aus. »Und deshalb auch diese langweiligen Klamotten? O Mann, Lissy, wenn ich nicht solch einen Respekt vor Ihnen hätte, würde ich sagen, dass Sie ein richtiges Luder sind.«

Auch Elisabeth lachte. »Stimmt. Und jetzt fahren Sie mich bitte in den Speisesaal.«

»Lissy, Lissy, Lissy!« Klara schnalzte mit der Zunge. »Manchmal sind Sie mir ein bisschen unheimlich!«

Sobald sie die Wohnung verlassen hatten, hing Elisabeth nur noch wie ein nasser Sack im Rollstuhl. Wer sie jetzt sah, hielt sie für ein gramgebeugtes Großmütterlein, das permanent Hilfe brauchte. Kaum jemand grüßte sie im Fahrstuhl, man hatte sie offenbar längst abgeschrieben. Als sie die Eingangshalle erreichten, schien es, als sei sie eingeschlafen.

»Hallo, aufwachen«, raunte Klara. »Wo müssen wir denn hin?«

Elisabeth hielt die Augen geschlossen. »Geradeaus in den Speisesaal, fünfter Tisch links. Und schön langsam fahren, bitte.«

Folgsam rollte Klara ihre ehemalige Patientin zum fünften Tisch links, an dem bereits drei ältere Damen saßen. Sie sahen alle gleich aus. Die gleichen grauweißen Dauerwellen, die gleichen farblosen Strickjacken, die gleichen ausdruckslosen Mienen. Auch hier begrüßte niemand Elisabeth. Nur Klara, die sich einen Stuhl an den Tisch zog, erntete ein mattes Gemurmel.

»Guten Tag, die Damen!« Sie nickte den älteren Frauen aufmunternd zu. »Wie ist das werte Befinden?«

Keine Reaktion.

»Die sind komplett taub. Und so vergesslich, dass sie nie ihre Hörgeräte finden«, erklärte Elisabeth.

»Wie – geht – es Ihnen?«, brüllte Klara aus Leibeskräften.

»Furchtbar«, ächzte die eine. »Meine Arthrose macht mir zu schaffen.«

»Und die Gicht in den Händen ist heute besonders arg«, stöhnte die zweite.

Die dritte Dame wackelte mit dem Kopf. »Die Verdauung,

die Verdauung. Ich hatte seit einer Woche keinen Stuhlgang, aber heute Morgen dann ein gelber Klecks in der Kloschüssel. Gelb mit einem Stich ins Bräunliche.«

Klara verzog den Mund. »Oha. Das sollte eigentlich keine Sprechstunde werden.« Sie sah Elisabeth an, die entnervt abwinkte.

»So geht das jeden Tag«, wisperte sie. »Ich kenne alle Krankheitsgeschichten, alle Arztbesuche und alle Stuhlgänge auswendig. Die erzählen nie was anderes.«

»Verstehe. Wo sind denn bloß Ihre kauzigen Freunde abgeblieben?«

Verstohlen schaute Elisabeth sich um. »Man hat uns grausam getrennt.«

Frau Fröhlich hatte die Mitglieder des Einstein-Clubs gleich nach dem Brand weit voneinander entfernt an verschiedene Tische gesetzt. Nie hätte Elisabeth für möglich gehalten, wie sehr sie die verdrehten Gespräche ihrer einstigen Tischgenossen vermissen würde. Und doch war es so. Sie vermisste Lila Fouquets affektierten Theaterzauber, sie vermisste den pedantischen Hans Martenstein und sein Ritual des Besteckdesinfizierens, sie vermisste sogar die leise schnarchende Ella Janowski. Am meisten schmerzte es sie jedoch, dass sie Vincent von Wackerbarth nur noch von weitem bewundern durfte.

Eine Serviererin stellte vier Teller auf den Tisch. »Wie jeden Samstag gibt es falschen Hasen.« Fragend musterte sie Schwester Klara. »Sie sind ein Gast? Wollen Sie auch eine Portion?«

»Neihein, sie wi-hilll ni-hichts«, antwortete Elisabeth mit brüchiger Fistelstimme. »Sie-hie fühüttert mich.«

Den Hustenanfall, von dem Klara daraufhin geschüttelt wurde, erkannte nur Elisabeth als den Versuch, ein Lachen zu kaschieren. Klara hustete immer noch, als sie eine Gabel füllte und Elisabeth vor den Mund hielt.

»Schön essen, Sie falscher Hase!« Und schon prustete sie richtig los. Klara lachte so heftig, dass ihr erst das Essen von der Gabel und dann die Gabel aus der Hand fiel. Scheppernd landete sie auf dem Teller.

Im Speisesaal wurde es still. Alle Augen richteten sich auf sie.

»'tschuldigung«, japste Schwester Klara.

»Dieses glockenhelle Lachen würde ich unter Tausenden erkennen.«

Klara erschauerte und sah auf. »Oh. Hallo Pete.«

Wie aus dem Nichts, stand der Pfleger plötzlich neben ihr. Sein kurzärmliges blaues Hemd gab die Sicht auf die muskulösen, über und über tätowierten Arme frei. Seine Augen leuchteten mit denen von Klara um die Wette. Nicht nur Elisabeth und Vincent konnten sich mit Blicken unterhalten. Der stumme Dialog, der nun folgte, war das Rührendste, was Elisabeth seit langem erlebt hatte. So viel Glückseligkeit. So viele Fragen.

Pete war längst wieder gegangen, als Klara immer noch wie verzaubert dasaß, den Kopf gesenkt, am ganzen Körper bebend. »Er ist großartig«, seufzte sie schließlich. »Absolut großartig.«

Das fand Elisabeth zwar auch, doch es war offensichtlich, dass Klara das etwas anders meinte als sie. Hm. Sollte man das auf sich beruhen lassen? Durfte Elisabeth Öl ins Feuer gießen? Bei einer verheirateten Frau? Warum nicht, dachte sie. Klara ist noch jung, viel zu jung jedenfalls, um sich mit einer unglücklichen Ehe abzufinden.

»Was ist eigentlich mit Ihrem Mann?«, fragte sie.

»Ach«, eine dunkle Wolke erschien auf Klaras Stirn. »Im Grunde ist meine Ehe längst am Ende. Jeden Tag Streit. Aber ich habe Angst, allein zu leben, verstehen Sie? Wir sind schon so lange zusammen.«

Elisabeth nickte. Dieses Gefühl kannte sie nur zu gut. Auch ihre Ehe hatte sich schließlich jahrzehntelang qualvoll dahingeschleppt, ohne dass sie den Mut aufgebracht hätte, reinen Tisch zu machen. Erst der plötzliche Tod ihres Mannes hatte ihr die Augen geöffnet, wie sinnlos das öde Aneinandervorbeileben gewesen war.

Verlorene Jahre, dachte sie, unwiederbringlich dahin.

»Klara«, sie flüsterte nur noch, obwohl die drei Damen am Tisch sowieso kein Wort verstanden. »Wenn ich etwas bedaure in meinem Leben, dann meine Ehe. Walther und ich, wir hatten ein paar gute Jahre. Doch als die schlechten Jahre kamen, fürchtete ich mich vor einer Trennung. Heute würde ich sagen, dass das ein Fehler war.« Sie betrachtete ihre altersfleckigen Hände. »Das Leben ist so kurz ...«

Erschrocken fuhr Schwester Klara zusammen. »Was wollen Sie mir denn damit sagen?«

In diesem Moment näherten sich aus verschiedenen Richtungen zwei gebeugte Gestalten, die sich an ihren Rollatoren festklammerten. Leise quietschte die Gummibereifung auf dem Linoleumboden. Lila Fouquet und Hans Martenstein waren kaum wiederzuerkennen. Die einstige Diva hatte ihr rötliches Haar zu einem nachlässigen Dutt aufgesteckt, aus dem sich fusslige Strähnen lösten. Ihr Lippenstift war verschmiert, ihr abgeschabter blauer Frotteemorgenrock hatte bessere Tage gesehen. Hans Martenstein sah kaum weniger trostlos aus in seinem ausgefransten Wollpullover und der zerbeulten braunen Hose. Ächzend schlurften sie vorwärts, ohne am Tisch stehen zu bleiben. Nur Elisabeth und Klara sahen, dass in den Augen der beiden Elendsgestalten eine dunkle Glut aufloderte, als sie vorbeizuckelten.

»Meine Cousine wohnte einst in der Brunnenstraße 20«, sagte Elisabeth sehr unvermittelt und sehr laut.

»Ihre – Cousine?« Klara schaute leicht verdattert drein. »Muss ich das jetzt verstehen?«

»Kindchen, bald schon werden Sie in meiner rabenschwarzen Seele lesen wie in einem Buch«, gluckste Elisabeth.

Ihre übermütige Heiterkeit brach jäh ab, als die Direktorin sich dem Tisch näherte.

Eine pinkfarbene Bluse spannte um ihre gewaltigen Hüften, ihre Miene war steinern.

»Vorsicht, da kommt die Heimleiterin.« Elisabeth sackte gekonnt in sich zusammen und starrte ins Leere wie eine apathische Demenzpatientin.

»O Mann, die sieht so aus, wie Harntee riecht«, flüsterte Klara.

»Ich hoffe doch, hier ist alles in Ordnung?« Die Stimme von Frau Fröhlich klang drohend, während sie Klara misstrauisch in Augenschein nahm. »Und wer sind Sie?«

»Ich besuche Frau Schliemann«, antwortete Schwester Klara. »Wenn Sie nichts dagegen haben.«

Mit zusammengekniffenen Augen warf Frau Fröhlich Elisabeth einen bösen Blick zu. »Ich habe nur etwas gegen Bewohner, die den Frieden dieser Einrichtung gefährden. Und ich zögere nicht, geeignete Maßnahmen zu ergreifen, falls sich jemand auffällig verhält!«

»Keine Sorge«, flötete Klara. Sie deutete auf Elisabeth, die sich schlafend stellte und erbarmungswürdige Schnaufgeräusche von sich gab. »Frau Schliemann tut keiner Fliege was zuleide.«

»Wenn Sie sich da mal nicht täuschen«, sagte Frau Fröhlich kalt. »Was hat sie denn eigentlich?«

»Die Antiquitätenkrankheit«, erwiderte Klara, ohne eine Miene zu verziehen. »Wacklige Beine, der Lack bleicht aus, und im Oberstübchen klemmt es gewaltig.«

Einen Augenblick lang starrte die Direktorin Klara vollkommen konsterniert an, als überlegte sie, ob es wirklich eine derartige Krankheit gebe. Dann schürzte sie abfällig die Lippen. »Papperlapapp. Diese alten Leutchen brauchen eine harte Hand. Wer hier aufmuckt, muss mit Konsequenzen rechnen, da kenne ich kein Pardon! Guten Appetit, die Damen!«

Während sie zum nächsten Tisch ging, entfuhren einer der drei Damen höchst geräuschvolle Darmwinde.

»Dauernd knattern die beim Essen drauflos«, wisperte Elisabeth. »Falls Sie sich übergeben wollen, liebe Klara, warten Sie bitte, bis wir wieder oben sind.«

***

Draußen wehte ein kühler, feuchter Wind, als Klara den Rollstuhl die geteerte Auffahrt der Seniorenresidenz Bellevue hinunterschob. Die Blätter an den Sträuchern, die die Auffahrt säumten, färbten sich bereits bräunlich. Unvermittelt war es Herbst geworden. Elisabeth trug einen alten grauen Mantel und eine Regenhaube aus Plastik. Sie nannte es die Seniorenverkleidung. Klara hatte einen Trenchcoat übergeworfen. Ungeduldig wartete sie auf die Auflösung des Rätsels.

»Herrgott, Lissy, was soll dieser Spuk? Sind Sie auf eine Bad-Taste-Party eingeladen, oder was?«

»Rechts die Brunnenstraße runter, bis zur Ecke«, ordnete Elisabeth an, während sie ein wenig rosa Lipgloss auftrug. Dann sank sie wieder in sich zusammen.

Kopfschüttelnd rollte Klara weiter, bis sie an der Straßenecke angekommen waren. Dort wartete ein älterer Herr in einer olivfarbenen Wetterjacke, dessen schlohweißes Haar unter einer karierten Schirmmütze hervorquoll. Sehr gerade stand er da, die Hände in den Taschen seiner curryfarbenen Cordhose vergraben. Er legte salutierend einen Finger an den Mützenschirm, als er Elisabeth erkannte, doch sein Lächeln wirkte eher grimmig als freundlich.

»Benno! Wie schön, dich zu sehen!«, rief Elisabeth aus.

»Quatsch keine Opern, du hast mich wochenlang schmoren lassen«, erwiderte er. »Und jetzt hast du jede Menge Anstandswauwaus dabei.«

Nanu, was war denn das für eine Begrüßung? Verwundert starrte Elisabeth ihn an. Und plötzlich war sie wieder da, die Frage, die sie schon fast vergessen hatte: Was war wirklich passiert an ihrem siebzigsten Geburtstag? Genauer gesagt – zwischen dem dritten Schnaps und dem unsanften Erwachen vor ihrer Haustür? Sie hatte wohl das, was man einen Filmriss nannte. Da gab es noch einiges zu erforschen.

Benno öffnete die Schiebetür eines Großraumtaxis, das direkt neben dem Bordstein parkte. »Immer nur rein in die gute Stube.«

Mühelos erhob sich Elisabeth aus dem Rollstuhl, schlüpfte in den Wagen und machte Klara ein Zeichen, ihr zu folgen. Das Taxi war bereits gut gefüllt.

»Willkommen beim Club Fideeelio!«, trällerte Lila Fouquet, die zwischen Ella Janowski und Hans Martenstein auf einer der Rückbänke saß, perfekt geschminkt und in einen teuer aussehenden, blaugrauen Fuchspelz gehüllt. Ihr ehemaliger Tischgenosse trug unter seinem schäbigen beigefarbenen Mantel einen feierlichen schwarzen Anzug und ein himmelblaues Hemd mit roter Fliege.

»Oh, die reizende Frau Schliemann, nun sind wir komplett!«, mit diesen Worten drehte sich Vincent von Wackerbarth um, der auf dem Beifahrersitz Platz genommen hatte. Elisabeth blieb fast das Herz stehen, so edel, so elegant sah er aus in seinem dunkelblauen Nadelstreifenanzug und seinem blütenweißen Hemd mit der rosa Krawatte. Im Knopfloch seines Revers steckte eine marzipanfarbene Rose.

»Darf ich vorstellen? Ritter von Wackerbarth – Schwester Klara«, sagte sie, und ihre Stimme vibrierte vor lauter Stolz auf ihren attraktiven Verehrer.

»Aha.« Merkwürdigerweise schien Klara Elisabeths Begeisterung nicht zu teilen. Doch die Krankenschwester begnügte sich mit einem finsteren Blick auf Vincents Rose, ohne einen weiteren Kommentar abzugeben.

»Ich habe die junge Dame schon im Speisesaal gesehen«, sagte Lila Fouquet etwas indigniert. »Ist sie vertrauenswürdig?«

»Absolut!« Elisabeth legte einen Arm um Klara. »Für mich wäre es zu riskant gewesen, das Seniorenheim allein zu verlassen. Frau Fröhlich hätte zweifellos Verdacht geschöpft, wenn ich ohne fremde Hilfe losgerollt wäre.«

»Dann muss Schwester Klara aber das Ritual absolvieren«, gab Hans Martenstein zu bedenken.

»Erstens hat uns dieses blöde Ritual nichts als Ärger gebracht«, erwiderte Elisabeth. »Zweitens steigt sie in einer Minute aus, trinkt gemütlich einen Kaffee und holt mich in zwei Stunden wieder hier ab.«

Klara hatte dem Wortgeplänkel mit wachsendem Unmut zugehört. »Passen Sie bloß auf sich auf, Lissy. Und rufen Sie mich an, wenn Sie mich brauchen. Könnte ja sein, dass Ihnen einer komisch kommt.«

Damit stieg sie aus.

»Mannomann, zwei Rollatoren und zwei Rollstühle musste ich verstauen!«, knurrte Benno, der in diesem Moment die Fahrertür öffnete. Ächzend ließ er sich auf den Sitz fallen und stellte den Rückspiegel so ein, dass er Elisabeth beobachten konnte. »Also, Lissy, wohin möchtest du? Nach Hauptsache-weg-von-hier?«

»Du hast es erfasst.« Sie strahlte, obwohl ihr nicht entging, dass Vincent bei dem vertraulichen Du zusammenzuckte. War das etwa Eifersucht, was da in seinen Augen aufblitzte? Na, umso besser. Elisabeth war alt genug, um zu wissen, dass es auch in Liebesdingen hieß: Konkurrenz belebt das Geschäft.

Lila Fouquet wedelte aufgeregt mit einem strassbesetzten Abendtäschchen herum. »Was bedeutet das? Hauptsache, weg von hier?«

Huldvoll wie die Königinmutter persönlich neigte Elisabeth den Kopf. »Lassen Sie sich überraschen.«

Die Überraschung ließ nicht lange auf sich warten. Benno hatte bereits den Wagen angelassen und schoss nun mit aufjaulendem Motor aus der Parklücke. Das Taxi machte einen Satz nach vorn, wendete und raste in entgegengesetzter Richtung davon. In irrwitziger Geschwindigkeit flogen die Häuserzeilen vorbei, eine rote Ampel wurde lässig übersehen, und Benno krönte seine Höllenfahrt zehn Minuten später mit einer Vollbremsung vor einem heruntergekommenen Haus.

Erst jetzt fiel Elisabeth wieder ein, in welch einer üblen Gegend die Kneipe lag.

Mit gemischten Gefühlen betrachtete sie den gelben Neonschriftzug »Bei Inge«. Hier hatte ihre Rebellion angefangen. Und sie war noch lange nicht vorbei – es sei denn, sie gab sich lachhaften Illusionen hin. Aber hieß es nicht, die Hoffnung stirbt zuletzt?

Nach der turbulenten Fahrt hatte Vincent von Wackerbarths Gesichtsfarbe einen grünlichen Ton, als er sich zu Elisabeth umwandte. »›Bei Inge‹? Das ist ja wohl nicht Ihr Ernst. Wenn das meine Ahnen wüssten, sie würden sich im Grabe umdrehen.«

Lila Fouquet plusterte sich auf. »In solch einem zweifelhaften Etablissement wird mir am Ende noch mein Fuchs gestohlen! Und Vincent ist nun wirklich etwas anderes gewohnt. Wer auf einem Rittergut aufgewachsen ist …«

Weiter kam sie nicht, denn nun platzte Elisabeth der Kragen. »Fuchs, du hast die Gans gestohlen, wäre wohl passender. Wir brauchen einen sicheren Ort, an dem wir reden können. Und das hier – ist ein sicherer Ort.«

Die Gesichtszüge von Vincent von Wackerbarth verhärteten sich. »Niemals!«

Mürrisch blickte Benno ihn an. »Sie können mich mal mit Ihrem stinkfeinen Rittergut.«

Feindselig sahen die beiden Männer einander an. Oje. Die sind ja wie Hund und Katze, durchfuhr es Elisabeth. Unterschiedlicher hätten sie auch kaum sein können – der hochelegante, leicht versnobte Vincent und der bodenständige Benno.

»Jedenfalls setze ich meinen Fuß keinesfalls in solch eine Kaschemme«, meckerte nun auch noch Hans Martenstein los.

Benno stellte den Motor aus. »Erinnerung ist das Geheimnis der Erlösung. Jedenfalls für Lissy. Die Reise ist beendet.«

Oha. Was sollte das denn heißen? Erinnerung ist das Geheimnis der Erlösung? Elisabeth wurde ganz flau in der Magengegend. Ihr schwante plötzlich, dass sich hinter dem Filmriss etwas Brisantes verbarg. Aber unter den wachsamen Augen und Ohren ihrer Gefährten konnte sie unmöglich danach fragen.

Ohne ein weiteres Wort stieg Benno aus und öffnete die Schiebetür. Beherzt schob er seine Arme unter die Achseln der schlafenden Ella Janowski und trug sie einfach zur Kneipe. Elisabeth folgte ihm, ohne das dünkelhafte Trio eines weiteren Blicks zu würdigen. Sollten die doch im Wagen sitzenbleiben, bis sie schwarz waren. Dass sich ausgerechnet Vincent so arrogant aufführte, verletzte sie mehr als alles andere.

Während Benno die drei Treppenstufen hochging, wachte die alte Dame in seinen Armen auf. »Hab ich was verpasst?«, fragte sie erstaunt. »Wer sind Sie?«

»Der neue Mann in deinem Leben«, lächelte er. »Ich trage dich gerade über die Schwelle.« Mit einem Fuß stieß er die Kneipentür auf und ging samt seiner Last hinein.

»Ohh ...« In Ella Janowskis halb geöffneten Augen malte

sich pures Entzücken.« »Heute Mittag gab es irgendetwas mit Knoblauch. Sie haben doch nichts gegen Knoblauch? Es sei denn, Sie haben vor …« Kokett spitzte sie die Lippen.

»Jetzt nicht mehr.« Vorsichtig setzte Benno Ella Janowski auf einen Stuhl. »Wie wär's mit Kaffee? Sonst verpennst du das Beste.«

Die alte Dame lächelte sanft und schlief übergangslos wieder ein. Wenn Benno nicht so gute Reflexe gehabt hätte, wäre sie zweifellos zu Boden gegangen. Man beschloß, die schnarchende Ella am Stuhl festzubinden, mit dem Gürtel von Elisabeths Mantel.

Elisabeth sah sich neugierig um. Alles war so, wie sie es in Erinnerung hatte, die dunkel getäfelten Wände, die Blechschilder, der lange Tresen. Ein Geruch nach Scheuermilch und abgestandenem Bier durchzog den dämmrigen Schankraum. Jetzt, am frühen Nachmittag, waren sie die einzigen Gäste.

»Warum hast du dich eigentlich nicht früher gemeldet?«, fragte Benno leise. »Ich meine, nach dem rauschenden Abend damals hätte ich etwas mehr erwartet.«

»Wie – mehr?« Elisabeth lächelte verlegen. »Ich kann mich an gar nichts erinnern.«

»Schade, es war Granate«, raunte Benno. »Soll ich mal deiner Erinnerung ein bisschen aufhelfen?«

»Lissy!« Ein kehliger Schrei ließ Elisabeth zusammenzucken. Im Laufschritt kam die Wirtin hinter dem Tresen hervor und stürzte sich auf sie. »Unsere Tänzerin! Wow! Alle Achtung! Du warst bühnenreif! Cha-Cha-Cha!«

Etwas steif ließ sich Elisabeth von ihr umarmen. Was, um Himmels willen, war denn noch alles passiert an jenem Tag?

Nachdenklich musterte sie Inges schwarze Ledermontur, das üppige Dekolleté, den blutroten Herzanhänger.

»Ich freue mich auch, Sie zu sehen«, erwiderte sie lahm.

»Du! Wir sind per du!« Inge war kaum zu bremsen. »Ich schmeiß 'ne Runde Sekt! Gehören die da etwa auch zu euch?«

Eine Hand keck auf die runde Hüfte gelegt, musterte sie Lila Fouquet, Hans Martenstein und Vincent von Wackerbarth, die inzwischen hinterhergekommen waren. Regungslos standen sie in der geöffneten Tür, unschlüssig, ob sie eintreten sollten oder nicht.

Als Erstes löste sich Hans Martenstein aus der kleinen Truppe. »Ja, wir sind alle Mitglieder des Club Fidelio! Und gegen Sekt haben wir definitiv nichts einzuwenden – ein hervorragendes rezeptfreies ...«

»Sparen Sie sich den Text«, fuhr die Diva ihm über den Mund. Sie warf den Kopf in den Nacken. »Aber gegen ein wenig Kreislaufunterstützung ist wirklich nichts einzuwenden.«

Inge fing an zu kichern, was Lila Fouquet ignorierte. Nach ihrem Gezeter im Wagen war der Sinneswandel allerdings verblüffend rasch vor sich gegangen. Frohgemut steuerte sie den Tisch an, an dem Ella mehr hing als saß, und öffnete den obersten Knopf ihres Pelzmantels. »Was kredenzt man denn so bei Ihnen?«

Die Wirtin grinste. »Château Migräne, was sonst?«

Nun gab auch Vincent sich geschlagen. »Also gut, setzen wir uns. Schließlich sollten wir es nicht versäumen, auf die Gründung des Clubs Fidelio anzustoßen.«

Na endlich. Elisabeth schmolz dahin, als er sich unnachahmlich geschmeidig an den Tisch setzte. Sein glutvoller

Blick sagte ihr, dass die kleine Verstimmung aus der Welt war. Am liebsten hätte sie ihn umarmt vor Freude. Eine Gänsehaut überlief sie vom Kopf bis zu den Füßen angesichts dieser bernsteinfarbenen Augen, die sich an ihr festsaugten.

Vincent. Seit Wochen waren sie einander nicht mehr so nahe gewesen. Die Schmetterlinge in ihrem Bauch tanzten Tango. Allerdings kamen sie etwas aus dem Rhythmus, als Elisabeth Bennos fragenden Blick auf sich ruhen spürte. War zwischen ihnen etwas Intimes vorgegangen an ihrem siebzigsten Geburtstag? Hatte sie sich etwa im Rausch vergessen?

»Benno? Und – Inge, nehme ich an?«, fragte jetzt Hans Martenstein, während er abwechselnd die Wirtin und den Taxifahrer prüfend ansah. »Sie müssen schwören, dass Sie kein Sterbenswort ausplaudern über das, was hier verhandelt wird.«

Die beiden hielten das offenbar für ein kindisches Spiel, jedenfalls hoben sie feixend ihre rechte Hand und riefen: »Wir schwören.«

»Sehr gut«, Hans Martenstein ignorierte die amüsierten Mienen. »Damit sind Sie zwar keine Mitglieder, aber in den Förderverein des Clubs Fidelio aufgenommen.«

Inge war bereits hinter den Tresen gehuscht und stellte Sektgläser auf die Theke.

»Ein fideler Club seid ihr? Da bin ich ja mal gespannt. Was macht ihr denn so? Rentner-Bingo? Kreuzworträtsel-Olympiade?«

Sie hatte nicht mit der gekränkten Ehre von Lila Fouquet gerechnet. Erbost sprang die Diva auf, bedachte Inge mit einem bohrenden Blick aus ihren violettgeschminkten Augen und krächzte: »Werte Frau Gastwirtin, wir sind alt, aber keinesfalls debil. Ihr Etablissement beherbergt ab heute eine kriminelle Vereinigung!«

Ein trockenes Lachen ertönte vom Tresen, wo Benno eine Flasche Sekt öffnete. »Ach nee, ist das die neue Rentnernummer? Aktenzeichen XY … eingedöst?«

Fräulein Fouquet ließ sich nicht im mindesten beirren. Sie hob theatralisch die Hände und sang: »Ach, glaubt im Ernste nur: Wir waren reich! Doch der Wettersturm zerbricht auch die allerstärksten Stämme. Da sangen wir als Geisha ums täglich Leben.«

»Hä?« Mit offenem Mund starrte Benno sie an.

»Puccini, Madame Butterfly«, erklärte die Sängerin. »Wir sind sozusagen verarmte Königskinder. Deshalb, bester Benno, werden wir eine Bank überfallen, und ich weiß auch schon, wer das Fluchtauto fährt.«

Eine zitternde Sekunde lang brannte die Luft, dann wurde die Stille vom Geräusch zerberstenden Glases durchschnitten. Sämtliche Sektgläser waren gleichzeitig vom Tresen gefallen.

»Scherben bringen Glück«, jubilierte Lila Fouquet.

»Tut mir leid, Inge.« Zerknirscht begann Benno, die zersprungenen Gläser aufzusammeln. »Keine Ahnung, wie das passieren konnte.«

»Dass Sie als Grobmotoriker eine Gefahr für die Menschheit sind, war bereits an Ihrem Fahrstil zu erkennen«, sagte Hans Martenstein. »Allerdings wird sich das als Vorteil erweisen, falls wir von der Polizei verfolgt werden.«

Inge reichte Benno eine Kehrschaufel und einen Besen,

dann fixierte sie Elisabeth. »Mensch, Lissy, was tun Sie euch im Altersheim in den Kaffee? Ihr seid echt schräg drauf. Dürft ihr überhaupt alleine rumlaufen?«

Eine unangenehme Pause entstand, in der man lediglich das Klirren der Scherben hörte, die Benno eilig zusammenfegte. Die gute Stimmung war verflogen.

»Nein, nein, eigentlich sind wir ganz harmlos«, beteuerte Elisabeth. »Weißt du was, Inge? Die Runde Sekt geht auf mich, wegen der kaputten Gläser.«

»Na schön.«

Während die Wirtin neue Gläser aus dem Regal hinter dem Tresen holte, überlegte Elisabeth fieberhaft, wie sie sich verhalten sollte. Die Sache mit Benno musste warten. Wichtiger war jetzt, dass sie keine Dummheiten machte.

Ehrlich währt am längsten, das war immer ihre Devise gewesen – nicht nur, weil sie selbst mal bei einer Bank gearbeitet hatte. Sie war einfach eine ehrliche Haut. Ihr ganzes Leben lang hatte sie sich nichts zuschulden kommen lassen. Nicht die kleinste Schummelei. Sie hatte immer bescheiden gelebt, gespart, stets pünktlich ihre Steuern bezahlt, und nicht im Traum wäre es ihr eingefallen, auch nur einen Apfel im Supermarkt mitgehen zu lassen. Jetzt saß sie inmitten einer Runde, der es offenbar Ernst damit war, durch eine Straftat für eine bessere Zukunft zu sorgen. Wohl war ihr nicht dabei. Ganz und gar nicht.

Nachdem Inge den Sekt serviert hatte und sich alle zuprosteten, ergriff Elisabeth das Wort. »Liebe Freunde. Ich möchte lieber heute als morgen das Altersheim verlassen. Aber gibt es nicht vielleicht noch eine andere Lösung? Es heißt doch: Üb immer Treu und Redlichkeit.«

»Treu und Redlichkeit? Ha!« Lila Fouquet hyperventilierte vor Zorn. »Mein Geld ist dem Aktienmarkt zum Opfer gefallen – weil ein sogenannter Bankberater mir todsichere Anlagen empfohlen hat.«

Auch Hans Martensteins Gesicht war auf einmal wutverzerrt. »Der Dichter Bertolt Brecht sagte: Was ist der Einbruch in eine Bank gegen die Gründung einer Bank? Ich habe immer gespart, und dann riet man mir, mein Geld für das Alter in einem Fonds anzulegen. Jetzt ist alles futsch. Die wahren Kriminellen sind die Banken!«

»Da bin ich ganz Ihrer Meinung!« Erregt hieb Vincent von Wackerbarth mit der Faust auf den Tisch, dass die Gläser klirrten. »Die Banken leihen einem nämlich nur dann Geld, wenn man beweisen kann, dass man gar keins braucht! Von einem Tag auf den anderen wurde mir die Kreditlinie gesperrt, und warum? Weil die Bank es schon lange auf das Rittergut abgesehen hatte! Sie pfändete meinen Familiensitz, baute ihn zu einem Romantikhotel um und verkaufte es für das Zehnfache! Für die war es ein glänzendes Immobiliengeschäft, für mich der Ruin!«

Sprachlos hatte Elisabeth zugehört. »Also, als ich noch in einer Bank gearbeitet habe, war das ganz anders.«

Was für eine Gemeinheit, dass man diese wehrlosen alten Leute um ihr Geld gebracht hat, dachte sie. Und war es nicht genauso schuftig, dass Susanne, Gabriele und Mara ihr Konto geplündert hatten, mit dem Segen der Bank? Warum hatten diese Bankleute überhaupt ihr Geld rausgerückt? Bestimmt, weil meine Töchter die lukrativeren Kunden sind, überlegte Elisabeth mit einigem Groll.

»Wie wär's denn zur Abwechslung mit Arbeit, um an Geld

zu kommen?«, fragte Benno. »Ich bin auch schon über siebzig und fahre immer noch Taxi.«

»Arbeit!« Lila Fouquet lachte schrill auf. »In meinem Alter! Schon mal was von Jugendwahn gehört? Kein Regisseur lässt mich mehr auf die Opernbühne. Auch als Kleindarstellerin bin ich nicht mehr gefragt: Die Zeiten, als ich mir mit Werbespots für Inkontinenzwindeln was dazuverdient habe, sind dahin.«

»Und einen pensionierten Pauker braucht auch keiner mehr«, bekannte Hans Martenstein. »Was bleibt uns anders übrig, als uns das Geld dort zu holen, wo man es uns weggenommen hat?«

»Ihr spinnt doch«, knurrte die Wirtin. »Mit ausgetickten Irren will ich nichts zu tun haben. Runter mit dem Sekt, und dann macht euch vom Acker, bevor ich die Geduld verliere.«

Vincent von Wackerbarth erhob sich und schritt zum Tresen, wo er die Rose aus seinem Knopfloch zog. »Werte Inge, wir sind weder altersverwirrt noch gemeingefährlich. Ganz im Gegenteil: Wir sind die modernen Robin Hoods! Die Rächer der Bestohlenen! Es wird Ihr Schaden nicht sein. Nehmen Sie diese Rose als Unterpfand des Vertrauens, das wir in Sie setzen.«

Wieder schmolz Elisabeth dahin. Wie weltgewandt Vincent auftrat, wie formvollendet! Stumm himmelte sie ihn an.

Inge zog jedoch einen beleidigten Flunsch, während sie die Rose in hohem Bogen in einen Mülleimer warf. »Wollen Sie mich etwa verladen, Sie Rosenkavalier für Arme? Dann fliegen hier aber gleich die dritten Zähne raus!«

In Elisabeths Kopf wurde ein Schalter umgelegt, der mit dem Wort »Alarm« beschriftet war. Alles hing plötzlich am seidenen Faden. Doch so schnell wollte sie keinesfalls aufgeben. Obwohl ihr die Sache mit dem Bankraub nicht gerade geheuer war, irgendetwas musste geschehen, damit sie ihrer Misere entkam. Und dafür brauchte der Club Fidelio diese Kneipe als Besprechungsort, an dem keine Heimleiterin ihnen hinterherschnüffelte.

»Inge«, sie holte tief Luft, »wie alt bist du?«

»Wie alt? So was fragt man eine Dame nicht.« Die Wirtin besann sich kurz. »Na gut. Neununddreißig.«

Benno verschluckte sich hustend an seinem Sekt. »Leg zwanzig Jahre drauf, Lissy, dann stimmt's ungefähr.«

»Wie stellst du dir das Alter vor, Inge?«, erkundigte sich Elisabeth.

»Das Alter?« Die Wirtin goss sich einen grünlichen Likör ein und kippte ihn runter, ohne mit der Wimper zu zucken. »Ich stehe hier in meiner Kneipe, bis ich umfalle, dann kriegen mich die Würmer auf dem Friedhof, Ende der Durchsage.«

»Aha, also hast du keinen Plan.« Elisabeth zog die Regenkappe vom Kopf und faltete sie zusammen. »Wir alle hatten keinen Plan. Bis uns das Alter einholte. Bis man uns mir nichts, dir nichts im Seniorenheim entsorgte. Denkst du vielleicht, irgendwer marschiert freiwillig da rein? Und doch landest du eines Tages dort, wenn du nicht aufpasst. Das geht schneller, als du denkst. Deine Verwandten nehmen dir erst dein Geld und dann deine Würde, und plötzlich sitzt du im Zug nach Nirgendwo – eingepfercht mit lauter alten Leuten, die nur noch über ihre Verdauung reden. Bis dass der Tod euch scheidet.«

Inge war blass geworden. »Heilige Scheiße!«

»Ich hätte es etwas anders ausgedrückt, aber im Großen und Ganzen trifft es die Situation«, sagte Elisabeth. »Wir wollen da raus, wir wollen weg, verstehst du? Wenn's nach mir geht, muss es nicht unbedingt ein Banküberfall sein, aber ...«

»... das ist bis jetzt die beste Idee«, fiel Hans Martenstein ihr ins Wort.

»Ich schließe mich dieser Einschätzung an«, bekräftigte Vincent von Wackerbarth.

Benno trat an den Tisch. »Jetzt noch mal langsam und von vorn. Ihr wollt abhauen? Und euch die Kohle dafür einfach so aus der Bank holen? Mit vorgehaltener Pistole, oder was? Bei euch piept's ja wohl!«

Inge verdrehte die Augen. »Lissy, ganz ehrlich, das ist doch vollkommen hirnlos.«

»Nun ja«, sie betrachtete kleinlaut die Regenhaube in ihren Händen, »Hauptsache, wir organisieren uns irgendwie das nötige Kleingeld, und dann ab in den Süden.«

»Wie – in den Süden?«, fragte Benno.

»Italien, an die Amalfiküste zum Beispiel«, erwiderte Elisabeth und schenkte ihm ein gewinnendes Lächeln. »Stell dir vor, wir alle in einem Haus direkt am Meer, jeden Tag Sonne, Spaziergänge am Strand ...«

Sofort erhob sich aufgeregtes Stimmengewirr. »Von Italien war nie die Rede«, beschwerte sich Hans Martenstein, während Lila Fouquet eine Arie über einen gewissen Figaro schmetterte und Vincent von Wackerbarth etwas von »Schnapsidee« murmelte.

»Ruhe im Karton!«, brüllte Benno. Unverzüglich wurde es still. »Italien klingt gut. Aber alles andere ist komplett durchgeknallt. Ihr könnt doch nicht mal einen Kaugummiautomaten knacken.«

Niemand hatte bemerkt, dass Ella Janowski aufgewacht war und die Diskussion mit größtem Interesse verfolgte. »Hab ich was verpasst? Sind Sie schon an der Stelle, wo wir über die Strategie sprechen?«

»Schlaf weiter, Schneewittchen«, schnaubte Benno. »Hier wird gerade vorgeführt, wo der Spaßfrosch die Locken hat.«

Es war Ella anzusehen, dass sie all ihre Willenskraft aufbrachte, um wach zu bleiben. »Ich habe nachgedacht. Wir müssten es vormittags tun, dann sind die Kassen gefüllt. Außerdem herrscht Betrieb, und wir können Verwirrung stiften. Jeder muss eine Rolle übernehmen. Fräulein Fouquet fängt an zu singen, einer täuscht einen Schwächeanfall vor, der Nächste geht zum Schalter …«

Vergeblich kämpfte sie mit ihren schwerer werdenden Lidern. Im nächsten Moment war sie eingenickt. Erwartungsvoll schauten alle sie an, doch es kam nichts mehr. Ella Janowskis Geist hatte sich wieder in die unergründlichen Schlafgemächer ihrer Krankheit zurückgezogen.

»Habe ich nicht immer gesagt, dass die gute Ella einen scharfen Verstand besitzt?«, rief Vincent von Wackerbarth.

»Hört sich jedenfalls so an, als hätte wenigstens einer von euch einen Plan«, brummte Benno.

8

Strahlend wölbte sich ein makellos blauer Himmel über dem Strand, auf dem sich eine Prozession seltsamer Gestalten bewegte. Barfuß tapsten sie vorwärts, blieben immer wieder mit ihren Rollatoren stecken, kreiselten in ihren Rollstühlen im Sand, doch man hörte Gelächter und Geschrei, so übermütig war die kleine Truppe. Lila Fouquet hielt einen Sonnenschirm aus schwarzer Spitze in den Händen, Hans Martenstein hatte seine Glatze mit einem feuchten Stofftaschentuch bedeckt, Vincent von Wackerbarth trug einen schneeweißen Anzug und einen Strauß roter Rosen im Arm. In einigem Abstand folgte ihnen Benno, in einem quietschbunten Hawaiihemd.

Leichtfüßig tänzelte Elisabeth am Dünensaum entlang, als plötzlich eine große Welle heranrollte und über ihrem Kopf zusammenstürzte. Sie rang nach Luft, schluckte Wasser, zappelte hilflos in den Wassermassen. Es gab kein Oben und Unten mehr, nur noch einen tosenden Wirbel, der sie mit sich riss. Fast ergab sie sich schon ihrem Schicksal, als kräftige Arme sie packten und Benno schrie: »Jetzt bloß nicht sterben, und wenn du einen Tunnel siehst, dann halte dich fern vom Licht!«

Schwer atmend wachte Elisabeth auf. Sie fand sich auf der Couch wieder, wo sie einen kleinen Mittagsschlaf eingelegt hatte. Verwirrt rieb sie sich die Augen. Was für ein furchtbarer Alptraum! War das nun ein gutes oder ein böses Omen für die Zukunft? Warum hatte Vincent sie nicht gerettet? Und was hatte eigentlich Benno in ihrem Traum verloren? Es wurde Zeit, dass sie die Wahrheit über ihren Geburtstag herausfand.

Eine Woche war vergangen seit dem Treffen in Inges Kneipe, aber so recht wusste Elisabeth nicht, wie es weitergehen sollte. Sie fühlte sich überfordert. Da war ihre unerfüllte Liebe zu Vincent. Da war Benno, der sich in anzüglichen Andeutungen erging. Und dann stand auch noch die Frage im Raum, ob sie sich weiter an den verrückten Überfallplänen beteiligen wollte.

Ein Satz, den sie mal irgendwo gelesen hatte, ging ihr nicht mehr aus dem Kopf: Wer glaubt, dass man für Geld alles haben kann, ist auch bereit, für Geld alles zu tun. Wie weit würde sie gehen? Über die Grenzen des Gesetzes? Oder sogar über Leichen? Niemals! Dann lieber alle Träume vom sonnigen Süden begraben.

Dummerweise waren die legalen Möglichkeiten ausgeschöpft. Am Vortag hatte sie bei ihrer Bank angerufen und sich nach einem Darlehen erkundigt. Fehlanzeige. Ein äußerst arroganter Bankangestellter hatte sie von oben herab belehrt, dass sie in ihrem Alter nicht mehr kreditwürdig sei. So eine Frechheit. Als ob sie die Absicht hätte, hinterlistig zu sterben, damit sie die Raten nicht zurückzahlen musste. Wer machte denn so was?

Sie ging zum Tisch und blätterte in den Kontoauszügen, die mit der Post gekommen waren. Auf ihrem Sparkonto stand der symbolische Betrag von einem Euro, ihr Girokonto war wie immer schon am Ersten des Monats leergeräumt. Das magere Taschengeld brachten ihr abwechselnd Susanne,

Gabriele oder Mara vorbei, und nie unterließen sie es, irgendwelche überflüssigen Ermahnungen damit zu verbinden: Gib nicht alles auf einmal aus, überleg dir, was du wirklich brauchst, verschleudere dein Geld nicht für Tinnef.

Es war demütigend. Jedenfalls für einen denkenden Menschen, der in den vergangenen acht Jahren seine finanziellen Dinge selbst geregelt hatte. Sie dachte an Walther. Ihr verstorbener Gatte hatte genauso geknausert wie jetzt ihre Töchter. Hatte ihr das Haushaltsgeld einzeln abgezählt und immer alle Quittungen kontrolliert. Aber was gerade passierte, war weit niederschmetternder.

Resigniert packte sie die Kontoauszüge weg und sah auf die Uhr. Es war früher Samstagnachmittag. Heute hatte sich Gabriele angesagt, um das Taschengeld zu überbringen. Wo sie nur blieb?

Die Zeit drängte. Eine neuerliche Zusammenkunft des Clubs Fidelio stand auf dem Programm. Vorher musste sich Elisabeth noch beim bunten Nachmittag sehen lassen, eine der fürchterlichen Ideen der Heimleiterin. Dauernd ließ sie sich einen neuen Ringelpiez einfallen, damit es so aussah, als sei sie rührend um das Wohl der Insassen bemüht. Mal musste man Kerzenständer basteln, mal Volkslieder singen. Oder sie übten im Chor das Einmaleins, eine Beschäftigung für Erstklässler, die die Direktorin hochtrabend Gehirnjogging nannte.

Wieder sah Elisabeth zur Uhr. Halb drei schon. Als das Handy klingelte, beschlich sie eine dunkle Vorahnung.

»Hallo, hier ist Gabriele«, tönte es gehetzt aus dem Hörer. »Ich kann leider nicht kommen, ich habe einen wichtigen Kunden, dem ich ein Haus zeigen muss.«

Elisabeth wurde blass. »Was denn, heute, am Samstag?«

»Mutter, ich bin Maklerin. Es gibt Leute, die für ihr Geld arbeiten müssen«, giftete Gabriele. »Eine Tatsache, die auch Rentnern bekannt sein dürfte, obwohl sie den ganzen Tag Däumchen drehen.«

Das war ja wohl die Höhe. Und überhaupt – wovon sollte Elisabeth jetzt Klara bezahlen? Das Taxi, das sie sich mit den anderen teilte? Ihre Zeche bei Inge? Sie brauchte das Geld, dringend.

»Kann nicht Mara kommen?«, fragte sie. »Oder Susanne?«

»Mara ist übers Wochenende verreist, Susanne geht mit den Kindern zu einem Schulfest. Ich versuche, morgen vorbeizuschauen, okay?«

Nichts war okay. Elisabeth hatte das Gefühl, man nähme ihr die Luft zum Atmen. »Gabriele, so geht das nicht. Ihr könnt mich nicht einfach hängenlassen. Ich will auch mal raus hier, in einem netten Café einen Kaffee trinken. Mir fällt langsam die Decke auf den Kopf.«

Die Pause am anderen Ende der Leitung gestaltete sich verdächtig lang. »Äh, Mutter – es wäre besser, wenn du bleibst, wo du bist. Wir sind sehr besorgt.«

Nun wurde Elisabeth hellhörig. »Kannst du bitte mal deutlicher werden?«

»Tja, mit deiner Gesundheit steht es ja nicht zum Besten, und dein Geisteszustand ist auch nicht mehr das, was er mal war.«

Elisabeth brach der Schweiß aus. »Wie bitte?«

Dabei hatte sie sich doch vollkommen unauffällig verhalten, so, wie es Pete ihr geraten hatte. Keine Sticheleien gegenüber der Direktorin mehr, keine konspirativen Gespräche mit den Clubmitgliedern im Heim.

»Frau Fröhlich hat beobachtet, dass du letzten Samstag mit einer fremden Frau das Heim verlassen hast. Ohne dich abzumelden.«

O nein. Also hatte diese schreckliche Direktorin spioniert. Konnte die sich vielleicht mal gefälligst um ihren eigenen Kram kümmern?

»Aber ich wusste gar nicht, dass ich mich abmelden muss!«, rief Elisabeth. »Außerdem war das keine fremde Frau, sondern Schwester Klara!«

Gabriele lachte entnervt. »Umso schlimmer. Wir haben dich von Anfang an vor ihr gewarnt.«

»Auf mein Geld kann sie es ja wohl kaum abgesehen haben, das ist ja weg«, erwiderte Elisabeth gallig.

»Jedenfalls hat Frau Fröhlich heute Morgen angerufen und uns empfohlen, du solltest auf eine andere Station wechseln, wo man dich, wie soll ich sagen, besser im Auge hat.«

Um Gottes willen, nein! Was die Direktorin im Schilde führte, war Elisabeth nur zu klar: Das bedeutete Regenbogenallee – und damit das Aus für alle sonnigen Zukunftspläne. Sie sollte kaltgestellt werden. Deckel drauf, Schicht im Schacht. Eine eisige Hand griff nach ihrem Herzen. Doch sie durfte sich bloß nicht ihre Panik anmerken lassen, sonst verdarb sie sich die letzte hauchdünne Chance auf eine Flucht.

»Gabriele, mein Kind«, krampfhaft versuchte Elisabeth, verbindlich zu klingen, »ich freue mich, dass ihr um mich besorgt seid. Selbstverständlich werde ich auf euren Rat hören. Gebt mir noch Zeit bis Weihnachten, dann …«

»… eine Woche«, unterbrach Gabriele ihre Mutter. »Hörst

du? Eine Woche, mehr nicht, dann ziehst du um. Gerade ist ein Platz in der Demenzabteilung des Bellevue frei geworden. Es ist wirklich nur zu deinem Besten.«

Elisabeth fühlte sich plötzlich so schwach, dass sie kaum noch den Hörer halten konnte. »Darüber reden wie noch mal«, flüsterte sie mit letzter Kraft. »Auf Wiedersehen, Gabriele.«

Sie legte auf. Wie ein Damoklesschwert schwebte die drohende Verlegung in die Regenbogenallee über ihr. Sollte sie dagegen ankämpfen? Mit ihren Töchtern reden, einen Anwalt einschalten? Aber was hatte das für einen Sinn, wenn sich alle einig waren, dass sie unter Aufsicht gestellt werden musste? Also gab es keine andere Lösung, als tatsächlich die Flucht ins Auge zu fassen, bevor man sie für immer wegsperrte.

Eine Woche! Das war zu wenig Zeit, viel zu wenig! Ihr Herz klopfte zum Zerspringen. Der Club Fidelio hatte am vergangenen Samstag nur einen vagen Plan ausbaldowert, von einer detaillierten Vorbereitung konnte keine Rede sein. Aber wenn sie erst mal in der Regenbogenallee gefangen war, war alles zu spät.

Minutenlang saß Elisabeth wie gelähmt da, dann wählte sie die Nummer von Mara. Bestimmt wusste sie noch nichts von der neuen Entwicklung. Doch auf deren Handy lief nur der Anrufbeantworter.

»Mara, du musst mir helfen«, sprach Elisabeth auf die Mailbox. »Ich flehe dich an, bitte melde dich!«

Als Nächstes rief Elisabeth den häuslichen Pflegedienst an. Eine unendliche Erleichterung erfasste sie, als sie Petes Stimme hörte.

»Hallo, Pete? Könnten Sie bitte kommen und mich zum bunten Nachmittag bringen?«

»Klar, kein Ding.« Seine Stimme wirkte freundlich und entspannt wie immer. »In fünf Minuten bin ich bei Ihnen.«

Als der Pfleger die Wohnung betrat, saß Elisabeth schon im Rollstuhl. Er begrüßte sie mit einem lässigen »Hi«, dann stutzte er.

»Lissy, herrje, was ist los mit Ihnen? Sie sehen ja total durch den Wind aus!«

»Bin ich auch.« Weiter kam Elisabeth nicht, denn nun öffneten sich alle Schleusen. Sie brach in Tränen aus. »Diese, Entschuldigung, verdammte Fröhlich will mich in die Regenbogenallee einweisen«, schluchzte sie.

Pete schlug die Hände über dem Kopf zusammen. »Das kann doch nicht wahr sein. Wieso denn?«

»Weil sie gesehen hat, wie ich letzten Samstag mit Klara das Haus verlassen habe. Und weil ich nicht wusste, dass man sich abmelden muss. Ich hatte ja keinen Schimmer, wie das in diesem Laden läuft. Dabei war alles völlig harmlos. Und jetzt soll ich schon in einer Woche …« Der Rest wurde von ihren Tränen verschluckt.

Aufgeregt massierte Pete sein Kinn. »Verflixt. Die Fröhlich verliert wirklich keine Zeit. Heute Morgen ist Katharina von Wackerbarth gestorben, deshalb wird ein Zimmer in der Regenbogenallee frei.«

Fassungslos sah Elisabeth ihn an. Vincents Frau – tot? Deshalb war ihr Kavalier also heute nicht beim Mittagessen erschienen.

Ein wirrer Gefühlsmix überrollte sie wie ein Tsunami. Jetzt ist er frei!, frohlockte eine Stimme in ihr, während eine zweite drohend verkündete: Jetzt kommst du in den Demenzknast, genau in das Zimmer, in dem Vincents Frau gestorben ist. Was für eine böse Pointe.

»Lieber sterbe ich selber, als mich da einsperren zu lassen«, schniefte Elisabeth.

»Na, na«, Pete setzte sich auf das rote Samtsofa. »Die Sache ist die: An Demenzpatienten verdient das Heim beträchtlich mehr, wegen der höheren Pflegestufe. Gleichzeitig gibt es Zuschüsse von der Krankenkasse, die Ihre Angehörigen finanziell entlasten. Also lohnt es sich für Frau Fröhlich und für Ihre Töchter. Klassische Win-win-Situation.«

»Alle gewinnen, nur ich verliere meine Freiheit?«

»So ähnlich«, antwortete Pete düster. »Eine ziemliche Schweinerei, aber so läuft das hier.«

In Elisabeth breitete sich plötzlich eine polarkalte Entschlossenheit aus. Auf einmal sah sie völlig klar. Es gab kein Zurück, es gab nur ein Vorwärts, und sie musste kräftig Gas geben, wenn sie nicht elendig zugrunde gehen wollte.

»Pete, ich frage das nur ein einziges Mal.« Sie biss sich nervös auf die Lippen, bevor sie weitersprach. »Falls ich aus Gründen, die ich Ihnen nicht nennen darf, als reiche Frau diesem Heim entfliehe und nach Italien gehe – zusammen mit dem Club Fidelio und mit Schwester Klara – und falls ich Sie beide als Pfleger anstelle und gut bezahle, würden Sie mitgehen?«

»W-waaas?«

Noch nie hatte Elisabeth einen derart erschrockenen Menschen gesehen. Mit weit aufgerissenen Augen starrte Pete sie an, während die widersprüchlichsten Gefühle sein Mienenspiel im Sekundentakt veränderten. Verblüffung, Freude,

Angst und Skepsis wechselten einander ab, bis er schließlich betroffen zu Boden sah. »Geht das schon wieder los«, murmelte er. »Lissy, ich fürchte, Sie sind – nicht ganz bei sich. Nehmen Sie auch wirklich die Tabletten von Herrn Müller-Neuenfels?«

»Ich weiß ja, es hört sich völlig verrückt an, aber glauben Sie mir, mein Verstand hat nie besser gearbeitet als jetzt. Angenommen, ich sage die Wahrheit und nichts als die Wahrheit – würden Sie mitkommen?«

So ganz hatte sich Pete noch nicht von seinem Schreck erholt. Stöhnend rang er die Hände. »Ich habe Angst um Sie, Lissy. Sie steigern sich da in was rein. Kommen Sie runter. Und verraten Sie bloß niemandem, was Sie mir erzählt haben. Versprochen?«

Enttäuscht wischte sich Elisabeth die Tränen von den Wangen. »Ich verspreche es, wenn Ihnen so viel daran liegt.«

»Und ob mir was daran liegt!«, brach es unvermittelt aus Pete heraus. Er sprang auf. »Verdammt, Lissy, ich mag Sie! Und ich will nicht, dass Sie sofort in die Endstufe kommen: Mit einem Urin-Katheter und einem Infusionsschlauch im Arm, damit Sie dauerhaft ruhiggestellt sind! Sie wissen gar nicht, was im Demenzknast abgeht!«

Nun war es Elisabeth, die erschrocken die Hände rang. »So was machen die da?«

»Sie haben ja keine Ahnung …« Der Kummer stand Pete im Gesicht geschrieben. »Deshalb arbeite ich auch nicht in der Regenbogenallee. Ich weigere mich. Es ist die Hölle.«

Wenn es noch eines Anstoßes bedurft hatte, um Elisabeth auf kriminelle Abwege zu bringen, dann war es dieser letzte Satz. Sie musste handeln, wohlüberlegt und ohne jeden

Skrupel, um an das Geld zu kommen, das die Freiheit bedeutete.

»Ich pass auf mich auf«, beteuerte sie. »Aber eines sollten Sie noch wissen: Klara mag Sie. Und sie lebt in einer unglücklichen Ehe. Mehr sage ich nicht. So, und jetzt bringen Sie mich bitte in den Speisesaal zu diesem blöden bunten Nachmittag.«

Pete stand auf. Treuherzig sah er Elisabeth an. »Können Sie ein Geheimnis für sich behalten?«

Sie seufzte. »So wie Sie meine geistige Verfassung einschätzen, ist wohl eher mein Problem, dass ich mir kein Geheimnis merken kann.«

Da war es wieder, das Lächeln, das sie so sehr an ihm mochte. »Ich glaube, ich habe mich in Klara verliebt.«

»Das, lieber Pete, glaube ich nicht nur, das weiß ich sogar«, erwiderte Elisabeth. Sie zeigte auf den Rollstuhl. »Das Schauspiel möge beginnen.«

Diesmal musste sie sich gar nicht verstellen, um die hinfällige Greisin zu geben. Das Telefonat mit Gabriele hatte sie dermaßen schockiert, dass ihr jeder einzelne Knochen wehtat. Alle Spannung war aus ihrem Körper gewichen. Windschief hing sie im Rollstuhl, ein Häuflein Elend auf Rädern, das Pete zum Aufzug schob.

Im Speisesaal hatte man die Tische beiseite geschoben und die Stühle zu einem Kreis aufgestellt. Wie im Kindergarten, dachte Elisabeth. Was kommt jetzt? Eierlaufen und Topfschlagen?

Fast sämtliche Stühle waren schon besetzt. Nur Vincent von Wackerbarth fehlte, wie Elisabeth mit schnellem Blick feststellte. Wie mochte es ihm gehen? Litt er an gebrochenem Herzen? Oder fühlte er dasselbe wie sie? Freute er sich darauf, dass sie nicht länger Versteck spielen mussten? Dass sie nun ihre Liebe leben konnten?

Elisabeth schwirrte der Kopf. Jetzt musste sie sich erst mal um das kümmern, was ihre Tischgenossen die Exit-Strategie nannten. Sie ignorierte das strikte Verbot der Direktorin und bat Pete, den Rollstuhl neben Hans Martenstein abzustellen. Pete tat das Verlangte, auch wenn er leise protestierte. Anschließend winkte Elisabeth Lila Fouquet heran. Was hatte sie denn noch zu verlieren? Sollte die Fröhlich doch denken, was sie wollte.

»Die Dinge spitzen sich zu«, raunte Elisabeth ihren Gefährten eilig zu. »In einer Woche soll ich in die Regenbogenallee verlegt werden.« Sie schluckte. »Vincent von Wackerbarths Frau ist letzte Nacht gestorben, und dieses Miststück von Heimleiterin hat mich zur Nachfolgerin auserkoren.«

Lila Fouquet stieß einen erstickten Schrei aus, Hans Martensteins Gesichtsfarbe wurde fahl. Mit zitternden Händen strich er sich über die Glatze. »Das ist ja – ungeheuerlich!«

»Dann sind wir als Nächstes dran«, wimmerte die einstige Diva.

»Vorsicht«, zischte Elisabeth, »das Grauen in Menschengestalt nähert sich. Egal, was passiert, es bleibt dabei: heute um fünf bei Inge. Sagen Sie bitte auch Vincent Bescheid.«

Die Sandalen der Heimleiterin machten ein sirrendes Geräusch, als sie mit raschen Schritten auf Elisabeth zumarschierte. Sie war hochrot im Gesicht, unter ihrem linken Auge zuckte es. »Habe ich mich missverständlich ausgedrückt? Ich verbitte mir, dass Sie drei die Köpfe zusammenstecken! Was dabei herauskommt, haben wir ja erlebt!«

Elisabeth sah durch sie hindurch, während Hans Martenstein und Lila Fouquet folgsam aufstanden, sich auf ihre Rollatoren stützten und weit voneinander entfernte Plätze im Stuhlkreis suchten.

Zufrieden und etwas höhnisch sah die Heimleiterin auf Elisabeth herab. »Tja, meine Liebe, lange muss ich mich nicht mehr mit Ihnen rumärgern. In der Regenbogenallee gibt's keine Extrawürste.«

Als sei nichts geschehen, klatschte sie in die Hände und erhob die Stimme, mit dieser unerträglichen Munterkeit, die Elisabeth vom ersten Tag an abgestoßen hatte. »Wir singen heute gemeinsam! Pete wird uns am Klavier begleiten. Eins, zwei, drei: Das Wandern ist des Müllers Lust, das Wandern ist des Müllers Lust, das Waaa-haan-dern.«

Alle fielen ein, so dass ein mürber Gesang durch den Raum wehte, untermalt von Petes beachtlichem pianistischen Talent, gekrönt von Lila Fouquets hysterischem Sopran. Elisabeth sang nicht mit. Das Wandern ist des Müllers Lust? Das konnte ja wohl nur eine weitere Gemeinheit der Heimleiterin sein, die ganz genau wusste, dass Elisabeth einem Wanderverein angehörte. Und nie wieder wandern würde, sobald man sie in der Regenbogenallee wegdämmern ließ.

Ziehen Sie sich warm an, Frau Fröhlich, dachte Elisabeth, während sie unwillkürlich die Fäuste ballte. Dies ist noch nicht das Ende des Regenbogens.

***

Das spätherbstliche Matschwetter passte bestens zu Elisabeths innerer Verfassung. Es regnete in Strömen, als sie auf den Vorplatz der Seniorenresidenz Bellevue rollte und Ausschau nach Klara hielt. In einem kurzen Telefonat, in dem Elisabeth von den neuesten Entwicklungen berichtet hatte, waren sie übereingekommen, dass Klara das Heim besser nicht mehr betrat. Deshalb wartete sie etwas entfernt an der Straße, unter einem riesigen Regenschirm verborgen.

Schon nach wenigen Metern war der Rollstuhl schlammbespritzt. Elisabeth drehte sich um und warf einen wachsamen Blick zurück auf den Eingangsbereich, aber niemand hielt sie auf. Offenbar funktionierten die Ablenkungsmanöver. Lila Fouquet trieb die Mitarbeiterin am Empfangstresen mit Gesangsdarbietungen in den Wahnsinn, Hans Martenstein überhäufte die Direktorin mit sinnfreien Beschwerden, damit Elisabeth unbemerkt nach draußen gelangen konnte.

Zum Glück war der asphaltierte Vorplatz etwas abschüssig, so dass sie mit bemerkenswerter Geschwindigkeit auf Klara zurollte.

»O Mann, ich dachte schon, diese Gewitterhexe von Heimleiterin hätte Sie erwischt«, sagte Klara, während sie den Rollstuhl mit einer Hand zum Halten brachte. »So eine Frechheit, dass Sie in die Geschlossene kommen sollen!«

»Die hatte es von Anfang an auf mich abgesehen«, erwiderte Elisabeth atemlos. »Jetzt aber nichts wie weg!«

* * *

Der Ausflug zu Inge war hochriskant, doch dieses eine Mal musste sich der Club Fidelio noch dort treffen.

Eine Viertelstunde später saßen sie vollzählig in Bennos

Taxi. Im letzten Moment war auch Vincent von Wackerbarth erschienen. In sich gekehrt nahm er auf dem Beifahrersitz Platz, in einem schwarzen Anzug, zu dem er ein weißes Hemd und eine schwarze Krawatte trug.

»Mein Beileid«, sagte Elisabeth mitfühlend. »Ich hoffe, Ihre Frau hat nicht allzu sehr leiden müssen.«

Vincent von Wackerbarth schnäuzte sich mit einem Taschentuch, in das ein goldenes Monogramm eingestickt war. »Sie wurde vom Tod erlöst«, antwortete er salbungsvoll. »Jetzt ist sie an einem besseren Ort.«

»Bedrängt von Angstbildern, verdammt zu ewigem Leiden war das Herz dieser Elenden«, sang Lila Fouquet mit dramatisch bebendem Timbre.

»Wie taktlos«, sagte Vincent. »Bedrängt von Angstbildern? Was soll das denn heißen?«

»So ähnlich steht es nun mal in Verdis Oper Die Macht des Schicksals«, verteidigte sich Fräulein Fouquet.

Vorwurfsvoll sah Hans Martenstein die Sängerin an, die sich eine Hand vor den Mund schlug. Irgendwie hatte Elisabeth das Gefühl, dass man ihr etwas verschwieg. Aber wurde man jemals schlau aus diesen schrägen Vögeln?

»Hab ich was verpasst? Wer sind Sie?«, meldete sich nun auch noch Ella Janowski zu Wort, die erstaunt Hans Martenstein musterte.

»Oberstudiendirektor Martenstein, wenn's recht ist«, stellte er sich vor. »Bitte sagen Sie schnell, wie Sie sich den weiteren Verlauf des Bankraubs vorgestellt haben. Beeilen Sie sich, bevor Sie wieder einschlafen!«

Die Anstrengung, wach zu bleiben, trieb feine Schweißperlen auf Ella Janowskis Stirn. In hektischem Stakkato entwickelte sie einen Plan, den man einfach nur genial nennen konnte. Kurz bevor sie fertig war, ächzte sie aus tiefster Brust, fuhr sich durch das bläulich gefärbte Haar, dann fiel ihr Kopf schlagartig auf Lila Fouquets Schulter.

»Donnerwetter!« Benno, der bis dahin noch keinen Ton von sich gegeben hatte, ließ den Motor aufheulen. »Das ist der brillanteste Plan, den ich jemals gehört habe.«

Wie eine Rakete schoss er los, die Verkehrsregeln wie immer temperamentvoll missachtend. Halsbrecherisch überholte er einen Lastwagen, hupte einen Motorradfahrer beiseite und schlängelte sich geschickt durch den Verkehr, während er unablässig »brillant, einfach brillant« murmelte.

»Äh, und was ist mit mir?«, meldete sich plötzlich eine helle Frauenstimme.

Benno stieg auf die Bremse, alle anderen drehten sich entgeistert zu Klara um. Sie saß auf der hintersten Rückbank des Großraumtaxis, wo man sie im Eifer des Gefechts völlig vergessen hatte.

Sie lächelte verlegen. »'tschuldigung, ich wäre ja ausgestiegen, aber …«

»Gütiger Himmel, haben Sie etwa alles mit angehört?«, fragte Lila Fouquet entsetzt.

»Nein, ich habe mir die Ohren zugehalten«, erklärte Klara, doch ihr verschmitztes Lächeln sprach Bände.

»Eine Katastrophe«, stöhnte Hans Martenstein. »Was, wenn sie uns verrät?«

Elisabeth traute sich kaum, Klara in die Augen zu sehen. Wie stand sie denn jetzt da? Als eine Kriminelle! »Äh, Klara … also, ich …«

Die junge Frau zwinkerte ihr zu. »Ich hab mir schon so was Ähnliches gedacht. Dauernd diese Geheimniskrämerei, da musste ja was Besonderes dahinterstecken. Aber ich glaube kaum, dass Sie diese Geschichte durchziehen. Also ist alles in Ordnung.«

»Na, hören Sie mal!« Lila Fouquet klappte die Puderdose zu, in deren Spiegel sie ihr Make-up überprüft hatte. »Das hier ist keine Kaffeefahrt, das ist Reality!«

»Steigt sie nun aus, oder fährt sie mit?«, fragte Benno.

»Ich steige aus, wenn's recht ist«, antwortete Klara. »Ich habe nämlich eine Verabredung. Und zwar eine, bei der mir ganz bestimmt keine Kugeln um die Ohren fliegen.«

Sie kletterte an den Sitzbänken vorbei zur Tür des Großraumtaxis, öffnete sie und sprang auf die Straße.

»Grüßen Sie Pete von mir«, lächelte Elisabeth. »Er spielt übrigens wunderbar Klavier.«

Klara errötete über und über. »Es ist nicht so, wie Sie denken. Wir wollen uns nur ein wenig austauschen. Über Altenpflege und so.«

»Vorsicht«, sagte Lila Fouquet. »Ich bin ja Single und kann nicht mehr schwanger werden, doch bei Ihnen liegen die Dinge offenbar anders.«

Mit hochrotem Kopf warf Klara die Wagentür zu.

Und weiter ging es mit überhöhtem Tempo durch die regennassen Straßen, bis das Taxi vor der Kneipe »Bei Inge« hielt. Alle stiegen aus, bis auf Ella Janowski, die von Benno in die Kneipe getragen wurde. Die Wirtin hatte eigens Kirschstreuselkuchen besorgt und Kaffee gekocht. Sogar geblümte Papierservietten lagen auf dem Tisch.

»Eure Henkersmahlzeit«, grinste sie. »Bevor ihr hinter

schwedische Gardinen wandert, solltet ihr noch mal richtig zulangen.«

»Keine Sorge«, sagte Hans Martenstein. »Wir planen das perfekte Verbrechen.«

»Das haben schon ganz andere probiert«, meinte Inge. »So eine wacklige Rentnergang kommt nicht weit. Glaubt bloß nicht, dass ich euch demnächst den Kuchen ins Gefängnis bringe.«

Diesmal hielt sich der Club Fidelio nicht lange mit Vorreden auf. Nachdem Inge Kaffee und Kuchen serviert hatte, zog Hans Martenstein eine Mappe voller linierter Bögen und einen Stift aus seiner Aktentasche. Stirnrunzelnd legte er Spiegelstriche an und schrieb Stichpunkte daneben, dann legte er den Stift beiseite.

»Geschätzte Mitglieder des Clubs Fidelio, es besteht akuter Handlungsbedarf. Wir haben mehrere Tagesordnungspunkte abzuarbeiten.« Wie ein Oberlehrer, der seine Schüler abfragt, sah er über seine Brillengläser hinweg in die Runde. »Welche Bank? Welcher Zeitpunkt? Wie verteilen wir die Rollen? Welche Requisiten brauchen wir?«

Nach kurzem Hin und Her entschied man sich für die größte Bank der Stadt, die an einer belebten Straße lag. Lila Fouquet meinte zu wissen, dass dort neben Bargeld auch beträchtliche Goldreserven lagerten. Wie man die fortschaffen sollte, wurde im Überschwang des Pläneschmiedens nicht weiter erörtert.

»Und wenn sich alle auf uns stürzen, was machen wir dann?«, fragte Elisabeth.

»Pistolen!«, rief Lila Fouquet. »Wir brauchen Pistolen!«

Elisabeth tippte sich mit dem Finger an die Stirn. »Wie

haben Sie sich das denn vorgestellt? Kennen Sie etwa Waffenhändler?«

»Gemach, die Damen«, ging Hans Martenstein dazwischen. »Glücklicherweise habe ich schon vor zwei Wochen alle Zutaten für ein leichtes Tränengas im Internet bestellt. Damit können wir unsere Widersacher betäuben.«

»Tränengas?« Elisabeth traute ihren Ohren nicht.

»Er war Chemielehrer, unser Superhirn«, erklärte Lila Fouquet. »Der braut uns was Schönes zusammen.«

»Chemie, Biologie und Sport«, berichtigte Hans Martenstein. »Sie haben bereits von meinem Wissen profitiert, Frau Schliemann. Ihre Remobilisierung erfolgte nach dem biologischen Kenntnisstand über das Zusammenspiel von Skelett und Muskulatur. Ich versichere Ihnen, dass hier ein Fachmann am Werk ist.«

»Er ist ein Picasso des Chemiebaukastens«, bestätigte Vincent von Wackerbarth.

»Vielen Dank.« Hans Martenstein lächelte geschmeichelt. »Für andere Effekte reichen schon so simple Dinge wie Brausepulver. Lassen Sie sich überraschen.«

Als Nächstes widmete man sich der Frage nach dem idealen Zeitpunkt für den Überfall. Sonderlich viel Spielraum blieb ihnen nicht mehr, denn Elisabeths drohender Umzug in die Regenbogenallee ließ ihnen nur noch wenige Tage.

Als die erregte Diskussion ihren Höhepunkt erreichte, mischte sich Benno ein. Er hatte etwas abseits am Tresen gestanden, jetzt setzte er sich unaufgefordert mit seinem Bier neben Elisabeth. Er rückte ziemlich dicht neben sie, so als sei ihr Verhältnis vertraulich. War es das? Elisabeth betrachtete ihn unbehaglich. Bennos Arm berührte leicht ihre Schulter, während er zu sprechen begann. »Herrschaften, darf ich auch mal was sagen?« Das Stimmengewirr verstummte. »Nicht, dass ich mich in diesen Wahnsinn reinziehen lasse, aber wenn ich mich richtig erinnere, sagte unsere gute Ella, dass so ein Überfall vormittags die besten Aussichten hat. Da sind die Kassen noch voll. Es wäre aber zu auffällig, wenn ihr dann beim Mittagessen alle fehlt, oder?«

Er lehnte sich gemächlich zurück und ließ diesen Satz erst mal wirken.

»Stimmt, Frau Fröhlich würde sofort nach uns suchen lassen«, pflichtete Hans Martenstein ihm bei. »Falls wir dann im Heim unauffindbar sind, alarmiert sie bestimmt die Polizei.«

»Ach du grüne Neune«, jammerte Lila Fouquet. »Was nun?«

»Tja«, Benno nahm seelenruhig einen Schluck von seinem Bier. »Ich will ja nicht pietätlos sein, aber wann ist eigentlich die Beerdigung Ihrer Frau, Herr Wackerstein?«

»Ritter von Wackerbarth«, verbesserte Vincent ihn pikiert. »Die Trauerfeier wird voraussichtlich am kommenden Freitag um elf stattfinden.«

»Gebongt.« Zufrieden sah Benno in die Runde. »Ich gehe mal davon aus, dass Sie alle der Verstorbenen das letzte Geleit geben, richtig?«

»Das heißt, Sie meinen – o mein Gott!«, rief Lila Fouquet.

Elisabeths Verblüffung war grenzenlos. Bewundernd strahlte sie Benno an. »Das ist eine großartige Idee! Wir gehen geschlossen zur Beerdigung, setzen uns in die letzte Reihe und verkrümeln uns, sobald es losgeht.«

»Moment mal.« Vincent von Wackerbarth hob eine Augenbrauen. »Erstens ist diese Idee reichlich geschmacklos, zweitens: Seit wann hat ein Taxifahrer das letzte Wort? Er gehört ja nicht mal unserem Club an.«

»Aber wir brauchen ihn!«, entgegnete Hans Martenstein. »Benno ist ein begnadeter Autofahrer. Und mit Verlaub – er hat einen Vorschlag unterbreitet, der entscheidend zum Gelingen unseres Plans beitragen wird.«

Das war nicht von der Hand zu weisen. Dennoch wirkte Vincent von Wackerbarth tief gekränkt. Missmutig fixierte er Benno, der sichtlich seinen Sieg genoss. Was war denn nur los?

Plötzlich erkannte Elisabeth das Offensichtliche, das sie bislang nur geahnt hatte: Die beiden Männer waren Rivalen! Und dabei ging es gar nicht um den Banküberfall, es ging um sie selbst! Himmel, wo hatte sie bloß ihre Augen gehabt? Benno verschlang sie förmlich mit Blicken, und auch sie mochte ihn ja mit seiner bodenständigen, humorvollen Art.

Irritiert spürte Elisabeth, wie ihre Gefühle ins Taumeln gerieten. Sicher, Vincent war ein Traummann, ein vollendeter Kavalier mit Charme und besten Manieren, aber das Raubein Benno war auch nicht zu verachten. Der hatte eindeutig das Herz auf dem rechten Fleck.

Geht's noch?, ermahnte sie sich. Du bist siebzig und stehst zwischen zwei Männern, die sich anknurren wie Königspudel und Straßenköter! Doch ein Blick auf Vincent genügte, um sie zur Besinnung zu bringen. Ja, sie liebte ihn, mit Haut und Haar. Außerdem war er jetzt Witwer, so dass einem Happy End nichts mehr im Wege stand.

Lila Fouquet hatte unterdessen schon ihren Kuchen verputzt und rührte drei rosa Pillen in ihren Kaffee. »Eine Beerdigung, mon Dieu, was für eine göttliche Szene! Ich werde meine schwarze Samtrobe aus La Traviata anlegen, dazu einen Hut mit Schleier. Die perfekte Tarnung!«

»Also nächsten Freitag.« Hans Martenstein ignorierte den schmollenden Vincent von Wackerbarth und machte ein Häkchen an den zweiten Tagesordnungspunkt.

»Nächste Frage, Rollenverteilung«, schnarrte er. »Benno, kann ich auf Sie zählen, was den Fluchtwagen betrifft?«

»Hm.« Nachdenklich starrte Benno in sein Bierglas. »Kommt drauf an.«

»Worauf, wenn ich fragen darf?«

Benno ordnete sein schlohweißes Haar, bevor er seinen Blick auf Elisabeth richtete. »Geld interessiert mich nicht besonders. Aber wenn ich euch helfe, will ich mit nach Italien, Lissy.«

Diese Bemerkung brachte den Funken, der unübersehbar in Vincent von Wackerbarths Seele schwelte, zum Explodieren. »Was fällt Ihnen ein? Sie gehen nirgendwohin! Von mir aus bekommen Sie Ihren Anteil an der Beute, aber damit ist Ihr Gastspiel beendet! Wobei noch überhaupt nicht klar ist, wohin die Flucht geht!«

Überrumpelt von diesem Gefühlsausbruch, saßen alle schweigend da. Man hörte nur den Regen, der an die Fenster trommelte.

»Hab ich was verpasst?« Arglos lächelnd rieb sich Ella Janowski den Schlaf aus den Augen. »Was ich noch sagen wollte – ich plädiere dafür, keine öffentlichen Verkehrsmittel zur Flucht zu benutzen, weder Bahn noch Flugzeug. Am besten wäre es, mit dem Wagen über die Grenze nach Süden ...«

Kopfüber fiel sie nach vorn auf den Tisch, so dass ihr Gesicht im Kirschstreuselkuchen landete. Niemand hatte daran gedacht, sie am Stuhl festzubinden, was Hans Martenstein jetzt schleunigst nachholte.

»Das Orakel hat gesprochen«, verkündete Lila Fouquet. »Wir fahren nach Italien, in das Land der Oper, in die Heimat der Musik!«

»Herrgott, was soll ich in Italien?«, rief Vincent von Wackerbarth heftig. »Und wer sagt denn, dass wir im Rudel flüchten? Am besten, wir machen uns einzeln aus dem Staub.«

Wie bitte? Sprachlos sah Elisabeth ihn an. Wollte er denn die Zukunft nicht mit ihr teilen?

»Zusammenbleiben müssen wir, allein schafft es keiner von uns.« Hans Martenstein hob die Hand. »Auch ich bin für Italien. Womit Sie überstimmt wären, Herr von Wackerbarth. Und falls Benno mitkommen möchte, ist das nur sein gutes Recht.«

Elisabeth gefror fast das Blut in den Adern. Die ganze Sache nahm eine Wendung an, die sie nicht vorhergesehen hatte. Sie liebte Vincent! Sie wollte ihn mit jeder Faser ihres Seins! Ohne ihn erschien ihr der Ausbruch aus dem Heim auf einmal sinnlos. Wie würde er sich entscheiden? Mit der ganzen Kraft ihres hoffnungslos verliebten Herzens versuchte sie, Vincent zu hypnotisieren. Komm mit!, flehte sie unhörbar. Doch Vincent von Wackerbarth betrachtete abwesend seine schönen schmalen Hände mit dem Siegelring.

»Das ist das Ende«, sagte er dumpf. »Hiermit erkläre ich formell meinen Austritt aus dem Club Fidelio. Ich habe bereits anderweitige Verpflichtungen und dulde es keinesfalls, dass wir unser Schicksal in die Hand dieses, dieses ... dahergelaufenen Domestiken legen!«

Totenbleich erhob er sich, warf seine Serviette auf den Tisch und verließ das Lokal.

»O nein«, flüsterte Elisabeth. Halb ohnmächtig hielt sie sich am Tisch fest, als sei er ein Stück von Vincent, an das sie sich klammern könnte. Sollte sie hinter ihm herlaufen? Aber sein Stolz schien so tief verletzt zu sein, dass jeder Versuch, ihn umzustimmen, aussichtslos schien.

»So ein Lappen«, kam es vom Tresen, wo Inge in einer Zeitschrift blätterte.

»Ich habe ihn nie ausstehen können«, sagte Hans Martenstein. »Leider stellt er ab jetzt ein Sicherheitsrisiko dar.«

Benno nahm einen Schluck aus seinem Bierglas. »Noch jemand, der mich für einen Domestiken hält?«

»Nein, nein, nein!« Auf der Stelle protestierten alle.

Elisabeth drückte Bennos Hand. Tapfer biss sie die Zähne aufeinander, damit er ihr die Enttäuschung über Vincents Abgang nicht ansah.

Er erwiderte ihren Händedruck. »Ich wollte schon immer nach Italien. Nicht wegen der Oper – Lissy, du weißt ja, ich koche für mein Leben gern italienisches Essen. So eine kleine Trattoria am Strand, das könnte mir gefallen.«

Elisabeth rückte unwillkürlich ein wenig von Benno ab. Ihre Verzweiflung war einfach zu groß. Jetzt wurde ihr klar, dass sie mit Vincent über ihre Pläne vom sonnigen Süden hätte sprechen müssen. Stattdessen hatte sie allen Ernstes angenommen, es genügte, dass er in ihren Träumen schon über italienische Strände tanzte. So was Dämliches!

Ziemlich durcheinander stand sie auf und steuerte die Toilette an. Dort rieb sie sich das Gesicht mit kaltem Wasser ab, um sich ein wenig zu beruhigen. »Vincent«, flüsterte sie in den Spiegel.

Niemand antwortete. Aber noch war nicht aller Tage Abend. Sie würde ihn zurückerobern. Sie brauchte ihn! Fragte sich nur, was er mit den anderweitigen Verpflichtungen gemeint hatte. Seine Frau lebte nicht mehr – was hielt ihn denn noch davon ab, sich zu Elisabeth zu bekennen?

Gedankenverloren öffnete sie die Tür zu dem schummrigen Gang, der in den Schankraum führte, und prallte mit Benno zusammen, der dort auf sie gewartet hatte.

»Na, Lissy?« Er lächelte unergründlich. »Schon vergessen, wie wir deinen Geburtstag gefeiert haben?«

Sie räusperte sich. »Ich war ganz schön betrunken, was?«

»Wie eine Tümpelkrähe«, bestätigte er. »Aber nicht zu betrunken, um eine hinreißende Geliebte zu sein.«

9

Familie – kostbarstes Kleinod auf dieser Erde, rettender, schützender Hafen. Dieser Spruch hatte einst in Elisabeths Küche gehangen, im Kreuzstich auf weißes Leinen gestickt und hinter Glas gerahmt. Sie war froh, dass dieses Bild den Umzug nicht überlebt hatte, denn spätestens jetzt hätte sie es verbrannt. Früher hatte man sie immer zu ihren drei tüchtigen Töchtern beglückwünscht, aber mittlerweile nahm diese Tüchtigkeit Ausmaße an, die einen das Fürchten lehrten. Mir nichts, dir nichts hatten sie die baldige Verlegung auf die geschlossene Abteilung bewerkstelligt.

Jetzt war statt Gabriele auch noch Susanne zum Sonntagsbesuch angerückt, mit Kind und Kegel. Mit zwei hypermotorischen Söhnen und einem schlecht gelaunten Ehemann, um genau zu sein. Erst seit fünf Minuten hielten sie sich in der kleinen Wohnung auf, aber Elisabeth stand bereits kurz vor einem Nervenzusammenbruch.

»Paul, reiß nicht alle Schubladen auf!«, schrie Susanne. »Und Willy, du räumst nachher Omas Krempel wieder in die Vitrine! Am besten, ihr verschwindet nach nebenan!« Maulend verzogen sich die Jungen ins Schlafzimmer, aus dem nun das Piepsen und Dudeln von Elektronikspielzeug herüberschallte.

»Total verzogen, die Bengel«, schimpfte Klaus-Dieter. Er schob mit dem Fuß ein paar Schachteln beiseite, die Paul und Willy aus der Vitrine geholt und auf dem Boden ausgeleert hatten. »Du hast sie einfach nicht im Griff, Suse.«

»Aber du bist der Superpapi, was?« Susanne schaufelte sich eine Portion Erdbeerkuchen in den Mund. »Könntefft dich auch ma'n biffchen um die beibm kümmern«, sagte sie kauend.

Elisabeth legte ihre Hände um die Schwungräder des Rollstuhls und manövrierte ihn nervös hin und her. »Lasst sie doch, Kinder sind nun mal so.«

Es waren nämlich nicht die Jungen, die an ihren Nerven zerrten. Vielmehr war es die nassforsche Art, mit der Susanne gleich zu Beginn des Besuches klargestellt hatte, dass kein Weg an der Regenbogenallee vorbeiführte. Es quälte Elisabeth, wie lieblos das Ganze vor sich ging.

Und das war bei weitem noch nicht alles. Ein Gefühlssturm tobte in ihr. Dauernd fragte sie sich, ob sie es wagen durfte, Vincent zur Rede zu stellen. Sie wollte wissen, woran sie war. Warum sperrte er sich dagegen, mit nach Italien zu kommen? Liebte er sie denn nicht? Hatte sie sich etwas vorgemacht? Oder wurde ihr seine Eifersucht auf Benno zum Verhängnis?

Seit Bennos gestriger Bemerkung schwankte sie zwischen Scham und Fassungslosigkeit. Hatte sie sich ihm etwa wirklich hingegeben an ihrem siebzigsten Geburtstag? Oder war das seine Art, sie aufzuziehen? Man konnte Elisabeth nicht gerade als prüde bezeichnen, aber der letzte Sex mit Walther lag gut dreißig Jahre zurück. Undenkbar, dass sie sich mit einem Wildfremden eingelassen hatte. Noch dazu mit einem Körper, an dem das Alter seine verräterischen Spuren hinterlassen hatte. Doch sosehr sie sich auch den Kopf zermarterte, auf der Suche nach der verlorenen Erinnerung fand sie wenig mehr als eine Nebelwand.

»... jedenfalls bin ich froh, dass du demnächst rund um die Uhr versorgt wirst«, drang Susannes Stimme wieder an ihr Ohr. »Erst der Brand. Dann schmeißt du dich Schwester Klara an den Hals, schleichst dich heimlich weg. Und gestern bist du schon wieder abgehauen, obwohl Frau Fröhlich es ausdrücklich verboten hat! Ich fasse es einfach nicht!«

An die Standpauke der Direktorin erinnerte sich Elisabeth leider nur zu gut. Als Klara sie nach dem Club-Treffen zurück ins Heim gebracht hatte, waren die übelsten Beschimpfungen über Elisabeth hereingebrochen. Sämtliche Mitglieder waren beim Heimkommen ertappt worden. Seither hatte man die Sicherheitsvorkehrungen erhöht.

»Man muss dich vor dir selber schützen«, trumpfte Klaus-Dieter auf. »Demnächst liegst du mit deinem Rollstuhl im Straßengraben – und dann? Sagen alle, wir hätten nicht aufgepasst.«

»Wie schön, dass ihr so um euren Ruf besorgt seid«, erwiderte Elisabeth.

Weder Susanne noch ihrem Mann fiel auf, dass das sarkastisch gemeint war. Sie absolvierten einen Pflichtbesuch, das war nicht zu übersehen. Aßen Torte, als gäbe es kein Morgen, und sahen dauernd auf die Uhr, weil Klaus-Dieter zu Hause ein Fußballspiel auf dem Sportkanal anschauen wollte. Vermutlich sollte dieser Kaffeebesuch nur ihre Schuldgefühle dämpfen.

»Dein Ruf ist sowieso hinüber«, sagte Susanne. »Jetzt absolvierst du noch einen Demenztest, damit alles seine Richtigkeit hat, dann sehen wir weiter.«

Elisabeth schöpfte neue Hoffnung. »Und wenn beim Demenztest herauskommt, dass ich völlig klar im Kopf bin?«

»Warten wir's ab«, antwortete Susanne. »Ich bin jedenfalls froh, wenn diese Sache vom Tisch ist.«

Wie kalt das klang, wie abfällig. Es war Elisabeth ein Rätsel, warum das Verhältnis zu ihrer ältesten Tochter mit den Jahren dermaßen abgekühlt war.

Früher hatten sie wenigstens manchmal etwas zusammen unternommen, einige Male war Susanne sogar mit zum Tanzen gekommen. Offenkundig lag die Entfremdung an Klaus-Dieter. Der hatte von Anfang an keinen Hehl daraus gemacht, was er von Schwiegermüttern hielt. Auch zum Tanzen hatte er keine Lust. Ob Susanne glücklich mit ihm war? Es sah nicht so aus. Eher nach der zermürbenden Routine einer Zweckgemeinschaft.

Warum habe ich Klara gesagt, dass sich eine unglückliche Ehe nicht lohnt, aber nie mit Suse darüber gesprochen?, dachte Elisabeth.

»Mutter!«, riss Susanne sie aus ihren Gedanken. »Du wirkst so abwesend.«

»Ja, ja, das passiert mir manchmal«, wich Elisabeth aus.

Ob sie mit Susanne reden sollte? Wirklich reden, ohne unverbindlichen Small talk? In Anwesenheit ihres Mannes war das natürlich unmöglich.

»Geht es dir nicht gut? Willst du dich hinlegen?«, fragte Susanne.

»Nein, nein – aber vielleicht könnte Klaus-Dieter mir die Post holen, das Brieffach ist unten, beim Empfang.«

»Wie du willst.« Er stand auf und dehnte seine Arme, eine Pose, die seinen gewaltigen Bierbauch zur Geltung brachte. »Bin gleich wieder da.«

Sobald er die Wohnung verlassen hatte, wurde Susanne

unruhig. Sie begann, das Kaffeegeschirr abzuräumen, packte den übrig gebliebenen Kuchen in Tupperdosen und wischte den Tisch ab. Elisabeth kannte die Taktik. Auch sie hatte während ihrer Ehe dauernd geputzt, geschrubbt und gewienert, um die beklemmende Leere zu füllen, die zwischen ihr und Walther entstanden war.

»Setz dich«, sagte sie. »Wir müssen reden.«

Susanne kniff misstrauisch die Augen zusammen. »Also, wenn du jetzt mit mir über die Regenbogenallee diskutieren willst, spar dir den Atem.«

»Ist klar.« Dieses Thema hatte Elisabeth so gut wie abgehakt. Ihr war bewusst, dass sie möglicherweise Zeit gewinnen konnte, mehr aber auch nicht. Niemand würde sie auf Dauer vor der Regenbogenallee bewahren, es sei denn, sie ergriff rechtzeitig die Flucht. Oder würde der Demenztest sie retten? Immerhin war das der letzte Strohhalm, an den sie sich klammern konnte.

»Also? Worüber willst du unbedingt mit mir sprechen?«, erkundigte sich Susanne. Sie wirkte müde, obwohl ihr brauner Pagenschnitt perfekt geföhnt und ihr Make-up sorgfältig aufgetragen war. »Ach so – dein Taschengeld.«

Sie angelte sich ihre Handtasche, holte einen Zwanzigeuroschein aus dem Portemonnaie und legte ihn in den Vitrinenschrank.

»Danke, mein Kind.« Elisabeth faltete die Hände im Schoß. »Sag mal, bist du glücklich?«

»Was für eine saublöde Frage!«, stieß Susanne schroff hervor.

»Die wichtigste überhaupt«, widersprach Elisabeth. »Ich bedaure es, dass ich sie dir nicht viel früher gestellt habe.«

Mit Susanne ging eine seltsame Veränderung vor. Sie wurde erst bleich, dann glühend rot. Mit fahrigen Bewegungen zog sie das weiße Jackett aus, das sie über einem Etuikleid mit schwarzweißem Pepitamuster trug, und hängte es über die Stuhllehne. Dann lauschte sie zum Schlafzimmer hin, aus dem inzwischen das Knallen von Spielzeugpistolen zu hören war, begleitet von Gepolter und Geschrei.

»Ich habe nicht die Absicht, mit dir über meine Ehe zu reden«, sagte sie leise. »Aber wenn du es unbedingt wissen willst – ich bin todunglücklich.«

Elisabeth rollte langsam zum Fenster und sah hinaus. »Da draußen tobt das große, lachende Leben. Die Welt steht dir offen, Suse. Hol sie dir.«

»Ich hab mich wohl verhört! Du meinst, ich soll mich von Klaus-Dieter trennen?«

Aufseufzend schaute Elisabeth ihre Tochter an. »Was ich meine, ist unwichtig. Aber eines habe ich begriffen, leider erst jetzt, wo ich eine alte Frau bin: Man darf sein Leben nicht vergeuden. Und schon gar nicht mit dem falschen Mann. Geh tanzen, Suse! Mach dein Leben zu einem Fest!«

Aufgebracht trommelte Susanne mit den Fingern auf die Tischplatte. »Sind das jetzt deine Tabletten, oder bist du mittlerweile völlig verpeilt?«

Elisabeth gab es auf. Ohne zu antworten, bewegte sie den Rollstuhl zum Schlafzimmer und öffnete die Tür. Paul und Willy hatten ganze Arbeit geleistet. Ein Stuhl war umgefallen, das Bettzeug lag auf dem Boden, zusammen mit einigen Kleidern samt Bügeln, und gerade flog das Kopfkissen durch die Luft.

Doch Elisabeth hatte nur Augen für die Spielzeugpistolen,

mit denen sich die beiden beschossen: schwarz, glänzend, täuschend echt. Im Bruchteil einer Sekunde wusste sie, was zu tun war.

»Suse, schau doch mal, wo Klaus-Dieter bleibt«, rief sie ihrer Tochter zu. »Bestimmt hat er sich verlaufen – ist ja auch das reine Labyrinth hier. Ich passe solange auf die Kinder auf.«

»Wie du willst.«

Offenbar war Susanne froh, dass sie nicht länger mit ihrer Mutter reden musste. Sobald die Tür hinter ihr ins Schloss gefallen war, rollte Elisabeth, so schnell sie konnte, zum Vitrinenschrank und holte den Zwanzigeuroschein heraus. Eigentlich schuldete sie Klara Geld, außerdem Benno für das Taxi und Inge für Kaffee und Kuchen. Doch diese Gelegenheit durfte sie nicht verpassen.

Sie rollte zum Schlafzimmer zurück, wo Paul und Willy auf dem Bett herumhüpften. »Jungs, hört mal zu. Was haltet ihr von einem kleinen Tausch? Dieser Zwanziger gegen eure Pistolen?«

Paul, der ältere der beiden Brüder, blies die Backen auf. »Krass, Oma. Ist der echt?«

»Ehrenwort.« Auffordernd wedelte Elisabeth mit dem Schein. »Das muss aber unter uns bleiben, ja? Sonst gibt es Ärger mit eurem Papa, und er nimmt euch das Geld wieder weg. Also? Wie wär's?«

Die beiden Jungen tauschten einen kurzen Blick, dann stürzten sie sich auf Elisabeth. »Danke, Oma!«

Blitzschnell wanderte der Schein in Pauls Hosentasche. »Wieso brauchst du denn eine Pistole?«, fragte er.

»Damit erschrecke ich die Einbrecher«, flüsterte Elisabeth

verschwörerisch. »Seid so gut und legt die Pistolen unter die Matratze.«

»Oma, du bist echt Hammer«, sagte Willy anerkennend. Er runzelte die Stirn. »Sag mal, was ist eigentlich Elendstourismus?«

»Elends… was? Wie kommst du denn auf das Wort?«

Paul, der gerade die Pistolen unter der Matratze verstaute, wandte sich zu Elisabeth um. »Das sagt Mama immer, wenn sie dich besucht.«

***

Elisabeth stand im Badezimmer und spülte das Kaffeegeschirr unter dem laufenden Wasserhahn ab. Immer wieder ging sie in Gedanken die Exit-Strategie des Club Fidelio durch. Es gab noch jede Menge offener Fragen. Viel zu viele. Letztlich reichte die Zeit hinten und vorne nicht für ein derart tollkühnes Unterfangen. Aber vielleicht wendete sich ja noch alles zum Guten. Sie wusste zwar nicht, wie ein Demenztest ablief, fühlte sich aber geistesgegenwärtig genug, um das einwandfreie Zusammenspiel ihrer grauen Zellen zu beweisen. Ihre Töchter würden sich noch wundern!

Das Haustelefon schellte. Elisabeth trocknete sich die Hände ab und lief ins Wohnzimmer. »Hallo?«

»Gänseblümchen pflücken um fünf«, ertönte die brüchige Stimme von Lila Fouquet.

»Gänseblümchen, alles klar.«

Außer Elisabeth besaß keines der Clubmitglieder ein Handy, deshalb hatten sie Codewörter vereinbart für den Fall, dass die Haustelefone abgehört wurden. Gänseblümchen pflücken, das bedeutete ein Treffen im Heizungskeller. Sie mussten vorsichtig sein. Nach dem letzten Ausflug zu Inge war es ihnen streng verboten, das Heim zu verlassen. Die Direktorin hatte ihre Spitzel überall.

Elisabeth sah auf ihre Armbanduhr. Sie war stehengeblieben, also schaute sie auf ihrem Wecker nach. Zehn vor fünf. Wenn sie pünktlich sein wollte, musste sie sofort aufbrechen, obwohl sie sich nach dem anstrengenden Besuch lieber etwas ausgeruht hätte.

Überstürzt rollte sie los, die endlosen Flure entlang. Das Heim wirkte wie ausgestorben. Viele Insassen verbrachten den Sonntag bei ihrer Familie und kamen erst zurück, wenn das Abendbrot verteilt wurde. Aber Susanne, Gabriele und Mara meinten wohl, dass ihre Mutter nicht mehr gesellschaftsfähig sei. Nicht ein einziges Mal hatten sie angeboten, Elisabeth für ein paar Stunden abzuholen.

Um Punkt fünf Uhr erreichte sie den Heizungskeller. Dort bot sich ihr ein skurriles Bild. Neben dem riesigen Heizofen, inmitten eines Gewirrs dicker Metallrohre, saßen Hans Martenstein und Lila Fouquet auf zwei Klappstühlen. Zwischen ihnen standen auf einer Kiste eine Flasche Sekt und drei Gläser. Es war drückend heiß hier unten.

»Vincent von Wackerbarth ist heute Morgen ausgezogen«, sagte Hans Martenstein statt einer Begrüßung. »Der ist über alle Berge.«

Es dauerte einen Moment, bis Elisabeth die Tragweite dieser Information begriff. In ihren Ohren begann es zu rauschen. Sie wollte etwas sagen, doch ihr Mund öffnete und schloss sich wie das Maul eines Karpfens, ohne dass ein einziges Wort herauskam.

»Er wird unsere Pläne schon nicht vereiteln!«, rief Lila Fouquet, während sie die Sektflasche öffnete. »Er ist ein Ehrenmann!«

»Sie wissen so gut wie ich, dass er das nicht ist«, widersprach Hans Martenstein.

Voller Verzweiflung beugte sich Elisabeth in ihrem Rollstuhl vor. »Könnten Sie mir bitte endlich mal verraten, was hier gespielt wird?«

Lila Fouquet füllte die Gläser, und zum ersten Mal entdeckte Elisabeth so etwas wie Mitgefühl in dem dramatisch geschminkten Gesicht. Seufzend ließ die einstige Diva drei rosa Pillen in ihr Glas plumpsen.

Hans Martenstein nahm seine Brille ab und putzte sie ausgiebig. »Durch meine Akteneinsicht stellt sich der Fall Vincent von Wackerbarth etwas anders dar als gedacht.«

Elisabeths Herzschlag setzte aus. »Was heißt das?«

»Nun, ich arbeite ja ehrenamtlich in der Heimverwaltung«, erklärte Hans Martenstein. »Unser honoriger Vincent hat einige Vorstrafen auf dem Kerbholz, kleine Betrügereien aller Art. Und er hat Katharina von Wackerbarth erst geheiratet, als sie schon ziemlich dement war, zweifellos, um sich ihr umfangreiches Erbe zu erschleichen. Gut möglich, dass er den Standesbeamten bestochen hat. Jetzt erbt er ein Vermögen und wird sicher so rasch wie möglich das Heim verlassen. Vincent von Wackerbarth – mit bürgerlichem Namen Vincent Kasuppke – ist ein falscher Fuffziger.«

Nein! Elisabeth war einer Ohnmacht nahe. Ihr Vincent, ein Heiratsschwindler? Ein abgefeimter Betrüger, der sich mit falschen Federn geschmückt hatte, als er von Rittergut und Familientradition gesprochen hatte? Sein Siegelring, sein distinguiertes Auftreten, sein Charme – alles nur Fassade? Ihr wurde schwarz vor Augen. Als sie wieder zu sich kam, spürte sie etwas Kaltes am Kopf.

»Frau Schliemann? Alles in Ordnung?« Besorgt stand Hans Martenstein neben ihr und presste ein feuchtes Taschentuch auf ihre Stirn.

»Ja, nein, ich weiß nicht.« Ihr Mund war trocken. Sie schluckte. »Seit wann wissen Sie es?«

»Seit letztem Freitag«, erwiderte er. »Frau Fröhlich hat mir meinen kleinen Job in der Verwaltung weggenommen, vorher sollte ich noch alle Akten ordnen. Dabei machte ich diese unerfreuliche Entdeckung. Aber für Sie, meine Liebe, dürfte es weit schlimmer sein. Ich gehe doch recht in der Annahme, dass Sie sich amouröse Hoffnungen gemacht haben?«

Elisabeth schämte sich in Grund und Boden. »Warum?«, flüsterte sie. »Warum hat er mit mir geflirtet?«

»Weil er als charmanter Gauner gar nicht anders kann – einmal Don Giovanni, immer Don Giovanni«, befand Lila Fouquet und sang: »Doch still, mir ist, ich atme süßen Weiberduft.«

»Sehr viel wahrscheinlicher wollte er Sie für unsere Pläne ködern«, sagte Hans Martenstein. »Hier gibt es nicht viele Bewohner, die noch geistig fit sind. Wir traten auf der Stelle, bevor Sie kamen.«

Wieder fühlte Elisabeth, wie ihr die Sinne schwanden. Sie war ein Mittel zum Zweck gewesen. Nachdem Vincent ein reicher Witwer geworden war, hatte er einen Streit vom Zaun gebrochen und den Club Fidelio verlassen – er brauchte den Club nicht mehr. Am allerwenigsten brauchte er eine gewisse Elisabeth Schliemann.

Die Hitze im Keller schien noch stärker geworden zu sein.

In Bächen floss ihr der Schweiß den Rücken herunter, ihre Bluse klebte auf der Haut.

»Schnell, trinken Sie einen Schluck«, wisperte Lila Fouquet. Sie warf gleich mehrere der rosa Pillen in ein Glas Sekt und reichte es Elisabeth. »Mit den kleinen Sonnenstrahlen geht es Ihnen im Handumdrehen besser.«

Elisabeth war plötzlich alles egal. Sie wollte nur noch ihre Schmach und ihre Enttäuschung vergessen. In einem Zug stürzte sie den Sekt mitsamt den Pillen hinunter und trank gleich ein zweites Glas. Die Wirkung setzte sofort ein. Der Sekt prickelte angenehm in ihren Adern, und auch die Psychopharmaka wirkten bemerkenswert schnell. Eine euphorische Stimmung erfasste sie.

»Herrlich! Den Hallodri bin ich los! Ich habe den miesen Schuft schon so gut wie vergessen!« Fast glaubte sie schon selbst daran.

Hans Martenstein zog seine Stirn in Falten. »Hoffen wir nur, dass er uns keinen Strich durch die Rechnung macht. Es bleibt doch bei unserem Plan, oder?«

Elisabeth überlegte kurz, ob sie den Demenztest erwähnen sollte. Falls ihr die Regenbogenallee erspart blieb, konnte sie immer noch in aller Ruhe entscheiden, ob sie mitmachen wollte. Aber vorerst war es besser, den Ernstfall anzunehmen.

»Natürlich, wir schaffen das auch ohne den falschen Fuffziger«, erwiderte sie leichthin. »Ich habe sogar Pistolen besorgt! Na ja, Spielzeugpistolen, aber ich hatte sowieso nicht vor, jemanden zu erschießen.«

»Sehr gut«, lobte Hans Martenstein. »Dann gehen wir jetzt noch einmal die übrigen Punkte durch.«

Eine halbe Stunde später machte sich Elisabeth auf den

Weg zu ihrer Wohnung. Bester Laune und wie auf rosa Wolken rollte sie durch die Flure, obwohl ihr noch immer der Schweiß in Strömen über den Körper lief. Nur irgendwo in einem entfernten Hinterstübchen ihres Bewusstseins rumorte ein schrecklicher Liebeskummer.

Kurz vor ihrer Wohnungstür wurde sie von Herrn Müller-Neuenfels abgefangen. Er wirkte noch aufgeschwemmter und noch trübsinniger, als sie ihn in Erinnerung hatte. In seinem teigigen Gesicht lag ein melancholischer Ausdruck, die Wurstfinger hatte er vor seinem vorgewölbten Bauch gefaltet.

»Frau Schliemann, haben Sie mal eine Minute? Ich brauche Sie für das Gutachten.«

Normalerweise hätte Elisabeth den Ernst der Lage erfasst. Aber der Schwips und die Psychopharmaka machten sie unvorsichtig – und übermütig.

»Sie kleiner Schelm! Sie wollen mir das Ticket in die Regenbogenallee verpassen, richtig?«

Seine Miene verfinsterte sich. »Ich verbitte mir solche Bemerkungen. Ich bin ausgebildeter Neuropsychologe und werde jetzt einen Demenztest durchführen.«

»Nur zu«, lachte Elisabeth. »Ich habe noch alle Tassen im Schrank. Sie können sie gern zählen!«

Frohgemut suchte sie ihren Wohnungsschlüssel. Sonst steckte sie ihn immer in ihre Handtasche, doch die hatte sie gar nicht dabei.

»Sie schwitzen sehr stark. Haben Sie Angstattacken?«, fragte der Therapeut.

»I wo, ich fühle mich wunderbar«, säuselte Elisabeth. »Aber ich muss wohl meinen Schlüssel vergessen haben.«

»Aha.« Der Therapeut zog einen Notizblock heraus und schrieb etwas darauf. »Ich besitze einen Generalschlüssel – darf ich?«

Irgendwo in Elisabeth schrillte eine Alarmglocke. Doch sie war nicht in der Verfassung, um groß darauf zu achten. »Bitte, Sie können gern aufschließen. Fühlen Sie sich wie zu Hause.«

Herr Müller-Neuenfels öffnete die Tür und schob Elisabeth in die Wohnung. Während sie am Tisch wartete, inspizierte er die Räume. Jetzt erst fiel Elisabeth ein, was für ein Durcheinander bei ihr herrschte. Das Waschbecken im Badezimmer stand voller Geschirr, das Schlafzimmer sah aus wie ein Schlachtfeld, auf dem Teppich im Wohnzimmer lagen immer noch die ausgeräumten Schachteln.

»Hm.« Schwerfällig sank der Therapeut auf einen Stuhl und legte den Notizblock auf den Tisch. »Ihre Wohnung ist nicht gerade in einem Zustand, der auf die eigenständige Bewältigung von Alltagsaufgaben hindeutet.«

»Ach, man muss doch auch mal fünfe gerade sein lassen«, widersprach Elisabeth. »Ich hatte Kinderbesuch, wissen Sie.«

»Soso.« Herr Müller-Neuenfels hörte kaum hin, sondern notierte sich etwas. »Machen wir weiter. Wie spät ist es?«

Elisabeth sah auf ihre Armbanduhr. Ein Geschenk von Walther, eher unspektakulär, mit einem abgeschabten Lederarmband. Das typische Geschenk eines Geizkragens, fand sie. Gebannt von ihren Erinnerungen, benebelt durch Lila Fouquets Notfalldrink und ohne weiter nachzudenken, las sie die Uhrzeit ab. »Fünf nach zwölf.«

»Oha.« Der Block füllte sich mit weiteren Notizen.

171

»Schauen wir mal, wie es mit Ihrer Konzentration aussieht. Bitte zählen Sie von hundert in Siebener-Schritten runter.«

»Haben Sie sonst nichts zu tun?«, gluckste Elisabeth.

»Zählen Sie bitte!«, wiederholte der Therapeut ungehalten.

»Kein Problem.« Elisabeth kicherte. »Ich war nämlich mal im Einstein-Club, wissen Sie. Da braucht man ganz schön Grips in der Birne. Hundert, zweiundneunzig, äh, dreiundneunzig ...« Weiter kam sie nicht. In der Zone ihres Gehirns, die für das Kopfrechnen zuständig war, klemmte ein rosa Wattebausch.

»Sonst bin ich die lebende Rechenmaschine«, versicherte sie. »Aber heute klappt das nicht so richtig.«

»Was heute nicht klappt, funktioniert auch morgen nicht«, erwiderte Herr Müller-Neuenfels. »Kommen wir zur räumlichen Orientierung. Gestern Nachmittag haben Sie ohne Erlaubnis das Heim verlassen und sind erst gegen Abend zurückgekehrt. Wo waren Sie?«

Eine brenzlige Frage. Elisabeth dachte nach. Wo war sie noch früher immer Kaffee trinken gegangen?

»Im Altstadt-Café«, antwortete sie. »Erstklassige Torten gibt es da, kann ich Ihnen nur empfehlen. Aber wie man Ihrer Figur ansieht, sind Sie ja auf Diät.« Begeistert von diesem Witz, brach sie in Gelächter aus.

Ihr Gegenüber stöhnte auf. »Ich kannte das Altstadt-Café. Das Haus, in dem es sich befand, wurde vor einem halben Jahr abgerissen.«

»Dann war es eben ein anderes Café«, entgegnete Elisabeth lächelnd. »Was spielt das schon für eine Rolle? Ist doch toll, dass ich mich noch ganz allein in der Stadt zurechtfinde.«

Mit zusammengezogenen Augenbrauen machte der Therapeut eine weitere Notiz, dann bedachte er Elisabeth mit einem eigentümlichen Blick.

»Und?«, fragte sie fröhlich. »Test bestanden?«

»Nee, Frau Schliemann.« Er zeigte mit dem Stift auf seinen Block. »Ich will ganz offen mit Ihnen reden. Wir haben strenge Kriterien für die Beurteilung Ihrer Geistesverfassung. Punkt eins: Vergesslichkeit. Ohne Wohnungsschlüssel unterwegs zu sein, ist ein Hinweis darauf, dass Sie stark vergesslich sind. Punkt zwei: Ordnung und Alltagsaufgaben. Wie Sie ja selbst sehen können, ist Ihre Wohnung vollkommen verwahrlost. Punkt drei: zeitliche Orientierung. Sie haben die falsche Uhrzeit angegeben.«

»Aber ...«, wollte Elisabeth protestieren.

»Ich bin noch nicht fertig. Punkt vier: Konzentration. Ihr Versuch, rückwärts zu zählen, ist jämmerlich gescheitert. Punkt fünf: räumliche Orientierung. Gott weiß, wo Sie gestern waren, aber ganz bestimmt nicht in einem Café, das vor einem halben Jahr dichtgemacht hat. Punkt sechs: Stimmungsschwankungen, unmotivierte Aggression. Davon hat mir die Heimleiterin zur Genüge erzählt.«

»Jaja, Sie stecken alle unter einer Decke und haben es warm und gemütlich«, kicherte Elisabeth, obwohl ihr allmählich schwante, dass sie die letzte Chance, der Regenbogenallee zu entkommen, gerade verspielt hatte.

»Freut mich, dass Sie darüber lachen können«, sagte Herr Müller-Neuenfels unfroh.

Sie drohte ihm scherzhaft mit dem Finger. »Wer zuletzt lacht, lebt am längsten.«

10

Gibt es ein Leben nach dem Tod? Elisabeth hielt dies zumindest für möglich. Allerdings hoffte sie inständig, dass Walther ihr nicht von irgendeiner Wolke aus zusah. Zweifellos hätte sich das verblichene Auge des Gesetzes in einen flammenden Blitz verwandelt und ihrem Treiben ein Ende gesetzt. Reichlich schräg war es schon – Elisabeth, die Polizistenwitwe, entdeckte ihre kriminelle Ader!

Heute war Freitag. DER Freitag. Schon seit sechs Uhr war Elisabeth auf den Beinen. Es gab noch einiges zu tun. Was die Regenbogenallee betraf, waren die Würfel gefallen. Selbst Mara, die am Montag angerufen hatte, stimmte der Verlegung zu, nachdem Elisabeths Demenztest dermaßen desaströs ausgefallen war. Am Vortag hatte ein Heimmitarbeiter begonnen, die Wohnung auszuräumen, und einige Sachen in die Regenbogenallee transportiert. Dort konnte man noch weniger Möbel unterbringen, weil nur ein einziges Zimmer für Elisabeth vorgesehen war. Doch sie hatte längst Abschied genommen von den Relikten ihrer Vergangenheit und nur das Nötigste in eine Reisetasche gepackt: Waschzeug, Wechselwäsche und Walthers Polizeiuniform zum Beispiel.

Erschöpft setzte sich Elisabeth aufs Bett. Immer wieder hatte sie in den vergangenen Tagen an Geheimtreffen des Club Fidelio im Heizungskeller teilgenommen. Und bis zuletzt hatte sie gehofft, dass Vincent sich bei ihr melden würde. Wo war er? Was machte er? Stundenlang hatte sie neben dem Telefon gesessen, täglich ihre Post nach einem Brief von ihm durchsucht. Nichts. Nur eine Traueranzeige nebst Einladung zum Leichenschmaus hatte Elisabeth bekommen, so wie all die anderen Heimbewohner auch. Vincent von Wackerbarth blieb wie vom Erdboden verschluckt.

Hatte er sie einfach vergessen? Elisabeth neigte wahrlich nicht zur Selbstüberschätzung. Sie wusste, dass sie alt und keineswegs eine atemberaubende Schönheit war. Aber sie besaß einen gesunden Menschenverstand. Und der sagte ihr, dass Vincent etwas für sie empfand, auch wenn Hans Martenstein ihn lediglich für einen berechnenden Berufscharmeur hielt. Wie leidenschaftlich Vincent sie angeglüht hatte! Wie umflort sein Blick manchmal gewesen war, als wollte er sie mit seinen Augen umarmen!

Heute würde sie ihn sehen, denn es war kaum anzunehmen, dass er die Beerdigung seiner Frau schwänzte. Allein der Gedanke, dass sie ihm schon in wenigen Stunden gegenüberstehen würde, machte Elisabeth schwindlig.

Pete kam mit dem Frühstückstablett herein. »Guten Morgen, Lissy. Wie geht es Ihnen heute? Haben Sie Ihre Tabletten genommen?«

Davon konnte keine Rede sein. Sämtliche Medikamente, die man Elisabeth seit ihrer Ankunft im Seniorenheim aufgedrängt hatte, lagen wohlverwahrt in einer kleinen Plastiktüte, die sie zusammen mit den Pistolen zuunterst in die Reisetasche gestopft hatte.

»Aber sicher«, schwindelte sie.

»Wirklich?« Forschend schaute der Pfleger sie an.

Sie wandte das Gesicht ab. Es ging ihr gegen den Strich, Pete anzulügen. Doch seine Entrüstung, als sie ihm reinen

Wein eingeschenkt hatte, verbot jede weitere Erwähnung ihrer Pläne.

»Ich genieße den letzten Tag in Freiheit«, behauptete sie. »Gehen Sie eigentlich zur Beerdigung von Katharina von Wackerbarth?«

Er zuckte mit den Schultern. »Weiß ich noch nicht. Ich kannte sie ja kaum. Und Sie?«

»Selbstverständlich erweise ich ihr die letzte Ehre.«

Vermutlich hatte Pete so etwas wie den sechsten Sinn. Jedenfalls war sein Argwohn geweckt. Er beobachtete Lissy scharf, während sie das Frühstücksbrötchen aufschnitt und mit Butter und Marmelade bestrich.

»Keine Extratouren, okay?«, ermahnte er sie.

»Wird sowieso mein letzter Ausflug«, seufzte Elisabeth. »Heute beerdige ich den Rest meiner eigenständigen Existenz.«

Und beginne ein neues Leben, fügte sie innerlich hinzu. Falls alles gutgeht. Sicher war sie nicht, dafür gab es zu viele ungelöste Probleme. Aber worin bestand schon der Unterschied zwischen einer Gefängniszelle und dem Demenzknast?

Als es an der Tür klopfte, hellte sich Petes Miene auf. Aha, dachte Elisabeth. Also weiß er, dass Klara kommt.

»Darf ich öffnen?«, fragte er, schon auf dem Weg zur Tür.

»Ja, Klara wird sich freuen, aber lassen Sie was für mich übrig«, rief sie hinter ihm her. Aufmerksam horchte sie. War das etwa ein Begrüßungskuss, dieses zart schmatzende Geräusch?

Gemeinsam kamen Klara und Pete ins Wohnzimmer, ein bisschen verlegen, wie es Elisabeth schien. Sie stand auf und umarmte Klara.

»Wie schön, dass Sie da sind. Haben Sie alles dabei?«

Die Krankenschwester stellte ihren pinkfarbenen Kosmetikkoffer neben das Frühstückstablett auf den Tisch. »Alles wie bestellt. Kastanienbraun, zuverlässige Grauabdeckung, inklusive Kur für geschmeidigen Glanz.«

Pete war baff. »Was haben Sie denn vor?«

»Eine spektakuläre Typveränderung«, erwiderte Klara. »Grau war gestern, jetzt kommt Farbe ins Leben! Lissy wird heute der ultimative Hingucker bei der Beerdigung sein. Ich kann es kaum erwarten, die neidischen Blicke zu sehen!«

Nervös zupfte Pete an seinem Ohrläppchen. »Das heißt – Sie kommen mit?«

»Aber klar! Sie etwa nicht?«

Fasziniert verfolgte Elisabeth, wie Petes Gedanken genau in die Richtung wanderten, die sie erhofft hatte. Offenbar hatte er sich keineswegs damit abgefunden, Klara könnte unerreichbar für ihn sein. Dass er überlegte, zur Beerdigung mitzugehen, um in Klaras Nähe zu bleiben, passte bestens in Elisabeths Pläne.

»Wenn ich es recht bedenke, wäre es ganz gut, wenn ein Pfleger dabei ist«, erklärte er bedächtig. »So viele alte Leute, so viele traurige Gefühle, da könnte schon der eine oder andere umkippen.«

Sein anschließender Blickwechsel mit Klara war so intensiv, dass selbst Elisabeth die Hitzewelle spürte, die von den beiden ausging. Noch nie hatte sie erlebt, dass zwei Menschen so gut zusammenpassten. Eilig schickte sie ein Stoßgebet zum Himmel: Lieber Gott, lass sie ein Paar werden! Und Walther, falls du irgendwo da oben rumturnst, halte dich gefälligst raus!

»Na, dann wollen wir mal«, sagte Klara. »Ich habe extra eine Schicht getauscht, damit ich am Vormittag freihabe. Houston an Raumschiff – bereit zum Beamen?«

Elisabeth stand vom Tisch auf. »Ich weiß zwar nicht, was das bedeutet, aber ich bin dabei.«

Damit ging sie ins Badezimmer und schloss die Tür hinter sich. Während sie sich auszog und unter die Dusche stieg, malte sie sich aus, was wohl gerade nebenan passierte. Fanden Herz und Herz zusammen? Gestanden die beiden einander ihre Liebe?

Wenn ich schon nicht mit Vincent glücklich werde, dann wenigstens Klara mit Pete, dachte Elisabeth. Sie ließ sich Zeit mit dem Duschen. Es war noch früh, und vielleicht ergriff ja einer der beiden Turteltauben endlich die Initiative. Kaum zu glauben, dass sie sich immer noch siezten. Ein weiteres Stoßgebet nach oben folgte.

Eine Viertelstunde später saß Elisabeth im Morgenmantel auf dem Badezimmerhocker vor dem Spiegel und wartete. Es dauerte noch eine ganze Weile, bis Klara hereinkam. Schweigend öffnete sie ihren Kosmetikkoffer.

»Und?«, erkundigte sich Elisabeth.

»Was – und?«

Im Spiegel musterte Elisabeth Klaras Gesicht. Sie wirkte aufgewühlt, sogar ein wenig verstört.

»Was haben Sie mit Pete besprochen?«

»Nichts, gar nichts«, stieß Klara heftig hervor und stellte den Fön an, obwohl Elisabeths Haare nach der Wartezeit schon so gut wie trocken waren.

»Verflixt noch mal!«, rief Elisabeth, das heulende Geräusch übertönend. »Was ist los?«

Klara stellte den Fön aus. Mit hängenden Schultern stand sie da. »Ich weiß nicht, was ich machen soll. Pete sagt, dass er mich liebt.«

»Großartig«, jubelte Elisabeth.

»Und ich habe ihm gesagt, dass ich ihn nicht liebe.«

Elisabeth war wie vom Donner gerührt. »Das ist doch nicht wahr.«

»Mein Mann«, flüsterte Klara fast unhörbar. »Er hat rausbekommen, dass ich mich mit Pete getroffen habe. Mein Mann ist gewalttätig, Lissy. Er hat gedroht, Pete zusammenzuschlagen. Oder Schlimmeres. Ich darf Pete nicht mehr sehen.«

»Ihr Mann ist ein Schläger? Warum verlassen Sie ihn dann nicht einfach?«, fragte Elisabeth.

»Das ist nicht so – einfach.« Klara entnahm dem Kosmetikkoffer eine Tube, schraubte sie auf und verteilte eine bräunliche Creme auf Elisabeths Kopf. »Ich habe es schon einmal versucht. Doch mein Mann hat mich dauernd verfolgt und belästigt. Bombardierte mich mit Anrufen, stand nachts vor der Tür. Er ist ein Stalker. Nichts und niemand auf der Welt wird ihn davon abhalten, mir das Leben zur Hölle zu machen, falls ich gehe.«

Es war schwer zu ertragen, wie entmutigt Klara aussah.

»Sie müssen eben spurlos verschwinden«, erwiderte Elisabeth. »Ganz weit weggehen, wo er Sie nicht findet. Vertrauen Sie Ihrem Schutzengel.«

Klara wickelte Alufolie um Elisabeths Kopf und drückte sie an den Rändern fest. »Abgesehen davon, dass mein Schutzengel stinkfaul ist – wohin soll ich denn? Ich habe keine Familie. Und meine Freundinnen werden mich nie im Leben verstecken, weil sie genauso viel Angst vor meinem Mann haben wie ich.«

»Waren Sie schon mal in Italien?«

In Klaras Augen flackerte es angriffslustig auf. »Verdammt, Pete hat mir von diesem Wahnsinn erzählt. Lissy, bei allem Respekt – das ist doch krank. So wie diese bescheuerte Nummer mit dem Banküberfall.«

In Elisabeth kämpften zwei Fraktionen miteinander. Die eine war der Meinung, niemand dürfe erfahren, dass der Überfall für den heutigen Tag geplant war. Die andere flehte, Klara einzuweihen.

Die zweite Fraktion siegte, aber Elisabeth verschwieg auch nicht, wie riskant das ganze Unternehmen war. »So, jetzt wissen Sie Bescheid. Was sagen Sie?« Gespannt wartete sie auf eine Antwort.

Klara sah wortlos auf die Uhr, dann entfernte sie die Alufolie und dirigierte Elisabeths Kopf ins Waschbecken. Während sie die Creme aus dem Haar spülte, hörte man plötzlich ein Schluchzen. Elisabeth richtete sich auf.

»Kindchen! Was ist denn?«

Tränenüberströmt wischte sich Klara mit dem Handrücken über die Augen. »Sie werden hochgradig reinrasseln mit diesem idiotischen Banküberfall, und für mich gehen in jedem Fall die Lichter aus – egal, ob ich bei meinem Mann bleibe oder ihn verlasse.«

Auf einmal fühlte sich Elisabeth nutzlos und hilflos. Wenn sie doch nur Klara überzeugen könnte, dass es eine andere Lösung gab. Nachdenklich ließ sie den zweiten Teil der Typveränderung über sich ergehen, für den sie einige Zentimeter ihres Haars opfern musste.

Nachdem Klara ihr Werk mit einem dezenten Make-up vervollständigt hatte, sah Elisabeth verblüfft in den Spiegel. Fremd und ungewohnt war der Anblick des vertrauten Gesichts mit den dunklen, kurzen Haaren. Sie war kaum wiederzuerkennen. Und genau das war ihre Absicht gewesen.

»Ich will es mal ganz einfach formulieren«, erklärte sie. »Wenn ich es richtig sehe, haben Sie die Wahl zwischen Hölle und Hölle. Da müsste es schon mit dem Teufel zugehen, wenn Ihr Schutzengel keine Sonderschicht einlegt.«

***

Ein letztes Mal ging Elisabeth durch die kleine Wohnung. Mit der Zeit hatte sie sich hier fast schon heimisch gefühlt, doch jetzt waren die Zimmer leer, und nichts erinnerte mehr an ihre Bewohnerin. Zwei Handwerker hatten gerade die Möbel auseinandergenommen und weggebracht. Nur das orthopädische Bett stand noch im Schlafzimmer, daneben eine Kiste mit Geschirr und Gläsern. In der Regenbogenallee war nur Plastikgeschirr erlaubt, wegen der Verletzungsgefahr, wie man ihr mitgeteilt hatte. Suizidgefahr wäre vermutlich das richtigere Wort gewesen. Nach allem, was Elisabeth über die Regenbogenallee gehört hatte, wurde man spätestens dort lebensmüde, falls man es nicht schon vorher gewesen war.

»Gleich halb zehn, ich glaube, wir müssen dann mal los«, sagte Klara.

Elisabeth vollführte eine elegante Drehung, bevor sie sich in den Rollstuhl setzte. »Wie sehe ich aus?«

»Wie eine schwarze Witwe, die sich ihr nächstes Opfer

sucht«, antwortete Klara finster. »Aber ziemlich abgefahren, das muss man Ihnen lassen.«

Zu Elisabeths extravaganter Erscheinung trug nicht unwesentlich ein wagenradgroßer schwarzer Hut bei, den Lila Fouquet ihr geliehen hatte. Er passte zwar nicht ganz zu dem schlichten schwarzen Kostüm, das Elisabeth mit einer Perlenkette oberseriös getrimmt hatte, aber der Hut war nun einmal Teil des Plans. Noch durfte niemand wissen, dass ihr graues, fast schulterlanges Haar einer kastanienbraunen Kurzhaarfrisur gewichen war.

»Bitte hängen Sie meine Reisetasche an den Rollstuhl, ja?«, bat sie. »Haben Sie mir auch Ihre Jeans reingelegt? Ich schicke sie Ihnen später zurück, versprochen.«

»Alles erledigt.« Klara deutete auf ihre runden Hüften, die vom Stoff eines zitronengelben Chiffonkleids aus Elisabeths Garderobe umspielt wurden. »Gut, dass ich mir so viel Kummerspeck angefuttert habe. Wir haben ungefähr dieselbe Größe, die Jeans müsste Ihnen einigermaßen passen.« Sie hielt kurz inne. »Aber nur, damit das klar ist – das heißt nicht, dass ich mit Ihrem schwachsinnigen Plan einverstanden bin.«

»Schon gut.« Mit zitternden Fingern schob Elisabeth eine riesige schwarze Sonnenbrille auf ihre Nase, ebenfalls eine Leihgabe von Lila Fouquet. »Na, denn mal rein ins Vergnügen. Den Wagemutigen gehört die Welt!«

Das war reiner Zweckoptimismus, denn in Wirklichkeit hatte sie ziemliches Fracksausen. Auf einmal wurde ihr bewusst, dass sie eine Reise ohne Wiederkehr antrat. Es gab kein Zurück – es sei denn, in die Regenbogenallee.

Es geht los, es geht los, o Gott, es geht wirklich los, jammerte ihre innere Stimme, hast du dir das auch gut überlegt, kann das wirklich klappen, oder bist du komplett irre? Ihr Magen fuhr Achterbahn, über ihre Haut krabbelten Millionen Ameisen, in ihrem Kopf liefen hundert Filme gleichzeitig, bevölkert von Polizisten und Gefängniswärtern.

Offenbar übertrug sich Elisabeths unerträgliche Anspannung auf Klara. Sie war weiß wie die Wand und sagte keinen Ton, presste nur leise stöhnend die Lippen aufeinander, während sie einen schwarzen Mantel überzog. Dann rollte sie Elisabeth aus dem Appartement und in eine ungewisse Zukunft.

Als sie in die Eingangshalle kamen, wimmelte es dort schon vor lauter schwarzgekleideten alten Menschen. Die meisten unterhielten sich lautstark, andere brabbelten Unverständliches vor sich hin oder liefen ziellos umher. Es war ein Rummel wie beim Winterschlussverkauf. Fast das gesamte Seniorenheim schien entschlossen, der Beerdigung beizuwohnen.

»Ruhe!«, schrie die Direktorin, die sich in ein unförmiges schwarzes Cape gewickelt hatte. »Aufgepasst und stillgestanden! Alles hört auf mein Kommando!«

»An der ist ja wohl ein Feldwebel verlorengegangen«, raunte Klara. »Wie redet die denn mit den alten Leuten?«

Elisabeth drehte sich halb um. »Sonst macht sie auf Kindergärtnerin. Aber das Motto ist immer dasselbe: Wenn der Kuchen spricht, müssen die Krümel schweigen.«

Im Kasernenhofton teilte die Heimleiterin die Anwesenden in drei Gruppen ein – Rollstuhlfahrer, Rollatorbenutzer und Bewohner, die noch gut zu Fuß waren. Draußen warteten mehrere Busse, um die Trauergäste zum Friedhof zu fahren.

»Kannten die alle Katharina von Wackerbarth?«, erkundigte sich Klara, während sie Elisabeths Rollstuhl durch das Gewühl zu dem Bus schob, der für die Rollstuhlfahrer vorgesehen war.

»Ach was, die gehen nur hin, weil Begräbnisse hier so was wie Betriebsausflüge sind. Und weil es hinterher leckeren Beerdigungskuchen gibt, mit etwas Glück auch eine anständige Mahlzeit. Dafür lässt jeder das scheußliche Mittagessen im Heim stehen.«

In diesem Moment entdeckte Elisabeth Pete. Er stand am Nachbarbus, wo er Lila Fouquet und Hans Martenstein beim Einsteigen behilflich war. Der sonst so freundliche und gutgelaunte Pfleger starrte abwesend vor sich hin, um seinen Mund lag ein harter Zug. Es zerriss Elisabeth das Herz, wie verbittert er wirkte.

»Sehen Sie, was ich sehe?«

Klara folgte Elisabeths Blick. »Der wird sich schon wieder einkriegen. Frauen wie mich gibt es wie Sand am Meer.«

Überzeugt klang das nicht. Eher nach der Angst eines Kindes, das laut im dunklen Keller pfeift. Ja, Klara hatte Angst um Pete. Eine Tatsache mehr, die Elisabeth nervös machte. Dies versprach, ein Tag der unvorhergesehenen Komplikationen zu werden.

Ungeduldig wartete sie im Rollstuhl darauf, dass ein Behindertenlift sie in den Bus hochhob. Wenn doch Klara nur etwas mutiger wäre!, überlegte Elisabeth. Warum begreift sie nicht, dass es auch für sie eine Exit-Strategie gibt?

Es dauerte fast eine halbe Stunde, bis alle Bewohner ihre Plätze eingenommen hatten. Ganz zum Schluss schwebte Ella Janowski mit ihrem Rollstuhl in den Bus, in dem Elisabeth und Klara saßen. Sie trug einen pechschwarzen Nerz und schlief tief und fest. Einmal mehr erstaunte es Elisabeth, dass diese friedlich schlummernde alte Dame einen derart ausgeklügelten Überfallplan entworfen haben sollte.

Endlich setzten sich die Busse in Bewegung. Klara verfiel in grübelndes Schweigen, Elisabeth wurde immer kribbeliger. Sie sah zum Fenster hinaus. Die Wolken waren aufgerissen, eine strahlende Sonne tauchte die Straße in flüssiges Gold. Allerdings nahm Elisabeth das schöne Wetter kaum wahr. Der Countdown lief, und sie versuchte, sich auf den Plan zu konzentrieren. Leider mogelte sich immer wieder Vincent in ihre Gedanken. Nicht der Vincent, der sich das Erbe einer geistesverwirrten Adligen erschwindelt hatte, sondern der leichtfüßige Tänzer aus ihren Träumen. Sie meinte sogar die Musik zu hören. Cha-Cha-Cha. Einmal mit ihm tanzen, einmal den Kopf an seine Wange legen …

Erst als der Busfahrer eine halbe Stunde später anhielt und sich die Türen leise zischend öffneten, kehrte Elisabeth in die Wirklichkeit zurück. Alle stiegen aus, was wieder einige Zeit in Anspruch nahm. Der Parkplatz vor der Friedhofskapelle quoll bereits über vor Autos, Bussen und Trauergästen. Jetzt hieß es, den Überblick zu behalten. Energisch schob Klara den Rollstuhl durch die Menge, während Elisabeth Ausschau nach Lila Fouquet und Hans Martenstein hielt.

»Da sind sie!«, rief sie aufgeregt.

Stoisch holperten der pensionierte Lehrer und die einstige Diva mit ihren Rollatoren über den gepflasterten Weg zur Kapelle. Selbst inmitten der vielen Leute fiel Lila Fouquet sofort auf. An ihrer mondänen Robe aus schwarzem Samt funkelten unzählige Strasssteine, auf ihrem Kopf schwankte ein phantasievolles Gebilde, das mit wippenden schwarzen Marabufedern verziert war. Ein schwarzer Gazeschleier verhüllte ihr Gesicht.

Hans Martenstein, ebenfalls ganz in Schwarz, transportierte eine dicke Aktentasche auf seinem Rollator. Neben ihm ging Pete, der sich suchend umsah. Sobald er Elisabeth und Klara entdeckt hatte, schaute er demonstrativ in eine andere Richtung.

Plötzlich bemerkte Elisabeth, dass sie Ella Janowski aus den Augen verloren hatte. »Pete!« Sie schrie aus Leibeskräften. »Wir brauchen Ihre Hilfe! Ella schafft es nicht allein!«

Langsam wandte sich der Pfleger um, das Gesicht zu einer gleichgültigen Maske erstarrt, und schüttelte den Kopf.

»Bitte!«, schrie Elisabeth.

Pete zögerte. Dann hob er entnervt die Hände und bahnte sich einen Weg durch die Menschenmassen, bis er Ella Janowski erreichte, deren Rollstuhl noch immer neben dem Bus stand. Mit kräftigen Bewegungen bugsierte er das Gefährt auf den gepflasterten Weg und rollte es vorwärts. Wenige Meter vor dem Portal der Kapelle holte er Elisabeth und Klara ein.

»Danke«, stöhnte Elisabeth erleichtert auf.

»Habe ich nur für Sie getan«, erwiderte er mit einem waidwunden Seitenblick auf Klara.

»Für wen denn sonst?«, raunzte die Krankenschwester. »Mir ist diese Schlaftablette Jablonski oder Jankowski oder wie sie heißt, schnurzpiepegal.«

Innerlich machte Elisabeth einen Freudensprung. Wunderbar, dachte sie, wenn die beiden sich zanken, ist das ein gutes Zeichen!

»Warum sind Sie neuerdings um Frau Janowski besorgt, Lissy?«, fragte Pete misstrauisch. »Hat das etwa was mit Ihrem komischen Club zu tun?«

Elisabeth stellte sich schwerhörig. »Was haben Sie gesagt? Ach so, ja, der schwarze Anzug steht Ihnen ganz ausgezeichnet!«

In diesem Augenblick stießen Lila Fouquet und Hans Martenstein zu ihnen. Die beiden spielten ihren Part perfekt. Nach Luft japsend hingen sie über ihren Rollatoren, als hätten sie einen stundenlangen Gewaltmarsch hinter sich. Die schwarzen Marabufedern auf Fräulein Fouquets Hut zitterten, während sie mit schriller Stimme sang: »In dem wogenden Schwall, in dem tönenden Schall, in des Welt-Atems wehendem All – ertrinken, versinken – unbewusst – höchste Lust!«

»So viel zum Thema Taktgefühl«, sagte Klara. »Hier wird jemand beerdigt, und Sie denken an Sex!«

Empört fuchtelte Fräulein Fouquet mit ihrer üppig beringten Hand vor Klaras Nase herum. »Das war der Liebestod aus Tristan und Isolde, Sie Banausin! Nichts könnte besser passen! Außerdem merken Sie sich eins, Schätzchen: Beerdigungen sind herrlich erotisch! Schwarz macht jede Frau sexy, und die Männer auch!«

Hans Martenstein, der zu seinem schwarzen Anzug eine rote Fliege trug, drückte erfreut die Brust raus. »Ehrlich?«

Ein leicht hysterisches Kichern hinter Lila Fouquets Schleier war die einzige Antwort.

Mittlerweile staute sich die Menge vor dem Kapellenportal. Manche Gäste hatten eine einzelne Rose dabei und warteten ernst, andere winkten Bekannten zu oder schwatzten ungeniert. Hochelegante Damen und Herren waren dabei, die sich mit Wangenküssen begrüßten, teure Parfums verbreiteten ihren exquisiten Duft. Die Beerdigung schien ein gesellschaftliches Ereignis zu sein.

»Ab durch die Mitte«, trieb Elisabeth zur Eile. »Ich glaube, es geht gleich los.«

Gemeinsam legten sie die letzten Meter zur Kapelle zurück, einem wuchtigen Bau aus grauen Steinquadern. Im Inneren empfing sie ein schlichter, hoher Raum, dessen einziger Schmuck aus farbigen Bleiglasfenstern bestand. Das einfallende Sonnenlicht malte bunte Kringel auf die Köpfe der Trauergemeinde, die sich unaufhörlich vergrößerte.

»In die letzte Reihe«, wisperte Elisabeth Klara zu.

»Letzte Reihe?« Pete runzelte die Stirn. »Weiter vorn ist doch auch noch was frei.«

»Bester Pete, was glauben Sie, was die Leute sagen, die hinter uns sitzen müssen?«, krächzte Lila Fouquet. »Frau Schliemann und ich lieben exzentrische Hüte, aber die versperren leider die Sicht.«

Sie raffte die Schleppe ihrer Samtrobe und glitt in die letzte Stuhlreihe, gefolgt von Hans Martenstein. Klara setzte sich zu ihm, und Pete rückte zwei Stühle beiseite, damit er Elisabeth und Ella danebenschieben konnte.

Donnernd setzte die Orgel ein. Sie erfüllte den Raum mit den dramatischen Klängen von Chopins Trauermarsch, einer Musik, die Elisabeth bis ins Mark erschütterte. Sie spähte nach vorn zum Altar, wo ein schwerer Eichensarg stand, umgeben von einem Meer weißer Lilien. Bisher hatte sie es grundsätzlich abgelehnt, zu Beerdigungen zu gehen. Umso machtvoller traf sie jetzt der Gedanke, dass das Leben endlich war.

»Da sind sie!«, durchschnitt eine diamantscharfe weibliche Stimme die Orgelklänge.

Elisabeth zuckte zusammen. Wie eine beleibte Krähe stand Frau Fröhlich neben ihr im Gang. Hinter der Direktorin tauchte Vincent von Wackerbarth auf, in einem todschicken Smoking.

Elisabeth spürte, wie sich ihr Puls beschleunigte. Mit eiskalten Fingern suchte sie Klaras Hand und hielt sich wie ein Kind daran fest.

»Einfach schamlos, dass Sie die Stirn haben, das Begräbnis meiner geliebten Katharina für Ihre Zwecke auszunutzen!«, rief Vincent von Wackerbarth. »Glauben Sie bloß nicht, dass Sie damit durchkommen. Ich habe der Direktorin alles erzählt!«

Elisabeth stockte der Atem. Sie betete, dass sie sich verhört hatte. Leider sprach Vincents feindselige Miene für sich. Das Feuer in seinen bernsteinfarbenen Augen war erloschen, seine Gesichtszüge wirkten steinern, wie in Marmor gemeißelt. Eine Schrecksekunde lang war es still. Doch auf jeden Blitz folgt ein Donner.

»Sie vermaledeiter Verräter!«, schrie Lila Fouquet.

Ein Raunen ging durch die Trauergemeinde. Alle drehten sich zur hintersten Reihe um, wo gerade ein kleiner Tumult entstand. Hans Martenstein sprang auf und drohte Vincent von Wackerbarth mit der Faust. Lila Fouquet hatte sich bereits zum Gang durchgedrängelt und attackierte den zurückweichenden Vincent mit ihrer unförmigen Handtasche, während Elisabeth stöhnend zur Seite sank und Klara »verdammter Schweinehund« zischte.

Der Skandal war perfekt.

Vincent von Wackerbarth ging hinter der korpulenten Direktorin in Deckung. »Raus hier!«, befahl er. »Ich dulde Sie nicht länger an diesem heiligen Ort!«

»Herr von Wackerbarth war so freundlich, für Ihren sofortigen Rücktransport ins Heim zu sorgen«, fügte Frau Fröhlich im Tonfall größter Verachtung hinzu. »Und verlassen Sie sich drauf: Das wird ein böses Nachspiel haben!« Sie winkte den Pfleger heran. »Pete, Sie begleiten die Herrschaften. Weglaufen können die ja nicht, so tatterig, wie die sind, aber ich warne Sie: Wenn mir auch nur der kleinste Zwischenfall zu Ohren kommt, sind Sie gefeuert!«

»Sie können sich auf mich verlassen«, erwiderte Pete.

Vincent von Wackerbarth zog die Mundwinkel herab. »Verlassen kann man sich auf niemanden. Was, wenn diese Problemgreise ein weiteres Mal ausbrechen wollen? Ich habe einen Krankenwagen der Städtischen Nervenheilanstalt bestellt. Dort wird man dafür sorgen, dass es künftig keine Zwischenfälle mehr geben wird.«

Ende, aus, vorbei. Elisabeths Kehle schnürte sich zu. Dass ausgerechnet Vincent ihre Einweisung in eine Irrenanstalt veranlasste, war mehr, als sie ertrug. Da half es auch nicht weiter, dass Klara wütend flüsterte, sie habe ja sowieso gewusst, wie das alles enden würde.

»Nervenheilanstalt? Moment mal, so war das aber nicht verabredet«, protestierte die Direktorin. »Das sind meine Bewohner!«

»Mir ist durchaus bewusst, werte Frau Fröhlich, dass Sie nur ungern auf Ihre zahlende Kundschaft verzichten«, erklärte Vincent von Wackerbarth. »Doch diese renitente Truppe gehört nicht in die Seniorenresidenz, sie gehört in eine Zwangsjacke. Leider konnte ich nicht verhindern, dass Ihr Heim angezündet wurde. Was kommt als Nächstes? Ein Giftanschlag? Ein Sprengstoffattentat? Solche Vorfälle ruinieren den Ruf des Bellevue. Da ich vorhabe, einen beträchtlichen Teil meines Vermögens in das Heim zu investieren, behalte ich mir geeignete Maßnahmen vor. Verstanden?«

Sofort gab die Heimleiterin klein bei. »Ja doch, ich habe Sie bestens verstanden.« Sie hüstelte nervös. »Damit wäre diese leidige Angelegenheit dann wohl abgeschlossen.«

Elisabeth wusste nicht mehr, wo ihr der Kopf stand. Ihr verflossener Kavalier investierte in das Seniorenheim?

Vincent von Wackerbarth zeigte auf seine Uhr. »Punkt elf, die Zeremonie des Abschieds beginnt.«

Das Orgelvorspiel brach ab. Stattdessen begann nun ein Cello zu spielen, dessen monotone Melodie wie das Brummen einer selbstmordgefährdeten Hummel klang.

»Ich verfluche Sie, Vincent Kasuppke!«, gellte die unheilschwangere Stimme von Lila Fouquet durch die Kapelle. »Mögen Sie auf ewig in der Hölle schmoren!«

11

Ja, es gibt Tage, die man aus dem Kalender streichen und dann ganz schnell vergessen sollte. Doch dieser Tag übertraf alle realen Katastrophen sowie sämtliche Alpträume, die Elisabeth jemals gequält hatten. Vincent, ihr Vincent war ihr zum Verhängnis geworden! Er hatte sich als mieser Verräter entpuppt, alle Pläne vereitelt und schickte seine einstigen Clubgenossen ins Irrenhaus! Mit der Wucht einer Flutwelle überrollte sie die Gewissheit, dass sie hoch gepokert und alles verspielt hatte.

Kleinlaut verließ der Club Fidelio die Kapelle. Klara schob Elisabeth nach draußen, Pete die schlafende Ella Janowski, dahinter folgten Hans Martenstein und Lila Fouquet mit ihren Rollatoren. Auch die Heimleiterin war mit von der Partie. Eilig ging sie voraus, auf einen großen Krankenwagen zu, dessen Blaulicht irisierende Reflexe auf den Parkplatz warf.

Sie riss die Fahrertür auf. »Ich bin Annette Fröhlich, die Direktorin der Seniorenresidenz Bellevue. Und Sie sind von der Städtischen Nervenheilanstalt, nehme ich an?«

Ein Sanitäter stieg aus. Zu seiner weiten roten Uniformhose trug er eine farblich passende Jacke, die mit reflektierenden Streifen beklebt war. Sein rotes Basecap hatte er tief ins Gesicht gezogen.

»Wir wissen Bescheid«, sagte er ruhig. »Meine Kollegin und ich werden die Patienten auf dem schnellstmöglichen Weg in die Anstalt bringen.«

»Passen Sie bloß auf!« Die Heimleiterin deutete auf die wacklige kleine Prozession, die sich dem Krankenwagen näherte. »Diese alten Leutchen sind zwar gebrechlich, aber äußerst heimtückisch!«

»Mit so was kennen wir uns aus, wir haben alles Nötige dabei«, versicherte der Sanitäter. »Die verschwinden für immer in der Versenkung.«

Elisabeths Herz krampfte sich zusammen. Verzweifelt suchte sie mit den Augen den Parkplatz nach Bennos Taxi ab. Eigentlich hätte er schon da sein müssen, um den Club Fidelio abzuholen. Doch von Benno fehlte jede Spur. Was ihr nun bevorstand, darüber hatte Elisabeth lediglich ungenaue Vorstellungen, doch Vincents Erwähnung der Zwangsjacken reichte ihr vollauf. Jetzt gab es nur noch eine Lösung: die Schlaftabletten in ihrer Reisetasche.

»Klara, ich ...« Ihre Stimme brach.

»Ja?«

»Ich brauche meine Tabletten.«

In diesem Augenblick trat die Direktorin zu ihnen. »Frau Schliemann braucht nichts. In der Anstalt wird man sie medikamentös ruhigstellen.«

Mit einem metallischen Geräusch öffnete sich die seitliche Schiebetür des Krankenwagens, und eine Sanitäterin kam zum Vorschein, die die gleiche Uniform und das gleiche Käppi trug wie ihr Kollege. Unbeweglich sahen die beiden zu, wie Hans Martenstein und Lila Fouquet unter den wachsamen Augen der Direktorin einstiegen.

»Geht das nicht schneller?«, rief Frau Fröhlich ungeduldig. »Ich verpasse ja die halbe Trauerfeier!«

Noch immer rührten die Sanitäter keinen Finger. Es war

schwer zu sagen, was ihnen durch den Kopf ging, da ihre Gesichter im Schatten der Mützenschirme kaum zu erkennen waren. Mitleid war es sicher nicht, was sie bewegte. Die sind bestimmt schon völlig abgestumpft, dachte Elisabeth mit bangem Herzen. Ihr fiel wieder ein, was Pete über die Gepflogenheiten in der Regenbogenallee erzählt hatte. Katheter. Infusionen. In einer Irrenanstalt ging es vermutlich noch weit menschenverachtender zu.

»Jetzt aber mal ein bisschen Tempo, Pete!«, mahnte die Direktorin.

Bekümmert schlang der Pfleger seine Arme um Ella Janowski, hob sie in den Krankenwagen und trug anschließend Elisabeth hinein. Dann klappte er die Rollstühle zusammen und verstaute sie mitsamt Elisabeths Reisetasche hinter der Heckklappe, die der Sanitäter zu diesem Zweck aufhielt.

Im Innenraum des Wagens war es mucksmäuschenstill. Alle sahen beklommen zu Boden, zutiefst schockiert, welch eine furchtbare Wendung die ganze Sache genommen hatte. Lila Fouquet hyperventilierte vor sich hin, Hans Martenstein presste seine ausgebeulte Aktentasche an sich, Elisabeth versuchte es mit Stoßgebeten. Aber wer auch immer sich da oben aufhielt, er hatte einfach keinen guten Tag.

»Pete, Sie vergewissern sich, dass dieser Transport glatt verläuft«, hörte man Frau Fröhlichs eisige Stimme. »Die Formalitäten erledige ich heute Nachmittag, richten Sie das der Anstaltsleitung aus. Und Sie wissen ja – falls Sie sich auch nur die kleinste Unaufmerksamkeit zuschulden kommen lassen …«

»… bin ich gefeuert, klar so weit.«

Leise fluchend stieg Pete ein und gesellte sich zu den schweigenden Passagieren, die einander auf weißgepolsterten Bänken gegenübersaßen. Unterdessen hatte Klara die Einsteigeprozedur mit einem Ausdruck größten Entsetzens verfolgt. Jetzt löste sie sich aus ihrer Erstarrung.

»Darf ich auch mitfahren, Frau Fröhlich?«

»Ach, tun Sie doch, was Sie wollen.« Damit drehte sich die Direktorin auf dem Absatz um und stampfte grußlos zur Kapelle zurück.

Klaras Unterlippe bebte, als sie sich neben Elisabeth hockte und ihr einen Arm um die Schulter legte.

»Sie sind stark, Lissy«, murmelte sie beschwörend. »Sie überleben das. Es wird bestimmt nicht so schlimm, wie es jetzt aussieht.«

Mit großer Geste schlug Lila Fouquet ihren Schleier zurück. »Nicht so schlimm? Großer Gott! Wir sind verloren!«

Lärmend wurde die Schiebetür zugeworfen und verriegelt, dann sprang der Motor an. Mit quietschenden Reifen und gellender Sirene sauste der Krankenwagen vom Parkplatz.

Pete stützte den Kopf in die Hände. »Was machen wir jetzt bloß? Die dürfen Sie nicht in die Anstalt bringen!«

»Was die dürfen und was nicht, liegt im Ermessen des Heims«, sagte Hans Martenstein niedergeschlagen. »Wenn die Direktorin und Müller-Neuenfels sich einig sind, haben wir schlechte Karten.«

Petes Kopf schoss hoch. »Ich entführe den Krankenwagen! Gibt es hier irgendetwas, was sich als Waffe verwenden lässt? Dann könnte ich die Sanitäter zwingen, Sie freizulassen!«

In diesem Moment bremste der Fahrer abrupt, so dass alle nach vorn geworfen wurden. Das Motorengeräusch verstummte, die Sirene ebenfalls.

»Sind wir schon da?«, fragte Klara überrascht.

Der Sanitäter schob das kleine, dunkel getönte Fenster beiseite, das die Fahrerkabine vom hinteren Teil des Krankenwagens abtrennte.

»Einen wunderschönen guten Tag, alle zusammen. Sitzen Sie bequem?« Langsam nahm er sein Käppi ab.

Ein vielstimmiger Aufschrei schlug ihm entgegen. »Bennoooo!«

Nun drehte sich auch die Sanitäterin um und lugte durch das Fenster. »Jemand Lust auf'n Kaffee?«

»Ingeeee!«

Die Begeisterung war unbeschreiblich. Mit Jubel und Hurra fielen alle einander in die Arme, lachend, weinend, aufgewühlt. Im allgemeinen Taumel der Erleichterung umarmten sich sogar Klara und Pete.

»Ich bin so stolz auf dich«, schluchzte sie. »Du warst drauf und dran, alles zu riskieren, deinen Job und noch viel mehr.«

Er strich ihr übers Haar. »Hast du im Ernst gedacht, ich würde diese Schweinerei zulassen?«

Der Erste, der wieder einen klaren Gedanken fassen konnte, war Hans Martenstein. Kerzengerade saß er auf der Bank und dachte angestrengt nach, offenbar ohne zu einem befriedigenden Ergebnis zu kommen. »Ich verstehe das nicht«, sprach er Benno an. »Wie haben Sie erfahren, dass wir abgeholt werden sollten?«

»Fragen Sie lieber, von wem.« Benno schmunzelte vergnügt. »Es war der Ritter von der traurigen Gestalt.«

»Wie bitte? Vincent?« Elisabeth befreite sich aus der Umklammerung von Lila Fouquet, die sich im Überschwang der Gefühle an ihrem Kostümrevers festgekrallt hatte. »Das ergibt doch keinen Sinn! Er hat uns sozusagen ans Messer geliefert!«

»Tja, selbst ein feiner Pinkel hat helle Momente«, erwiderte Benno trocken. »Gestern rief er mich an, meine Nummer hatte er sich im Taxi notiert. Steht ja auch dick und fett auf dem Armaturenbrett. Aber bevor ich weitererzähle, sollte ich besser mal wieder losfahren.«

Nachdem er gewohnt schnittig den Wagen auf die Straße zurückgelenkt hatte, erfuhr der Club Fidelio die ganze Geschichte.

»Wackerstein schrammte total auf der Felge«, berichtete Benno. »Als er der Heimleiterin seine Kündigung überreichte, hat er wohl ziemlich über euch abgelästert. Über eure Fluchtpläne zum Beispiel. Und sie? Hat sich prompt verplappert. Sie sagte ihm, dass ihr in so eine komische Knastabteilung kommen solltet, und zwar direkt nach der Beerdigung. Nicht nur Lissy – alle anderen auch.«

»Was für 'ne fiese Ziege«, grollte Klara.

»Na ja, da hat es ihm wohl doch leidgetan«, fuhr Benno fort. »Deshalb haben wir das Ding mit dem Krankentransport ausgeheckt.«

»Wahnsinn«, sagte Pete. »Woher haben Sie den Wagen?«

»Ich war früher bei den Johannitern«, lachte Benno. »Ein alter Kumpel von mir arbeitet da noch. Der hat mir die Uniformen und den Krankenwagen ausgeliehen.«

Entgeistert hörte Elisabeth zu. Nach allem, was passiert war, wäre sie niemals auf die Idee gekommen, dass ausgerechnet diese beiden Männer gemeinsame Sache machen würden. Am schönsten aber war, dass Vincent sich doch noch als Ehrenmann erwies.

»Sehr merkwürdig.« Lila Fouquet holte eine silberne Dose aus ihrer Handtasche und puderte sich die Nase. »Wir haben diesem Heiratsschwindler leidgetan? Da steckt doch mehr dahinter!«

Benno steuerte in Höchstgeschwindigkeit eine Kurve an. »Um ehrlich zu sein – der Blödmann hat einen Narren an Lissy gefressen. Der steht auf sie.«

Wie war das? Eine siedend heiße Welle überlief Elisabeth. Also hatte sie sich doch nicht in Vincent getäuscht? Aber was bedeutete das alles?

»Benno«, sie hielt sich an Klara fest, während der Wagen schleudernd aus der Kurve herausraste, »wohin fährst du uns überhaupt?«

»Zur Bank, wohin sonst?« Er grinste in den Rückspiegel. »Der Wackerstein hat nicht alles verraten. Die Heimleiterin weiß nur, dass ihr die Biege machen wolltet, mehr nicht. Wir haben freie Bahn!«

»Kommt nicht in die Tüte!«, widersprach Klara wütend.

»Ach nee.« Lila Fouquet rückte ihren Hut zurecht, der aus der Nähe etwas ramponiert aussah. »Und was sollen wir Ihrer geschätzten Auffassung nach tun, Sie vorlauter kleiner Grünschnabel?«

»Vorsicht, niemand beleidigt meine Freundin!«, grummelte Pete. »Aber mal ehrlich, Leute – lasst die Finger von dem Blödsinn.«

»Deine Freundin?« Verwirrt sah Klara ihn an. »Nee, Pete…«

»Ins Heim können wir nicht zurück, für einen sicheren Unterschlupf fehlt uns das Geld, zwei Tatsachen, die uns das Gesetz des Handelns aufzwingen«, dozierte Hans Martenstein. »Es ist zwanzig nach elf. Die Trauerfeier dauert etwa bis zwölf, danach geht es zum Leichenschmaus. Das heißt, wir haben mindestens zwei Stunden, um zu vollenden, was wir angefangen haben.«

Elisabeth war hin und her gerissen. Durften sie das Schicksal ein weiteres Mal herausfordern? »Vielleicht sollten wir den Überfall abblasen«, sagte sie.

»Schön locker bleiben«, erwiderte Benno. »Wenn die euch wieder einfangen, guckt ihr sowieso in die Röhre.«

»Wie wär's mit 'ner koffeinbetriebenen Denkpause«, schlug Inge vor. »Lissy? Hilfst du mir?« Sie reichte Elisabeth, die am weitesten vorn saß, einige Plastikbecher und eine Thermoskanne durch das kleine Fenster. Dann stupste sie Benno an. »Hey, fahr mal langsamer, sonst geht alles daneben.«

Einen Becher nach dem anderen füllte Elisabeth und verteilte sie an ihre Mitfahrer. Lila Fouquet holte eine Handvoll rosa Pillen aus dem Ausschnitt ihres Kleids und ließ sie in ihren Kaffee rieseln. Es wurde still im Krankenwagen. Jeder schlürfte wortlos seinen Kaffee, stellte seine eigenen Überlegungen an, wog ein letztes Mal die Risiken ab. Nur Klara und Pete unterhielten sich stumm mit den Augen. Wie ihre Meinung zum Überfall aussah, war nicht schwer zu erraten.

»Hab ich was verpasst? Wer sind Sie?« Irritiert betrachtete Ella ihre Gefährten, die sich in Gedanken versunken von Benno durchschaukeln ließen. Dann glitt ein feines Lächeln über ihr verschlafenes Gesicht. »Oh, Sie haben es schon getan? Und wir sind auf der Flucht?«

»Noch nicht«, antwortete Hans Martenstein. »Aber möglicherweise sind wir dicht dran.«

»Ja, wenn hier Helden säßen und nicht so erbärmliche Memmen!«, wütete Lila Fouquet. »Wir können doch nicht tatenlos zusehen, wie man uns verfolgt und einkassiert! Oder, um es mit Glucks Iphigenie zu sagen …«

»Bitte nicht!«, rief Benno.

Doch die einstige Diva sang schon los: »Und sahen die Rächer im Olympos dem Gräuel schweigend zu?«

»Fräulein Fouquet und Benno sind dafür«, resümierte Hans Martenstein. »Ella, Ella?« Leise vor sich hin prustend lehnte die alte Dame an seiner Schulter. »Frau Janowski ebenfalls. Bleibt noch das Votum von Frau Schliemann.«

Elisabeth atmete hörbar aus. »Ich bin sowieso schon überstimmt.«

»Das reicht nicht!«, explodierte Lila Fouquet. »Sie müssen schon aus Überzeugung handeln! Ein Bühnenkünstler, der nicht an sich glaubt, wird ausgebuht!«

War sie wirklich überzeugt? Wie im Zeitraffer flogen die vergangenen Wochen an Elisabeth vorbei. Ihr Sturz, ihre Übersiedlung ins Heim, das distanzierte Verhalten ihrer Töchter. Vor allem aber peinigte sie die späte Erkenntnis, dass sie jahrzehntelang immer brav und angepasst gewesen war. Viel zu brav, viel zu angepasst. War es nicht Zeit, diese Phase für immer abzuschließen?

Sie gab sich einen Ruck. »Ich bin dafür! Von ganzem Herzen!«

»Jawoll, so will ich Lissy sehen!«, triumphierte Benno.

Klara zerknautschte ihren leeren Kaffeebecher. »Ein schwerer Fall von Altersstarrsinn, würde ich sagen.«

Der Pfleger lächelte. »Deine Bockigkeit ist aber auch nicht von schlechten Eltern.«

»Ihr honigsüßes Geschnäbel ist absolut unangebracht!« Lila Fouquet riss sich den Hut vom Kopf und wedelte ihn in Richtung von Pete und Klara, als wollte sie die beiden verscheuchen. »Herr Martenstein, ich bitte um Regieanweisungen! Ich muss mich in meine Rolle einfühlen können!«

Elisabeth spähte durch das Heckfenster nach draußen. Sie waren bereits in der Innenstadt. Gerade überquerte der Wagen eine belebte Straße, dann bog er in eine Einfahrt und machte auf einem Hinterhof halt.

»Ist es so weit?«, fragte sie aufgeregt.

Benno nickte nur.

»Meine Rolle!«, jammerte Lila Fouquet. »Was soll ich denn nun spielen?«

Hans Martenstein griff zu seiner Aktentasche. »Die Rolle Ihres Lebens – seien Sie ganz Sie selbst.«

***

Wie raubt man eine Bank aus? Diese Frage hatte den Club Fidelio seit Wochen in Atem gehalten. Herausgekommen war ein detaillierter Plan, der immer weiter verfeinert worden war. Es gab eine Lageskizze vom Schalterraum, die Hans Martenstein nach den Angaben von Lila Fouquet angefertigt hatte – der einzigen Person, die jemals in der ausgewählten Bank gewesen war. Außerdem hatte der ehemalige Lehrer mit seiner präzisen Handschrift unzählige Versionen einer Liste geschrieben, die den Ablauf festlegte. Die Recherchen dafür stammten hauptsächlich aus Vorabend-Krimis. Ob das reichte?

Im Inneren des Krankenwagens war hektische Betriebsamkeit ausgebrochen. Hans Martenstein kramte diverse Flüssigkeiten und Pülverchen aus seiner Aktentasche, Elisabeth schlüpfte in Klaras Jeans, Lila Fouquet trug eine neue Schicht Lippenstift auf.

Währenddessen diskutierten sie ein letztes Mal die Strategie. Ein eindrucksvolles Schauspiel sollte es werden, und ein Beutezug, der ihnen eine sorglose Zukunft bescheren würde.

Elisabeth zog den Reißverschluss der Jeans zu, steckte eine der Spielzeugpistolen in den Hosenbund und nahm den Hut ab. »Fertig.«

»Donnerwetter, Lissy!«, rief Benno durch das Schiebefenster. »Du siehst wie ein junges Mädchen aus!«

Etwas neidisch begutachtete Lila Fouquet Elisabeths neue Frisur und den knackigen Sitz der Jeans. »Na ja, von hinten Lyzeum, von vorne Museum.«

»Für die Überwachungskameras wird die Illusion einer deutlich jüngeren Frau reichen«, befand Hans Martenstein. Er wandte sich an Pete. »Hätten Sie die Güte, die Rollstühle herauszuholen?«

»Ja, aber danach verziehe ich mich. Mit diesem Überfall will ich nichts zu tun haben. Außerdem muss ich mich jetzt um einen neuen Job kümmern.«

Dankbar drückte Elisabeth ihm die Hand. »Sie sind ein wunderbarer Mensch, Pete. Passen Sie gut auf meine Klara auf, ja?«

»Passen Sie mal lieber auf sich selbst auf, Lissy«, schimpfte die Krankenschwester. »Ich erfahre dann ja aus der Zeitung, in welchem Gefängnis ich Sie besuchen muss.«

»Schluss mit den Unkenrufen!«, fuhr Fräulein Fouquet ihr

in die Parade. »So was bringt Unglück!« Sie beugte sich zu Elisabeth vor. »Toi, toi, toi.«

»Also, noch mal von vorn«, sagte Hans Martenstein. »Frau Schliemann, Sie gehen Punkt zwölf rein, sondieren das Terrain, schnappen sich das Geld. Um viertel nach zwölf kommt Fräulein Fouquet mit Ella und stiftet so lange Verwirrung, bis ich als rettender Held auftrete.«

»Wieso bekommen Sie die Hauptrolle?«, beschwerte sich Lila Fouquet.

Hans Martenstein stöhnte. »Nur wenn jeder ein Rädchen im Uhrwerk ist, klappt die Sache. Ich warne jeden Einzelnen von Ihnen: Alles muss nach Plan laufen, sonst schlittern wir in eine Katastrophe.« Erschöpft strich er sich über die Glatze. »Kommen wir nun zum Fluchtfahrzeug.«

»Nun machen Sie sich mal nicht in die Hose«, brummte Benno aus der Fahrerkabine. »Ist 'ne knappe Kiste, aber was soll uns aufhalten? Mein Taxi parkt schon in der Seitenstraße neben der Bank. Ich setz mich rein, rühr mich nicht vom Fleck, und sobald Sie um die Ecke biegen, starte ich den Motor.«

»Was ist mit mir?«, fragte Inge.

»Du wartest auf meinen Kumpel von den Johannitern. Der holt den Krankenwagen gleich hier ab.«

Damit war alles geklärt. Die Stille, die daraufhin eintrat, hatte etwas Feierliches. Es war ein magischer Moment, der alle Beteiligten zusammenschweißte. Alle, bis auf Klara und Pete, die die letzten Vorbereitungen missbilligend verfolgt hatten.

»Einer für alle, alle für einen«, flüsterte Elisabeth.

»Ich gehe jetzt nach Hause und lege mich hin«, sagte Klara. »Ich habe heute Nachtschicht.«

Pete lächelte. »Ich auch.«

Nachtschicht. Elisabeth überlegte kurz, dann holte sie eine Handvoll Schlaftabletten aus ihrer Reisetasche und steckte sie in die linke Hosentasche der Jeans. Man konnte nie wissen. Falls sie doch noch in einer Anstalt landete, würde sie gewappnet sein.

Benno war unterdessen ausgestiegen und hatte die Schiebetür geöffnet. Galant half er Elisabeth aus dem Krankenwagen, dann zog er sie etwas beiseite. »Was die Knallköppe da drinnen draufhaben, weiß ich nicht, aber du wirst das Ding rausreißen. Viel Glück.«

»Danke, kann ich brauchen.«

Er gab ihr einen Kuss auf die Wange. Elisabeth erschauderte ein wenig unter der Berührung seiner Lippen. Oder war es eine Gänsehaut?

»Hey, Lissy, Kopf hoch. Morgen um diese Zeit sind wir in Italien. Denk schon mal darüber nach, ob du lieber Spaghetti bolognese oder Spaghetti carbonara willst.«

An Essen konnte Elisabeth überhaupt nicht denken. Ihr war schlecht vor Aufregung. Sie setzte die Sonnenbrille auf und ging an den Mülltonnen des Hinterhofs vorbei auf die Ausfahrt zu. Dort drehte sie sich noch einmal um. Benno lehnte am Krankenwagen und hob winkend eine Hand. Sie mochte ihn, mochte ihn sogar sehr. Aber verliebt war sie nun mal in Vincent. Ob sie ihren Ritter jemals wiedersehen würde?

Auf in den Kampf, Elisabeth Schliemann, sprach sie sich Mut zu. Nimm dein Schicksal in die Hand!

Die Sonne stand hoch am Himmel. Obwohl sich der Herbst unaufhaltsam dem Winter näherte, war es ein erstaunlich warmer Tag. Fast wie im Frühling. Während Elisabeth den Bürgersteig entlangschlenderte, wurde ihr bewusst, dass sie viele Wochen lang nicht mehr allein unterwegs gewesen war. Wie ein Wunder bestaunte sie die Auslagen in den Schaufenstern, einen Blumenstand mit bunten Sträußen, die Passanten, die an ihr vorbeieilten.

An der nächsten Kreuzung blieb sie stehen. Direkt gegenüber, an einem mehrstöckigen Geschäftshaus, prangte der goldfarbene Schriftzug PECUNIA BANK. Darunter erstreckten sich über die gesamte Fassade des Hauses bodentiefe Fenster, unterbrochen von einer Schwingtür, die permanent in Bewegung war. Es herrschte ein geschäftiges Kommen und Gehen.

Die Glocke eines Kirchturms schlug zwölfmal. Das war das Startzeichen. Elisabeth holte tief Luft. Nachdem die Fußgängerampel auf Grün gesprungen war, überquerte sie mit steifen Schritten den Zebrastreifen und stand eine Minute später vor der Schwingtür.

Das Herz klopfte ihr bis zum Hals. Noch konnte sie einfach kehrtmachen. Zaudernd betrachtete sie die Schwingtür, dann wurde sie wie von selbst mit dem Kundenstrom in das Bankgebäude gespült.

Auf den ersten Blick stellte Elisabeth fest, dass Hans Martensteins Lageskizze den Informationswert einer Kinderzeichnung besaß. Vermutlich war Lila Fouquets letzter Besuch in dieser Bank Jahrzehnte her. Statt des überschaubaren Schalterraums, den Elisabeth erwartet hatte, empfing sie ein weitläufiges Entree mit Sesseln und Grünpflanzen. An den Wänden aufgereiht standen Geldautomaten. Wo um Himmels willen war der Bankschalter? Suchend sah sie sich um, konnte ihn aber nirgends entdecken. Erschwerend kam hinzu, dass der Raum durch ihre Sonnenbrille hindurch in braungrauem Dämmerlicht lag.

Sie irrte eine Weile umher, bis eine junge Frau in einem dunklen Blazer sie ansprach. »Darf ich Ihnen helfen?«

»Tja, ich weiß nicht. Wo kann man denn hier Geld abholen?«

Die Bankangestellte lächelte gönnerhaft. »Soll ich Ihnen zeigen, wie man mit den Automaten zurechtkommt? Das ist eigentlich ganz leicht, aber für ältere Menschen bestimmt ein Buch mit sieben Siegeln.«

Ganz ruhig bleiben, dachte Elisabeth. Natürlich wusste sie, wie ein Geldautomat funktionierte. Sie war siebzig, sah hoffentlich wie sechzig aus, war aber nicht von gestern. Das hätte sie der jungen Frau auch gern gesagt – nur, dass es nicht in den Plan passte.

»Sie haben recht, diese neumodische Technik ist nichts für mich«, bestätigte sie. »Ich habe es lieber, wenn ich persönlich bedient werde.«

»Persönlich.« Im Gesicht der Angestellten schnellte eine Augenbraue hoch. »Dann kommen Sie bitte mit.«

Die junge Frau führte Elisabeth durch das Labyrinth der Couchen und Sessel in den hinteren Teil der Bank. Mit jedem Schritt wurde es Elisabeth mulmiger zumute. Schließlich musste sie später ja mit dem Geld irgendwie zurück auf die Straße gelangen. Doch der Fluchtweg wurde immer länger.

»Tut mir leid, der Schalter ist gerade nicht besetzt«, sagte die Angestellte, als sie an einem verwaisten Tresen stehenblieb, der durch eine mannshohe Trennwand aus perforiertem Kunststoff abgeschirmt war. »Sicher dauert es nur wenige Minuten, bis der Kollege wiederkommt. Darf ich Ihnen etwas zu trinken anbieten? Einen Espresso vielleicht?«

Elisabeth lehnte dankend ab. Inges Kaffee war ziemlich stark gewesen, ihr Puls raste sowieso schon beängstigend schnell.

Während die junge Frau sich entfernte, betrachtete sie die Plakate, die an der Kunststoffwand hingen. Was da alles versprochen wurde! Hauskauf leicht gemacht, günstige Finanzierung Ihres neuen Autos, maßgeschneiderte Kredite für jeden Wunsch. Nichts davon stimmte, wenn man die siebzig überschritten hatte. Sie musste an Hans Martenstein und Lila Fouquet denken, die ihr Geld durch windige Anlageberater verloren hatten. Heute würde die Gerechtigkeit siegen.

Noch immer war niemand zu sehen. Allmählich wurde Elisabeth unruhig. Wo blieb nur dieser pflichtvergessene Schalterbeamte? Von persönlichem Kundenkontakt schien man in dieser Bank nicht viel zu halten. Damals, zu Elisabeths Zeit, war das ganz anders gewesen. Da hatte man den Kunden zwar keinen Espresso angeboten, aber einen Service, der diesen Namen verdiente.

Sie schaute auf die Uhr und entspannte sich etwas. Fünf nach zwölf. Es blieb noch genügend Zeit, denn der Auftritt von Lila Fouquet war ja erst für viertel nach zwölf vorgesehen.

Endlich erschien ein Mann mittleren Alters in Hemdsärmeln und einer bunten Krawatte. Er nahm das Bitte-warten-Schild vom Tresen und sah Elisabeth fragend an. »Was kann ich für Sie tun?«

Wie doch die Sitten verfielen! Nie hätte sich damals ein Mitarbeiter getraut, ohne Jackett zur Arbeit zu erscheinen. Und ein »guten Tag« wäre auch angebracht gewesen, fand Elisabeth.

Der Bankangestellte lehnte sich gelangweilt auf den Tresen. »Hallo? Möchten Sie vielleicht Geld abheben?«

Das war das Stichwort. In Gedanken ging Elisabeth noch einmal den Text durch, den sie mit Hans Martenstein auswendig gelernt hatte.

Dann zog sie ihre Kostümjacke beiseite, holte die Spielzeugpistole aus dem Hosenbund und richtete sie auf den Mann. »Dies ist ein Überfall. Packen Sie mir bitte eine Million in kleinen, nicht fortlaufend nummerierten Scheinen ein. Es darf auch ein bisschen mehr sein.«

Dem Bankangestellten fiel die Kinnlade herunter. »Was?«

In diesem Moment zerfetzte ein schriller Sopran die Luft. Zu früh! Panisch sah Elisabeth auf ihre Armbanduhr. Fünf nach zwölf. Immer noch? O Gott. Wie hatte sie nur vergessen können, dass ihre Uhr stehengeblieben war?

»Äh, Entschuldigung«, sagte der Mann, »das hier ist doch ein Scherz, oder?«

Wütend funkelte Elisabeth ihn an. »Was denken Sie sich eigentlich? Dass alte Leute lächerlich sind?«

»Natürlich nicht«, versicherte er, während er unverwandt die Pistole anstarrte.

Der schaurige Gesang schwoll an, und schon kam Lila Fouquet anstolziert, Ella Janowski vor sich herschiebend. Ella war wach. Hellwach. Vermutlich hatte man ihr literweise von Inges Kaffee eingeflößt.

»Ich folgte der freundlichen Einladung«, schmetterte Lila

Fouquet, brach jedoch ab, als sie Elisabeths leere Hände sah. Sie streifte erst den Bankangestellten, dann Elisabeth mit einem vernichtenden Blick. »Wo ist das Geld? Will er es etwa nicht rausrücken?«

Mit offenem Mund musterte der Mann die verschleierte Sängerin, deren riesiger Federhut etwas schief auf dem Kopf saß. Nervös spielte er an seiner Krawatte herum. »Meine Damen, Sie verfügen über einen eigenwilligen Humor, aber ich müsste Sie bitten, jetzt zu gehen.«

»Eine Million!«, rief Elisabeth. »Oder ich schieße!«

Erschrocken hob er die Arme in die Höhe. »Das ist nicht lustig.«

»Soll es auch gar nicht sein«, schimpfte Lila Fouquet. »Dies ist keine Komödie, Sie Ignorant.«

Elisabeth versuchte es zur Abwechslung auf die sanfte Tour. »Sie haben das Leben noch vor sich, mein Junge. Wie wär's, Sie geben mir das Geld, und dann lassen wir Sie in Ruhe.«

»Ach, und Ihre Goldbarren bräuchten wir obendrein«, sagte Lila Fouquet. Auch sie hatte jetzt eine Spielzeugpistole in der Hand. »Aber ein bisschen plötzlich, wenn ich bitten darf. Sie sollten wirklich mehr Respekt für die ältere Generation aufbringen.«

»Tut mir furchtbar leid, der Geldtransporter hat sich verspätet, in der Kasse sind nur ein paar Tausender, wobei ich sagen muss, dass unsere Bestände zeitschlossgesichert sind«, ratterte der Bankangestellte einen Text herunter, den er vermutlich ebenfalls auswendig gelernt hatte. Anschließend wanderte sein furchtsamer Blick zwischen den beiden Pistolen hin und her.

»Das können Sie Ihrer Großmutter erzählen«, zischte Elisabeth.

»Gute Idee!« Blitzschnell ging er in die Hocke und drückte einen Alarmknopf, woraufhin eine ohrenbetäubende Sirene ertönte.

»Das war ein Fehler!« Elisabeth richtete die Pistole an die Decke und feuerte einen Warnschuss ab. Leider verfehlte er seine Wirkung, denn der Schuss klang mehr nach einer mickrigen Knallerbse. Irgendwie hatte Elisabeth das Geräusch eindrucksvoller in Erinnerung gehabt.

Ein riesenhafter Sicherheitsmann in einer dunkelblauen Uniform tauchte hinter dem Bankbeamten auf. Er blieb wie angewurzelt stehen, als er die Pistolen sah. Nach einer Schrecksekunde holte er sein Handy heraus. »Polizeinotruf? Überfall auf die Pecunia Bank! Kommen Sie sofort!«

Elisabeth brach der Schweiß aus. Sie hatten keinen Cent erbeutet, gleich kam die Polizei, und längst hätte Hans Martenstein da sein müssen. Wo blieb er denn nur?

»Waffen fallen lassen!«, schrie der Security-Mann.

»Die haben nur Spielzeugpistolen!«, rief der Bankangestellte. »Glaube ich jedenfalls.«

»Meine Herren, kann ich Ihnen behilflich sein?« Seelenruhig schlurfte Hans Martenstein heran. Walthers Polizeiuniform war ihm viel zu groß und schlotterte um seinen schmächtigen Körper, aber immerhin hatte er den Überraschungseffekt auf seiner Seite.

»Was sind Sie denn für ein Komiker?«, fragte der Sicherheitsmann.

»Das ist Beamtenbeleidigung!«, wies Hans Martenstein ihn zurecht. »Ich werde die Damen in polizeilichen Gewahrsam nehmen.« Der Bankangestellte lachte abfällig. »Der war gut. Seit wann nehmen die denn Tattergreise wie Sie bei der Polizei?«

Damit brach der schöne Plan endgültig zusammen. Hans Martenstein war der Joker gewesen. Theoretisch. Praktisch war die Idee, dass er den Club Fidelio unbehelligt nach draußen geleiten würde, ein kapitaler Rohrkrepierer. So wie alle anderen Ideen auch. Die wochenlangen Diskussionen über den perfekten Bankraub hatten zu nichts weiter als einem Riesenschlamassel geführt.

Elisabeth steckte beschämt die Pistole ein. Ja, sie sah täuschend echt aus, doch der mickrige Knall hatte alles verdorben. Sie spürte, wie der Boden unter ihren Füßen schwankte. Verzweifelt dachte sie an Benno, der im Taxi auf sie wartete. Benno würde vergeblich warten. Wenn erst einmal die Polizei eintraf, gab es kein Entrinnen mehr.

»Ich will zurück in die Anstalt«, wimmerte Ella Janowski.

Alle starrten die kleine alte Dame im schwarzen Pelzmantel an. Sie warf den Kopf hin und her, aus ihrem Mund drangen röchelnde Laute. Nur Elisabeth begriff, wie genial Ella war.

12

Wenn es etwas gab, das Elisabeth an die glücklicheren Stunden ihrer Kindheit erinnerte, dann war es Ahoj-Brause. Wie hatte sie die kleinen Tütchen mit dem Matrosen darauf geliebt! Umso entzückter war sie gewesen, dass Hans Martenstein ausgerechnet diese prickelnde Süßigkeit zur chemischen Waffe erklärt hatte. Dieser Punkt seiner Liste war allerdings für den Rückzug nach dem erfolgreichen Raub vorgesehen. Pedantisch, wie der pensionierte Oberstudienrat nun mal war, kam ihm offenbar nicht in den Sinn, dass die Brause auch jetzt goldrichtig sein könnte.

Der Security-Mann hockte neben Ella, die sich röchelnd und spuckend in ihrem Rollstuhl wand. »Du liebes bisschen, was hat sie?«

»Ahoi!«, rief Elisabeth.

»Ahoi? Was soll denn das für eine Krankheit sein?«, fragte Lila Fouquet vollkommen überflüssigerweise.

Elisabeth hätte sie am liebsten erwürgt. Wie konnte man nur so begriffsstutzig sein! Wenigstens fiel endlich bei Hans Martenstein der Groschen. Zitternd kramte er ein Tütchen aus seiner Uniformjacke, riss es auf und spuckte hinein. Kein appetitlicher Anblick, aber außer Elisabeth hatte es niemand bemerkt. Wie von Sinnen hämmerte sie mit der Pistole auf den Tresen, um den Security-Mann und den Bankangestellten abzulenken.

»Tun Sie doch was! Irgendwas!«

Während die beiden Männer zu ihr hinschauten, beugte sich Hans Martenstein über Ella. Als er sich wieder aufrichtete, quoll ein grünlicher Schaum aus ihrem Mund.

»Sie hat einen Anfall«, erklärte er mit Grabesstimme. »Sehen Sie selbst.«

»Ist ja eklig«, sagte der Bankangestellte.

Der Sicherheitsmann sah aus, als hätte er den Geruch fauler Eier in der Nase. »Voll eklig.«

Hastig zog Elisabeth ihr Handy aus der Tasche. Bennos Nummer stand noch auf der Anrufliste. »Schnell, wir brauchen zwei Sanitäter und einen Krankenwagen! Haben Sie verstanden? Zwei Sanitäter und einen Krankenwagen!«

»Ach, du Elend«, stöhnte Benno. »Keine Ahnung, ob der Krankenwagen noch da ist.«

Jetzt musste Elisabeth Zeit gewinnen, die Männer irgendwie beschäftigen, bis Benno eintraf. Was hatte Vincent noch gesagt? Wie brachte man Ella Janowski zum Einschlafen? Sie machte ein paar Schritte auf Ella zu und schnippte mit den Fingern. Prompt fiel Ellas Kopf zur Seite.

»Sie stirrrbt!«, schluchzte Lila Fouquet, die das Schauspiel inzwischen verstanden hatte.

Elisabeth rüttelte an Ellas Schulter. »Keine Reaktion. Jemand Lust auf Mund-zu-Mund-Beatmung?«

Der Security-Mann wurde grau im Gesicht, der Bankangestellte stützte sich hustend auf seinen Tresen. Elisabeth zählte die Sekunden. Benno, verdammt. Beeil dich! Oder hatte sein Kumpel den Krankenwagen schon abgeholt? Sie begann zu beten. Herr im Himmel, hilf uns. Nur dieses eine Mal!

Plötzlich hörte man laute Rufe und Fußgetrappel. Elisabeth atmete auf. Das mussten Benno und Inge sein! Doch sie hatte sich getäuscht. Eine Gruppe Polizisten stürmte mit gezogenen Waffen heran. Wieselflink verteilten sie sich im Raum und brüllten zackige Kommandos.

»Alle auf den Boden, Hände auf den Rücken, Sie sind verhaftet!«

Mit einem grässlichen Schrei ging Lila Fouquet in die Knie. Sie faltete die Hände und hob den Kopf zur Decke, bevor sie zu krächzen begann: »Wer du auch seist, ich will dich retten, bei Gott, bei Gott, du sollst kein Opfer sein, gewiss, gewiss, ich löse deine Ketten, ich will, du Armer, dich befrein!«

Die Polizisten ließen ihre Waffen sinken. Einer von ihnen wandte sich an den Security-Mann. »Sind Sie sicher, dass dies hier ein Überfall ist?«

»Wonach sieht's denn aus?«

Der Polizist betrachtete die schwarzgekleidete Diva mit dem verrutschten Hut. Die leblose Ella, über deren Kinn blubbernder Schaum lief. Dann musterte er den schmächtigen Hans Martenstein in seiner schlotternden Uniform und schließlich Elisabeth, die sich wie eine Ertrinkende an Ellas Rollstuhl festklammerte.

»Nach einem ziemlich schlechten Witz sieht das aus!«, polterte der Polizist los. »Das sieht doch ein Blinder! Wie können Sie nur …«

Das Krachen der umstürzenden Kunststoffwand beendete seinen Wutausbruch. Jetzt erst sah Elisabeth, dass sich hinter dem Raumtrenner eine Menschentraube gebildet hatte, die neugierig die Szenerie begaffte.

»Oh, wir haben Publikum!«, sagte Lila Fouquet erfreut.

Plötzlich kam Bewegung in die Menge. »Platz da, Notfall!«,

erklang eine vertraute Stimme. Mit wehenden roten Jacken kamen Benno und Inge angerannt.

Benno hielt sich nicht mit langen Erklärungen auf. »Hab ich euch Ausreißer!«

Grob packte er Lila Fouquet und riss sie vom Boden hoch. Mit dem anderen Arm nahm er den überrumpelten Hans Martenstein in den Schwitzkasten.

Unterdessen hielt Inge wie ein Schraubstock Elisabeth untergehakt. »Schön mitkommen, und keine blöden Tricks. Sonst nehme ich dir das Gebiss weg.«

Die Polizisten fingen an zu grinsen.

»O Mann, ich hasse meinen Job«, knurrte Benno. »Ich bin ja selbst nicht mehr der Jüngste, aber diese durchgeknallten Alten gehen einem gehörig auf den Sack.«

»Wo bringen Sie die hin?«, fragte einer der Polizisten.

»Zurück in die Anstalt, was sonst«, antwortete Inge.

»Städtische Nervenheilanstalt.« Benno nickte den Polizisten zu. »Die Anstaltsleitung meldet sich nachher bei Ihnen wegen der Formalitäten. Und Abmarsch.«

»Halt, stopp.« Breitbeinig stellte sich der Sicherheitsmann Benno in den Weg. »Sie denken, Sie können hier so einfach rausspazieren?«

Elisabeths Herz hämmerte so wild, das es wehtat. Niemand hatte jetzt noch mit Widerstand gerechnet, und am allerwenigsten Benno. Etwas schwankend stand er da und wischte sich den Schweiß von der Stirn.

Es war Inge, die die Situation rettete. Sie warf dem Sicherheitsmann eine Kusshand zu. »Kannst gern mitkommen.« Anzüglich leckte sie sich die Lippen. »In der Anstalt sind die ganz wild auf heiße Typen wie dich.«

Die Polizisten brachen in wieherndes Gelächter aus. Damit war das Eis endgültig gebrochen. Die Menge der Schaulustigen teilte sich und bildete eine Gasse. Manche klatschten lachend, andere bestaunten die klapprige kleine Truppe, die einen falschen Alarm ausgelöst hatte und nun in Begleitung von Sanitätern den Schauplatz verließ.

»Wie war ich?«, fragte Lila Fouquet, sobald sie draußen auf der Straße standen.

Benno grunzte etwas, was sich unflätig anhörte.

Die Diva machte einen Schmollmund. »Es gab immerhin Szenenapplaus!«

»Für den Oscar hat es nicht ganz gereicht«, sagte Elisabeth. »Jetzt aber los, bevor es sich die Polizisten anders überlegen.«

So schnell es ging, stiegen sie in den Krankenwagen, den Benno direkt vor der Bank abgestellt hatte. Außer Lila Fouquet waren alle zutiefst deprimiert. Auch wenn sie der Polizei entwischt waren, blieb es doch eine unwiderlegbare Tatsache, dass der Überfall kläglich gescheitert war. Womit sie wieder am Anfang standen.

»Gibt es eigentlich einen Plan B?«, fragte Benno, während er den Motor anließ.

Peinlich berührt schüttelte Hans Martenstein den Kopf. Niemand wusste, wie es weitergehen sollte. Ohne Geld würden sie nirgendwohin kommen, geschweige denn nach Italien.

»Dann erst mal nach Hauptsache-weg-von-hier.« Benno gab kräftig Gas und bog in die Seitenstraße neben der Bank ein. »Fertigmachen zum Aussteigen, wir wechseln gleich das Fluchtauto!«

»Die klassische Taktik«, nickte Hans Martenstein.

Etwa zwanzig Meter nach der Kreuzung bremste Benno fluchend. »Scheibenkleister! Eingeparkt! Da steht so ein Mistding von Transporter in zweiter Reihe und blockiert mein Taxi.«

»Das ist ja wohl die Höhe!« Über asoziale Parkgewohnheiten konnte sich Elisabeth ehrlich aufregen. Noch dazu, wo sie es nun wirklich eilig hatten. »Warte, ich erledige das.«

Hans Martenstein half ihr, die Schiebetür zu öffnen, und Elisabeth kletterte aus dem Krankenwagen. Eigentlich kam diese Komplikation genau richtig. Sie hatte große Lust, mal richtig Dampf abzulassen nach dem missglückten Überfall.

»Hallo, Sie!«, rief sie dem dunkelgrau gekleideten Mann zu, der gerade eine Plastikbox aus dem Transporter holte.

»Ja?«

Er drehte ihr sein Gesicht zu. War es Schuldbewusstsein, was Elisabeth darin las? Ja, so musste es sein. Unbehaglich sah der Mann ihr entgegen und wich bereits einen Schritt zurück, bevor sie ihn erreichte.

So, wie sie es einmal bei Klara gesehen hatte, hängte Elisabeth ihre Daumen lässig in den Hosenbund. Sie hatte nie Hosen getragen, immer nur Röcke und Kleider. Die Jeans verlieh ihr ein ungekanntes Selbstbewusstsein, eine Art Cowboygefühl. Angstvoll verfolgte der Mann diese kleine Geste, was Elisabeth etwas übertrieben fand, aber genoss.

»Jetzt passen Sie mal auf«, schnaubte sie. »So, wie Sie es sich denken, läuft das hier nicht.«

Der Mann hob abwehrend eine Hand. »Was – wie?«

»Na, so!« Elisabeth zeigte auf den Transporter, der neben Bennos Taxi stand. »Soll ich das Ding selbst wegfahren, oder kommen Sie freiwillig zur Vernunft?«

»Ich … ich …«, stammelte der Mann. Er sah sich furchtsam um. »Ich warte auf meinen Kollegen.«

Elisabeth stand wie auf glühenden Kohlen. Sie war in Eile, sie war ziemlich durcheinander nach dem Überfall, und das Ganze dauerte ihr einfach zu lange. Zerstreut schaute sie sich um und entdeckte einen zweiten graugekleideten Herrn, der gerade im Begriff war, das Haus neben den parkenden Wagen zu betreten. Er trug einen Kasten vor sich her. Vermutlich müssen die beiden Pakete ausliefern, überlegte sie, und sind einfach zu spät dran, um einen richtigen Parkplatz zu suchen. Schon tat es ihr wieder leid, dass sie solch einen harten Ton angeschlagen hatte.

»Ich mache Ihnen einen Vorschlag«, lenkte sie ein. »Ich bin ziemlich unter Zeitdruck. Was ist, wenn ich Ihnen helfe? Sie geben mir Ihren Kasten, ich bringe ihn da rein, und Sie fahren den Transporter weg.«

Sie zog ihre Daumen aus dem Hosenbund, woraufhin der Mann totenbleich wurde und in Schweiß ausbrach.

»Bitte tun Sie mir nichts! Meine Frau hat gerade ein Kind gekriegt!«

»Wer redet denn davon, dass ich Ihnen was tue? Her mit dem Kasten, und die Sache ist vergessen. Aber ich warne Sie! Denken Sie nicht, Sie könnten eine alte Frau reinlegen.«

Am ganzen Körper bebend holte der Mann einen kleinen Schlüssel aus seiner Hosentasche und schloss eine Kette auf, mit der die Plastikbox an seiner linken Hand befestigt war.

»Muss ja was Dolles drin sein, dass Sie so dran hängen«, scherzte Elisabeth, die erst jetzt die Kette bemerkte.

Wortlos öffnete der Mann den Verschluss der Kette, warf

ihr die Box vor die Füße und rannte zum Transporter. Mit aufheulendem Motor fuhr er davon. Na also, dachte Elisabeth, geht doch. Allerdings wunderte sie sich, wie panisch der Mann gewirkt hatte. Sie versuchte die Plastikbox anzuheben, stellte jedoch fest, dass sie unerwartet schwer war.
»Lissy?«

Elisabeth sah sich um. Inge saß schon auf dem Beifahrersitz des Taxis und hatte das Seitenfenster heruntergelassen. »Lissy, was machst du da?«

»Ich komme sofort, ich muss nur noch diesen Kasten in das Haus da vorn bringen.«

Inges raue Kneipenstimme rutschte eine Oktave höher. »Hast du sie noch alle?«

Zeitgleich stürzten Benno und Inge aus dem Großraumtaxi. Sie schauten sich lauernd um, dann flitzten sie auf die Straße und hievten ächzend die Plastikbox in den Wagen.

Benno gab Elisabeth einen kräftigen Schubs. »Los, rein mit dir!«

Zwei Hände streckten sich ihr entgegen, und schon lag sie bäuchlings auf einer Sitzbank. Das alles passierte so schnell, dass es ihr die Sprache verschlug. Was war nur in Benno und Inge gefahren?

Während das Taxi losraste, rollte sich Elisabeth auf die Seite, weil etwas Hartes an ihren Bauch drückte. Sie sah an sich herab. Im Hosenbund steckte deutlich sichtbar die Spielzeugpistole.

Hans Martenstein zeigte auf den Kasten. »Frau Schliemann, Sie haben soeben einen Geldtransporter überfallen.«

***

Langsam, ganz langsam erwachte Elisabeth aus einem traumlosen Schlaf. Zumindest konnte sie sich an keinen Traum erinnern. Benommen richtete sie sich ein wenig auf. Rötliche Sonnenstrahlen fielen in das Taxi, das auf einer einsamen Waldlichtung parkte.

Elisabeth lag auf der hintersten Bank des Wagens. Von vorn ertönte leises Gemurmel.

»Hundertdreißigtausend, hundertdreißigtausendfünfhundert, hundertdreißigtausendsechshundert, ein Fünfziger, ein Zwanziger, hm, jetzt kommen wieder kleine Scheine.«

Sie schaute über die Rückenlehne zu den vorderen Bänken. Rieb sich die Augen. Schaute noch mal hin. Aber es war keine Fata Morgana. Dicke Geldbündel stapelten sich zwischen Lila Fouquet und Hans Martenstein, der gewissenhaft Schein für Schein zählte und lange Zahlenkolonnen auf einem Zettel notierte.

Ihm gegenüber saßen Inge und Benno. Ella Janowski schlief angeschnallt auf dem Beifahrersitz.

Plötzlich war alles wieder da. Der Transporter, der Bennos Taxi blockiert hatte. Der graugekleidete Mann. Und die Plastikbox, die jetzt geöffnet zu Füßen von Hans Martenstein stand.

»Das war also wirklich – ein Geldtransporter?«, fragte sie.

Benno sah auf. Statt der roten Sanitäterjacke trug er ein kariertes Flanellhemd. »Guten Abend, Lissy, du kleine Schlafmütze. Machst ja neuerdings Ella Konkurrenz! Na ja, selbstgedruckt sind die Scheine nicht.«

»Echt, Lissy, das hätte ich dir nicht zugetraut«, gluckste Inge. »Schnappst dir die Kohle einfach im Vorübergehen!«

Lila Fouquet fächelte sich mit einem 500-Euroschein Luft

zu. »Anfängerglück, meine Liebe. Mit anderen Worten: mehr Glück als Verstand.«

»Das Taxi stand am Hintereingang der Bank«, erklärte Benno. »Das wurde mir aber auch erst klar, als …«

In Elisabeth Kopf dröhnte und rauschte es so stark, dass sie den Rest nicht mehr verstand. Sie war immer noch todmüde und wollte nur noch weiterschlafen. Ob Narkolepsie ansteckend war?

Als sie wieder erwachte, war es draußen stockdunkel. Im Inneren des Taxis brannte das Deckenlicht.

Inge hielt Elisabeth einen Kaffeebecher hin. »Trink mal einen Schluck. Wir müssen uns unterhalten, wie es weitergeht.«

»Figaro, Figaro, Figaroooo!«, trällerte Lila Fouquet. »Auf nach Italien!«

Elisabeths Handy klingelte. Sie fischte es aus der Hosentasche. »Ja?«

»Lissy!« Klara schrie fast. »Sie sind auf allen Kanälen in den Nachrichten!«

»Dabei war das gar keine Absicht mit dem Geldtransporter«, gab Elisabeth zu.

»Ich meine den Banküberfall! Sie sind der Star auf YouTube! Irgendein Bankmitarbeiter hat das Überwachungsvideo ins Netz gestellt. Es gibt schon Tausende Klicks! Pleiten, Pech und Pannen! Die ganze Nation lacht sich tot.«

»Jutjuub? Nie gehört«, erwiderte Elisabeth.

Auf einmal war es still am anderen Ende der Leitung. Erst nach einer kleinen Pause sprach Klara weiter. »Haben Sie eben Geldtransporter gesagt? Sie meinen, Sie – o mein Gott, das waren Sie?«

Das Gesicht von Hans Martenstein erschien über der Rückenlehne. »Telefonieren Sie etwa? Mit dem Handy?«

»Womit denn sonst?« Manchmal konnte einem der ewige Oberlehrer wirklich auf den Wecker gehen, fand Elisabeth.

»Mensch, Lissy, die können dich orten!«, brüllte Benno. »Mach sofort das Handy aus!«

Erschrocken drückte sie auf die rote Taste. Und bedauerte es im nächsten Moment. Sie hatte Klara fragen wollen, wie es ihr ging. Wollte wissen, wie es um sie und Pete stand.

»Was heißt das, orten?«, fragte sie.

»GPS«, erwiderte Hans Martenstein.

»Dschiepie … was?« Misstrauisch betrachtete Elisabeth ihr Handy.

Im Taxi brach unversehens Hektik aus. Benno stieg eilig aus und setzte sich auf den Fahrersitz, Hans Martenstein breitete eine Decke über die Geldbündel, Inge riss Elisabeth das Handy aus der Hand. Sie drückte ein paar Tasten, ließ die Scheibe herunter und warf es aus dem Fenster.

Die Räder drehten mehrmals durch, bevor Benno mit einem Kavalierstart das Taxi in Bewegung setzte und schlingernd über einen Waldweg holperte.

»Mein Handy!«, rief Elisabeth.

Hans Martenstein klammerte sich an einen Haltegriff. Seine Hornbrille hing schief auf der Nase, und er versank fast in der viel zu großen Polizeiuniform. »Frau Schliemann, wie Sie sich leicht vorstellen können, ist die Polizei hinter uns her. Anhand Ihres Handys lässt sich jederzeit feststellen, wo wir uns befinden.«

»Aha.« Elisabeth nippte an dem kalten Kaffee. »Entschuldigung, so was muss einem schließlich gesagt werden. Wo sind wir hier eigentlich?«

»In einem Wald ganz in der Nähe des Friedhofs«, antwortete Benno. »Es wäre zu gefährlich gewesen, nach Süden zu fahren. Überall Straßensperren.«

Er stellte das Autoradio an und klickte sich durch die Sender. Im schnellen Wechsel ertönten Geigenklänge, Musikgedudel, Kinderlachen, schließlich die seriöse Stimme eines Nachrichtensprechers.

»… gibt es nach wie vor keine Erkenntnisse, wo sich die Diebe derzeit aufhalten. Die Polizei hat eine Großfahndung eingeleitet. Gesucht wird eine etwa sechzigjährige, brünette Frau mit kurzen Haaren …«

»Ist ja lächerlich! Sie sieht deutlich älter aus«, maulte Lila Fouquet.

»Ruhe!«, rief Benno.

»… steht der Überfall im Zusammenhang mit einem versuchten Bankraub, den die Frau kurz zuvor verübt hatte. Die Mittäter des Überfalls sind ebenfalls untergetaucht. Sie waren einem Altersheim entlaufen, offenbar sind sie geistig verwirrt. Nach Angaben des Altersheims und laut Beschreibung von Zeugen handelt es sich um einen achtundsiebzigjährigen Mann mit Glatze und Hornbrille, um eine zweiundachtzigjährige Rollstuhlfahrerin, die unter Narkolepsie leidet, sowie um eine neunzigjährige Frau, die zur Tatzeit ein schwarzes langes Kleid …«

»Frechheit!«, kreischte Lila Fouquet. »Die machen mich älter!«

»… hilfsbedürftig. Vermisst wird außerdem eine siebzigjährige Frau, die ebenfalls in dem Altersheim wohnte. Des

Weiteren sind zwei Komplizen flüchtig.« Es folgten Personenbeschreibungen, die auf Benno und Inge passten.

Elisabeth befühlte ihre neue Frisur. »Die suchen eine brünette Frau mit kurzen Haaren, und sie suchen eine Siebzigjährige aus dem Seniorenheim. Das heißt, niemand weiß, dass ich es war.«

»Ja, Ihr Inkognito ist gewahrt«, bestätigte Hans Martenstein.

Benno stellte das Radio aus und hielt an. Das Taxi stand an einer Kreuzung, wo der Waldweg in eine schmale Landstraße mündete.

»So, Leute – wie geht es weiter?«

»Die Erfahrung zeigt, dass wir uns einzeln durchschlagen müssten. Das halte ich in unserem Fall allerdings für wenig aussichtsreich«, sagte Hans Martenstein.

»Gemeinsam sind wir stark«, bekräftigte Elisabeth. »Einer für alle, alle für einen.«

Inge sah aus dem Fenster. »Sorry, für mich ist Feierabend. Ich muss in meinen Laden zurück. Die Kneipe ist mein Leben.« Sie spielte mit ihrem blutroten Herzanhänger. »Außerdem gibt es da so einen Kerl, an dem ich hänge. Ehrlich, ich mag euch. Aber meine Reise endet hier.«

Niemand sagte etwas. Alle schauten betreten Inge an, die ihre Stirn an die Fensterscheibe presste. Es war offensichtlich, wie schwer ihr der Abschied fiel.

Elisabeth legte ihr eine Hand auf die Schulter. »Ich verstehe das. Du bekommst deinen Anteil, und dann geht es zurück in dein altes Leben.«

»Aber wir haben noch gar nicht zu Ende gezählt«, wandte Hans Martenstein ein.

»Wie viel ist es denn so ungefähr?«

Hans Martenstein überflog das bereits gezählte Geld und verglich es mit den Bündeln, die noch unberührt in der Plastikbox lagen. »Alles in allem ungefähr – dreihunderttausend.«

Dreihunderttausend! Weder Elisabeth noch die anderen hatten jemals so viel Geld auf einmal gesehen. Andächtig betrachteten sie die Beute, die ihnen quasi in den Schoß gefallen war. Das Leben ist verrückt, dachte Elisabeth. Hoffentlich hat sich der arme Fahrer des Transporters von seinem Schock erholt.

»Wir sind zu sechst …«, Hans Martenstein rechnete stumm, »… macht fünfzigtausend für jeden.«

Er feuchtete mit der Zunge seinen Zeigefinger an und begann, Inges Anteil abzuzählen. Je höher der Stapel wurde, desto unruhiger rutschte Lila Fouquet auf ihrem Platz hin und her. Inzwischen kannte Elisabeth sie gut genug, um zu wissen, dass eine musikalische Einlage bevorstand.

»Ach, diesen Reichtum, den so ich liebte, muss ich nun lassen als schmerzlich Betrübte!«, sang die einstige Diva mit zittrigem Vibrato.

»Wie kann man nur so missgünstig sein!«, donnerte Benno. »Ohne Inge säßen wir gar nicht hier! Aber ich sag's ja immer – Geld verdirbt den Charakter.«

»Nein, Geld zeigt den Charakter«, korrigierte ihn Elisabeth. »Fräulein Fouquet, alles, was recht ist, wenn wir anfangen, uns über Geld zu streiten, ist der Club Fidelio für mich gestorben.«

Eingeschnappt verkroch sich die Sängerin in die äußerste Ecke der Sitzbank. »War doch nur Puccini, Manon Lescaut.«

»Nee, das war eine Neidattacke«, grantelte Benno.

»Wir müssen zusammenhalten!«, rief Elisabeth beschwörend. »Wir haben schon jetzt etwas Unglaubliches geschafft. Aber die nächsten Tage werden hart. Sehr hart. Man wird uns jagen wie die Hasen. Wir werden uns verstecken müssen, kaum schlafen und in ständiger Angst leben. Jeder, der aus der Reihe tanzt oder Zwietracht sät, gefährdet die ganze Gruppe!«

Schwer atmend lehnte sie sich zurück. Sie war selbst erstaunt über ihre kleine Rede. Noch nie hatte sie sich mit irgendwelchen Ansprachen hervorgetan, und es war auch nicht ihre Art, sich in den Mittelpunkt zu drängen. Doch plötzlich wuchsen ihr ungeahnte Kräfte zu.

»Ich – ich glaube, ich muss mich entschuldigen«, sagte Lila Fouquet nach einer Weile. Ihre knochigen Finger spielten mit dem Samtstoff des Kleids. Sie wirkte sichtlich bewegt. »Wissen Sie, ich war immer eine Außenseiterin. Und …«, ihr zerfurchtes, dick gepudertes Gesicht nahm einen seltsam verzerrten Zug an, »… ich muss Ihnen ein Geständnis machen.«

Gespannt beugten sich alle vor. Was kam denn jetzt?

Ihre Augen füllten sich mit Tränen. »Ich bin gar keine Sängerin.«

»Das kann doch nicht sein«, widersprach Elisabeth. »Sie jodeln sämtliche Opernarien so flüssig rauf und runter, als hätten Sie ganze Notenbücher verschluckt. Sie sind ein Profi!«

»Profi«, wiederholte Benno feixend. »Na ja.«

»Ich war nur die Souffleuse«, schluchzte Lila Fouquet, während ihr die aufgelöste Wimperntusche in schwarzen Bächen über die Wangen lief. »Abend für Abend hockte ich im Souffleurkasten und schaute hoch zu den Sängern, zur Bühne, zu den Brettern, die die Welt bedeuten. Mir aber blieb der große Auftritt verschlossen. Verstehen Sie? Ich habe Ihnen allen etwas vorgemacht, und am meisten habe ich mich selbst betrogen.«

Ein kollektiver Seufzer erfüllte das Taxi, ein Seufzer der Überraschung, des Mitleids, aber auch der spontanen Sympathie. Leicht war Lila Fouquet dieses Geständnis ganz sicher nicht gefallen. Umso höher musste man es ihr anrechnen, dass sie freimütig ihre Lebenslüge aufgedeckt und sich damit verwundbar gezeigt hatte.

Hans Martenstein griff nach ihrer Hand. »Ihr Vertrauen ehrt uns. Wir wissen es zu schätzen.«

»Hoffentlich.« Lila Fouquet schnäuzte sich geräuschvoll.

»Also, für mich sind und bleiben Sie eine Diva«, versicherte Elisabeth. »Egal, ob Sie in diesem komischen Soufflékasten gehockt haben oder nicht, Sie gehören auf die Bühne! In der Bank haben Sie Szenenapplaus bekommen, schon vergessen?«

Lila Fouquets vom Weinen gerötete Augen leuchteten, als hätte Elisabeth eine Lampe darin angeknipst. »Meinen Sie das ernst?«

»Aber sicher.« Elisabeth zeigte auf das Geld. »Wer weiß, vielleicht verschafft Ihnen das noch die Bühne, die Sie verdienen.«

Sie hatte zwar keinen Schimmer, wie man das bewerkstelligen sollte, doch es klang so schön tröstlich.

»Danke«, hauchte Lila Fouquet. Sie verneigte sich feierlich. »Ich danke Ihnen.«

Benno stöhnte leicht entnervt. »So, Schluss jetzt mit den Sentimentalitäten. Wir haben einiges vor. Herr Martenstein, sind Sie mit dem Geldzählen fertig?«

»Jawohl.« Er klaubte mehrere Geldbündel zusammen und überreichte sie Inge. »Nicht alles sofort ausgeben, das wäre zu auffällig.«

»Ich kann es ja zur Bank bringen, da kann es keiner klauen, wenn ihr über alle Berge seid«, grinste Inge. »Aber meine Kneipe renovieren, das darf ich doch?«

»Solange du die Wände nicht mit Euroscheinen tapezierst, ist alles in Ordnung«, brummte Benno.

Inge verstaute das Geld in ihrer Bluse, die sie zu der Sanitäteruniform trug. »Lasst mich an der nächsten Bushaltestelle raus, ja?«

Benno fuhr los. Wie ein Getriebener hetzte er über die schmale Landstraße, bis die ersten Häuser der Stadt in Sicht kamen. An einer Tankstelle hielt er an.

»Tu mir den Gefallen, Inge, und bestell dir ein Taxi. Genug Geld solltest du eigentlich dabeihaben. Hat Martenstein dir auch kleine Scheine gegeben?«

Inge schaute in ihre Bluse und holte einen Fünfziger heraus. »Geht klar. Ich mach mich dann mal vom Acker.«

»Warte.« Benno langte unter den Fahrersitz und angelte sich seine Wetterjacke. »Besser, du ziehst das an. Im Radio haben sie unsere roten Uniformen erwähnt.« Er wischte sich über die Augen. »Wir melden uns dann, wenn wir in Italien sind.«

»Ach, Benno.«

Inges Stimme klang belegt. Glaubte sie nicht daran, dass die Flucht gelingen würde? Oder verband sie mehr mit Benno als gedacht? Elisabeth spürte einen winzigen Anflug von Eifersucht, verscheuchte ihn aber sogleich wieder. Ihr Herz gehörte Vincent. Der Himmel wusste, wo er sich gerade aufhielt.

Nachdem Inge zum Abschied alle umarmt hatte, stieg sie aus dem Taxi. Mit Zeigefinger und Mittelfinger formte sie ein V – Victory, sie hatten gesiegt. Dann ging sie langsam zur Tankstelle, während Benno das Gaspedal durchdrückte wie ein Formel-Eins-Fahrer, der den Großen Preis von Monaco ergattern wollte.

»Sie wird mir fehlen«, brach Hans Martenstein das Schweigen.

»Was uns fehlt, ist ein neues Fluchtauto«, sagte Benno unwirsch. »Lissy, was ist mit deinen Töchtern? Haben die ein Auto, wo wir alle reinpassen?«

»Meine Töchter?« Elisabeth schüttelte den Kopf. »Du machst wohl Witze. Wenn ich die frage, ob sie mir ein Auto geben, bringen sie mich postwendend ins Heim zurück.«

Benno grinste durchtrieben. »Wer redet denn von fragen?«

13

Es gibt Leute, die fahren Auto. Und es gibt Besessene, für die ein Wagen so etwas wie ihr zweites Ich ist, das sie hegen und hätscheln. Zu dieser Sorte gehörte Klaus-Dieter. Sein übergroßes Ego spiegelte sich unübersehbar in den übergroßen Autos, die er kaufte. Alle zwei Jahre musste es ein neuer Wagen sein und immer das größte und angesagteste Modell. Stundenlang konnte er in Autozeitschriften blättern. Mehr als einmal hatte er Elisabeth mit endlosen Fachsimpeleien über Alufelgen, automatische Bremssysteme oder irgendwelche Spezialausstattungen angeödet. Und jedes Wochenende wienerte er an seinem Wagen herum, als gäbe es nichts Wichtigeres. Mit seinen Söhnen spielen, zum Beispiel.

Elisabeth wäre gern dabei gewesen, wenn Klaus-Dieter feststellte, dass sich sein Augapfel von Wagen in Luft aufgelöst hatte. Leider würde sie auf diesen erheiternden Anblick verzichten müssen.

Mittlerweile war es Nacht geworden. Im Schritttempo rollte das Taxi durch ein ruhiges Vorortviertel, in dem sich schmucke Einzelhäuser aneinanderreihten, beleuchtet von nostalgischen schmiedeeisernen Straßenlaternen. Hier wirkte alles bis zur Leblosigkeit adrett, auch die Vorgärten, in denen die Pflanzen in Reih und Glied standen wie Soldaten und die Rasenflächen den Charme von Kunststoffteppichen verströmten. Es war eine Idylle, die an einen Werbespot für Desinfektionsmittel erinnerte.

»Da vorn ist es«, sagte Elisabeth.

Benno stellte den Motor aus. »Nette Hütte.«

Klaus-Dieter und Susanne bewohnten eine kleine Villa im Landhausstil, mit tiefgezogenem Walmdach und altmodischen Fensterläden. Das Grundstück wurde durch einen Jägerzaun von der Straße abgetrennt, auf der linken Seite, neben dem Küchenfenster, führte eine geteerte Auffahrt zur Garage. Davor stand ein großer, schwarzlackierter Geländewagen.

Es war lange her, dass Elisabeth ihre älteste Tochter besucht hatte. Die Einladungen waren immer spärlicher geworden, was Susanne damit erklärt hatte, dass sie in der Woche keine Zeit hätten und am Wochenende ihre Ruhe bräuchten. Friedhofsruhe, sozusagen. Susannes Mann war ein Stubenhocker, der in seiner Freizeit wie sediert auf dem Sofa herumlümmelte, Chips futterte und fernsah – wenn er nicht gerade seinen Wagen polierte.

»Warum stehlen wir ausgerechnet das Auto von Frau Schliemanns Tochter?«, wollte Hans Martenstein wissen. »Wir könnten doch irgendeins nehmen.«

»Erstens«, erklärte Benno, »stehlen wir es nicht. Wir leihen es nur aus. Zweitens ist es ein Vorteil, wenn man die Gewohnheiten der Besitzer kennt.«

»Das begreife ich nicht.« Lila Fouquet, die seit ihrer großen Offenbarung stumm vor sich hin gebrütet hatte, reckte den Hals, um das Haus samt Auto in Augenschein zu nehmen. »Hätten Sie die Liebenswürdigkeit, etwas deutlicher zu werden, was Sie mit Gewohnheiten meinen?«

Geduldig wie ein Therapeut setzte Benno es ihr auseinander. »Angenommen, Sie klauen, äh, leihen das nächstbeste

Auto, das an der Straße steht. Dann wissen Sie nicht, wann der Besitzer wiederkommt und es bei der Polizei als gestohlen meldet. Wie Lissy mir eben erzählt hat, läuft der Freitagabend ihrer ältesten Tochter immer gleich ab: Füße hoch, Glotze an, danach ab in die Kiste.«

»Geht sie denn nie aus?«, erkundigte sich Hans Martenstein.

»Das würde sie gern«, antwortete Elisabeth. »Früher war sie eine begeisterte Tänzerin, so wie ich. Aber mit diesem antriebsschwachen Mann hat sich das Tanzen erledigt. Deshalb ...«

»... wird man erst morgen früh entdecken, dass der Wagen weg ist«, vervollständigte Benno den Satz. »Damit hätten wir mindestens acht Stunden Vorsprung. Vielleicht schaffen wir es sogar bis zur Grenze, falls wir nicht in eine Polizeisperre geraten.«

Sie spähten zum Haus hinüber. Hinter dem Wohnzimmerfenster wechselten sich in rascher Folge buntfarbige Lichteffekte ab, was darauf hindeutete, dass der Fernseher lief. In der Küche brannte Licht, aus zwei Fenstern im Obergeschoss drang ein schwacher bläulicher Schein.

Elisabeth konnte sich nur zu gut vorstellen, was im Inneren des Hauses geschah. Klaus-Dieter hing vor dem Fernseher, Susanne räumte die Küche auf, die Jungs saßen oben in ihren Zimmern vor den Computern. Alles ganz normal. Und doch spürte sie die stumpfe Leere dieses Familienlebens, spürte Susannes Einsamkeit. Auch Elisabeth hatte sich früher am liebsten in der Küche aufgehalten, hatte das längst geputzte Silber ein weiteres Mal geputzt oder die sorgfältig aufgeräumten Schränke erneut aufgeräumt – nur um Walther nicht ertragen zu müssen, der im Wohnzimmer die Fernbedienung bewachte.

Bei dem Gedanken an ihre Küche, wo sie gekocht und gebrutzelt hatte, lief Elisabeth das Wasser im Mund zusammen. Sie hatte Hunger. Bärenhunger. Seit dem Frühstück hatte sie nichts mehr gegessen. Mit Bedauern dachte sie an den verpassten Leichenschmaus. Sicherlich war Vincent ein großzügiger Gastgeber, der die Trauergäste mit erlesenen Leckereien verwöhnt hatte.

»Ist das dein Magen, der knurrt, Lissy?« Benno öffnete das Handschuhfach. »Wir haben Schokolade, Studentenfutter, Lakritz, Kekse.«

»Danke, aber ich glaube, ich brauche was Handfestes.«

Benno wühlte in einer Plastiktüte und holte einige Päckchen heraus, die in Alufolie eingewickelt waren. »Kein Problem. Inge hat uns Stullen geschmiert.«

Alle griffen hungrig zu. Sogar an kleine Wasserflaschen hatte Inge gedacht.

Als Elisabeth ihr Brot aus der knisternden Alufolie packte, fielen ihr Klaras Frisierkünste ein. Was sie wohl gerade tat? Auch die Krankenschwester war bestimmt noch wach, sie hatte ja Nachtschicht in der Klinik. Vermutlich absolvierte sie gerade ihre Runde auf der Station. Es war zum Verzweifeln, dass Klara sich weigerte, ihren Mann zu verlassen.

Während alle den Proviant verdrückten, taxierte Benno Klaus-Dieters Geländewagen. »Das is'n Geschoss«, sagte er kauend. »Von sowas habe ich immer geträumt – mal richtig Gas geben. Der macht locker zweihundertdreißig Kilometer in der Stunde. Und hat alles, was wir brauchen: bequeme Sitze, Navi, große Heckklappe für Ellas Rollstuhl. Eine sauteure Schüssel. Dein Schwiegersohn muss ja Kohle bis zum Abwinken haben, Lissy.«

Elisabeth hatte ein Schinkenbrot erwischt und genoss jeden Bissen. Sie trank etwas Wasser, bevor sie antwortete. »Nö, so doll ist das nicht mit dem Geld. Das Haus hat Klaus-Dieter von seiner Mutter geerbt. Und damit sie sich solche Autos leisten können, müssen er und Susanne rund um die Uhr arbeiten. Die gönnen sich gar nichts. Gehen nicht ins Restaurant, fahren nicht in Urlaub, nur einmal im Jahr ein Wochenende nach Mallorca. Das ganze Geld geht für die Autos drauf. Dabei fährt Klaus-Dieter damit nur ins Büro.«

»Dann wird es ja höchste Zeit, dass die Karre mal was von der Welt sieht«, lachte Benno. »Mit der kann man auch querfeldein fahren, über Schotterpisten und so. Ich habe gehört, dass manche italienischen Straßen im Nichts enden.«

»Ja, weil die Mafia sie nur bis zu den Häusern ihrer Bosse asphaltieren lässt«, wusste Hans Martenstein zu berichten.

»Vorrrr allem die Camorrrra«, schnurrte Lila Fouquet.

Elisabeth legte einen Finger an die Lippen. »Still, ich glaube, sie gehen schlafen.« Unwillkürlich flüsterte sie, als könnten Susanne und Klaus-Dieter sie hören.

Hinter dem Wohnzimmerfenster war es jetzt dunkel, so wie hinter den Fenstern der Kinderzimmer. Nur in der Küche brannte nach wie vor Licht.

»Das Schlafzimmer liegt nach hinten raus«, wisperte Elisabeth. »Sobald Susanne in der Küche das Licht ausschaltet, sind die beiden eine Viertelstunde später eingeschlafen. Schätzungsweise.«

»Kein Schäferstündchen?«, witzelte Benno.

Elisabeth drohte ihm scherzhaft mit dem Finger. Nein, sie

hatte nicht den Eindruck, dass Susanne und ihr Mann noch so etwas wie entfesselte Liebesnächte erlebten.

Alle starrten auf das Haus. Sie warteten etwa zwanzig Minuten. Warteten weitere zehn Minuten. Als schwarze Rechtecke zeichneten sich die Fenster von der Hauswand ab, nur in der Küche blieb es hell.

»Was macht sie denn bloß noch?«, fragte Hans Martenstein ungeduldig.

»Die hat bestimmt nur vergessen, das Licht auszudrehen«, sagte Benno. »Nehmt eure Sachen, wir schleichen uns an.«

Ängstlich darauf bedacht, kein Geräusch zu machen, tapsten sie zur Auffahrt. Im Handumdrehen hatte Benno die Fahrertür des Geländewagens geöffnet. Lautlos, obwohl es sicher eine Alarmanlage gab. Dann holte er den zusammengeklappten Rollstuhl aus dem Taxi und schob ihn in den Kofferraum. Zusammen mit Elisabeth trug er die reglose Ella Janowski in den Wagen.

»Welch luxuriöses Gefährt«, staunte Lila Fouquet, als sie einstieg. »Das ist ja hand-schuh-wei-ches Leder auf den Sitzen!«

»Psst!«, machte Hans Martenstein. »Sie wecken noch das ganze Viertel auf!«

Wie ein König, der sein neues Reich in Besitz nimmt, strich Benno über das Armaturenbrett. »Mein lieber Herr Gesangsverein. Hier ist mehr Elektronik drin als in einem Flugzeugcockpit.« Er sah zur geöffneten Beifahrertür, wo Elisabeth stand. »Lissy, kommst du?«

»Augenblick.«

Sie horchte. Seit wann hatte Susanne eine Katze? Klaus-Dieter hasste Tiere, doch man hörte deutlich ein klägliches

Miauen. Sie horchte noch einmal. Nein, das war keine Katze.

»Bin gleich wieder da«, raunte sie Benno zu und huschte zum Küchenfenster.

Dort blieb sie stocksteif stehen.

Susanne saß am Tisch und weinte bitterlich. Den Kopf hatte sie in ihren Händen vergraben, ihr ganzer Körper zuckte. Das sonst so akkurat frisierte Haar war zerrauft. Neben ihr stand eine Schachtel mit Papiertaschentüchern, der Tisch war übersät davon. Elisabeth schluckte. Trotz allem, was geschehen war – Susanne war ihre Tochter. Schmerzlich zog sich ihr Mutterherz zusammen.

»Komm endlich!«, zischte Benno aus dem Wagen. »Brauchst du 'ne schriftliche Einladung oder was?«

Doch Elisabeth konnte nicht anders, sie klopfte vorsichtig ans Küchenfenster. Ruckartig hob Susanne den Kopf. Ihre Augen weiteten sich vor Schreck.

»Suse!«, rief Elisabeth halblaut.

Susanne holte ein Brotmesser aus einem hölzernen Messerblock und marschierte zum Fenster, das sie öffnete, dabei aber nur ankippte.

»Wer sind Sie? Was wollen Sie?«

Erst jetzt fiel Elisabeth wieder ein, dass sie sich äußerlich stark verändert hatte. Verändert? Verwandelt! Wie sollte Susanne begreifen, dass die aufrecht stehende Frau mit dem braunen Bubikopf dieselbe war, die sie als grauhaarige, zusammengesunkene Greisin im Rollstuhl kannte?

»Suse, erkennst du mich denn gar nicht?«

Mit zusammengekniffenen Augenbrauen betrachtete Susanne die Gestalt vor ihrem Küchenfenster. Riss ein weiteres

Mal die Augen auf. Dann wechselte ihre Miene zu staunender Verblüffung. »Nee ... Mutter? Bist du das?«

Elisabeth sah zum Wagen, aus dem man ihr wild gestikulierend Zeichen machte. Dann schaute sie wieder ihre verweinte Tochter an. Es war hochriskant, es war brandgefährlich, es war selbstmörderisch, aber sie musste einfach mit Susanne reden.

»Was ist passiert, Kind?«

»Moment.« Susanne legte das Brotmesser zur Seite. Sie schloss das Fenster und öffnete es richtig. »Wo kommst du denn her? Wie siehst du denn aus?«

»Kleine Typveränderung«, erwiderte Elisabeth. »Sag mir lieber, warum du so grauenvoll aussiehst.«

Plötzlich strafften sich Susannes Züge. »Hey, du bist abgehauen! Ich sollte sofort die Heimleiterin anrufen!«

Ein flaues Gefühl breitete sich in Elisabeths Magen aus. »Das lass mal lieber bleiben. Ich muss sowieso gleich wieder los.«

Susanne stemmte die Hände in die Hüften, holte tief Luft, aber die erwartete Gardinenpredigt blieb aus. Es schien Elisabeth, als ob ihre Tochter über etwas nachdachte. Wieder kniff sie die Augenbrauen zusammen. Streifte Elisabeths Frisur mit einem alarmierten Blick, betrachtete die Jeans.

»Das gibt's doch nicht. Du bist, du bist – die Frau aus diesem YouTube-Video!«, presste sie hervor.

»Ach das«, erwiderte Elisabeth lässig. »Suse, ich bin wirklich in Eile. Sag mir jetzt bitte, was dich bedrückt.«

»Klaus-Dieter«, schniefte Susanne. »Seit du mich letzten Sonntag gefragt hast, ob ich glücklich bin, ertrage ich ihn nicht mehr. Er trinkt, Mama. Jedes Wochenende lässt er sich vor dem Fernseher volllaufen. Mit Bier fing es an, mittlerweile ist er bei Wodka. Heute war es eine halbe Flasche. Ohne mich hätte er es nicht mal bis zum Schlafzimmer geschafft. Jetzt liegt er oben im Bett, quasi im Koma. Das ist doch kein Leben.«

Mit zunehmender Fassungslosigkeit hatte Elisabeth zugehört. »Dann musst du was ändern. Warte.«

Sie rannte zum Wagen und holte ein Bündel Geldscheine aus der Plastikbox, was keine Kleinigkeit war, weil ein flüsterndes Donnerwetter über sie hereinbrach und Hans Martenstein sich zunächst weigerte, den Deckel zu öffnen. Nach einem kurzen Gerangel siegte Elisabeth.

Hechelnd lief sie zum Küchenfenster zurück. »Hier«, sie streckte Susanne das Geldbündel entgegen, »fahr in Urlaub, ganz weit weg. Lass dich verwöhnen, schwimm im Meer, denk nach. Du brauchst eine Auszeit. Danach kannst du immer noch entscheiden, wie dein Leben weitergehen soll.«

»Lissy!« Benno machte sich kaum noch die Mühe, seine Stimme zu dämpfen. »Komm jetzt, verdammt!«

Neugierig lehnte sich Susanne aus dem Fenster und entdeckte die ganze Bescherung. In Klaus-Dieters Geländewagen saßen lauter fremde Leute, das war trotz der Dunkelheit unschwer zu erkennen, denn alle Türen standen offen. Elisabeth blieb das Herz stehen. Susanne erstarrte.

Die Sekunden vergingen. Elisabeth wollte weglaufen, aber sie war wie gelähmt. Susannes Nasenflügel bebten. Unvermittelt fing sie an zu lachen. »Ach so, verstehe. Du wolltest das Auto klauen!«

»Leihen«, sagte Elisabeth.

Susanne überhörte es. »Glaubst du etwa, ihr könnt mit Klaus-Dieters Wagen einfach so losfahren? Da ist eine Wegfahrsperre drin. Keine Chance.«

»Das wollen wir doch mal sehen.« Benno stocherte unter dem Lenkrad herum. Doch der Wagen gab keinen Mucks von sich.

»Misttechnik!« Wütend schlug Benno auf das Lenkrad.

Um das Desaster komplett zu machen, holte Susanne ihre Handtasche und zog ihr Handy heraus. Elisabeth stand kurz vor einem Kollaps. Du dämliches Muttertier, schalt sie sich, bestimmt ruft Susanne jetzt die Direktorin an. Oder gleich die Polizei. Das hatte man nun von seinen Mutterinstinkten. Doch Susanne legte das Handy achtlos aufs Fensterbrett, wühlte weiter in der Handtasche, dann hielt sie einen Schlüssel mit einem silbernen Anhänger hoch.

»Wir tauschen, okay? Gib mir das Geld, ich gebe dir den Autoschlüssel.«

»Du machst – was?« Elisabeth war vollkommen perplex.

Susanne kicherte etwas hysterisch. »Ich freue mich schon auf Klaus-Dieters blödes Gesicht morgen früh, wenn sein Scheißangeberschlitten weg ist.«

Das musste Elisabeth erst einmal verarbeiten. Selten hatte sie die stets verspannte und kontrollierte Susanne so aufsässig erlebt. Es war, als sei endlich der Deckel von einem überkochenden Topf geflogen. Gut so!

Langsam fing sich Elisabeth wieder. »Es wäre schön, wenn Klaus-Dieter den Verlust nicht allzu schnell bemerkt, Suse. Bring ihm am besten morgen früh einen Kaffee ans Bett. Und vorher …«, sie langte in die Hosentasche ihrer Jeans, woraufhin ein paar Schlaftabletten den Besitzer wechselten,

»… tust du die Dinger in den Kaffee. Dann schläft er bis nachmittags.«

»Mami, du bist echt cool«, sagte Susanne bewundernd, während sie die Tabletten einsteckte. Dann nahm sie das Geldbündel entgegen.

Elisabeth wusste nicht, worüber sie sich mehr freuen sollte: über das »cool« oder darüber, dass Susanne sie »Mami« genannt hatte. Das war seit Jahrzehnten nicht mehr vorgekommen.

Aufgeregt wedelte Susanne mit den Geldscheinen. »Gleich setze ich mich an den Computer und buche eine Reise im Internet. Wo geht eigentlich deine Reise hin?«

»Nach …« Elisabeth biss sich auf die Zunge. »… Dänemark. Ich kann mich dann ja mal melden.«

»Tu das. Du hast ja das Seniorenhandy«, sagte Susanne fröhlich.

Sie verschwand kurz und kam mit einer schwarzen Wollmütze zurück. »Setz die auf. Sonst erkennt dich jeder. Du bist berühmt, Mami!«

Sie beugte sich aus dem Fenster, stülpte ihrer Mutter die Mütze über und gab ihr einen Abschiedskuss.

»Hallo?«, rief eine strenge Männerstimme. »Alles in Ordnung bei Ihnen?«

Das war nicht Benno. Das war auch nicht Hans Martenstein. Elisabeth drehte sich um und erschrak zu Tode. Im Vorgarten stand ein Polizist. Das dazugehörige Auto hielt mit eingeschaltetem Alarmblinklicht neben dem Jägerzaun. Weder Susanne noch Elisabeth hatten den Polizeiwagen kommen hören.

»Gegenüber von Ihrem Haus steht ein Taxi, das ein mutmaßlicher Bankräuber zur Flucht benutzt hat«, erklärte der Polizist.

Er knipste eine Taschenlampe an und leuchtete erst den Geländewagen an, dann richtete er den Lichtstrahl auf Elisabeth.

∗∗∗

Es gibt Momente im Leben, in denen man sich wie ein Statist im falschen Film fühlt. So erging es gerade Elisabeth. Ein zweiter Polizeiwagen kam mit Blaulicht und Sirene angerast, dahinter folgte ein Mannschaftswagen. Binnen Sekunden schwärmten Polizisten in die Vorgärten aus und trampelten durch die Beete. In den umstehenden Häusern wurden die Fenster hell.

»Ganz in der Nähe haben wir in einem Waldstück das Handy von einem der vermissten Seniorenheimbewohner geortet – Sie wissen schon, diese verrückten Alten, die eine Bank und einen Geldtransporter überfallen haben«, erzählte der Polizist. »So konnten wir das Taxi aufspüren und … «

Das knatternde Geräusch eines Hubschraubers übertönte seine Stimme. Donnernd flog der Helikopter über das Haus, ein Suchscheinwerfer tauchte die Szenerie in gleißendes Licht.

»Das ist ja alles furchtbar!«, schrie Susanne gegen den Lärm an.

»Haben Sie irgendetwas Auffälliges bemerkt?«, schrie der Polizist zurück. Eingehend musterte er Elisabeth, die sich zitternd am Fensterbrett festhielt.

»Nein«, antwortete Susanne. Allmählich konnte sie wieder in normaler Lautstärke sprechen, weil der Hubschrauber sich stetig entfernte. »Das hier ist ein ruhiges Viertel. Ich würde sofort merken, wenn was nicht stimmt.«

Wieder leuchtete der Polizist Elisabeth an, dieses Mal mitten ins Gesicht. »Und Sie? Wohnen Sie auch hier?«

»Das ist – meine Tante«, erklärte Susanne. »Wir wollten … gerade losfahren, nachts sind die Autobahnen ja schön leer.« Sie räusperte sich, um Zeit zu gewinnen. »Wir …«

»Eine Familienfeier«, fiel Elisabeth ihr ins Wort. »Wir fahren zu einer Familienfeier.«

Der Polizist sah zum Geländewagen, dessen Türen sich unterdessen wie von Geisterhand geschlossen hatten. »Das würde ich Ihnen nicht raten. Die Bankräuber haben schon einen Krankenwagen und das Taxi gekidnappt, vermutlich wechseln sie permanent das Fluchtauto. Gut möglich, dass man Sie überfällt. Es handelt sich um eine Bande, die brauchen große Wagen. Nach aktuellem Kenntnisstand sind die Täter schwer bewaffnet.«

»Herr Oberwachtmeister.« Elisabeth zwang sich zu einem Lächeln. »Was zählt denn noch in diesen unruhigen Zeiten, außer der Familie? Kostbarstes Kleinod auf dieser Erde, rettender schützender Hafen! Wenn wir jetzt nicht losfahren, verpassen wir die Feier. Das wäre wirklich ein Jammer.«

»Mama, Mama!« Schreiend kamen Susannes Söhne in die Küche gelaufen. »Hast du den Hubschrauber gesehen?«, rief Willy. »Er ist direkt über unser Dach geschwebt!«

Paul gab seinem Bruder einen Stoß mit dem Ellenbogen. »Geflogen, du Opfer. Das heißt geflogen.« Er sah aus dem Küchenfenster. »Krass, überall Polizeiautos!«

Dann entdeckte er Elisabeth. Trotz der Wollmütze schien

er keine Schwierigkeiten zu haben, seine Großmutter zu erkennen. »Hallo, Om…«

»Omannomannomann«, schimpfte Susanne. »Ihr geht sofort wieder ins Bett. Hier in den Gärten verstecken sich Bankräuber! Ab nach oben, oder ich lösche die Spielstände auf eurer Playstation und alle Klingeltöne auf euren Handys! Obendrauf setzt es eine Woche Computerverbot.«

Diese Argumente besaßen erstaunliche Durchschlagskraft. Enttäuscht zogen die beiden ab.

Der Polizist kratzte sich am Kopf. »Ihre Kinder fahren nicht mit zur Familienfeier?«

Allmählich gingen Elisabeth die Ausreden aus. Ihr wurde so übel, dass das Schinkenbrot in ihrem Magen machtvoll zurück nach oben drängte.

»Mein Mann bleibt zu Hause bei den Kleinen«, behauptete Susanne. »Sie wissen ja, Männer und Familienfeiern, das passt so gut zusammen wie Bier und Schwarzwälder Kirschtorte.«

Jetzt lächelte der Polizist. »Geht mir offen gestanden genauso.«

»Na, sehen Sie.« Susanne strahlte. »Ich hole nur noch meinen Mantel, dann kann es losgehen.«

Der Polizist musterte noch einmal Elisabeth, die schlotternd neben ihm stand und mit ihrem rebellierenden Magen kämpfte. »Trotzdem kann ich Sie nicht so fahren lassen. Viel zu gefährlich.« Er ging auf den Geländewagen zu. »Wie ich sehe, sind Sie mehrere Personen. Am besten, ich nehme erst mal die Personalien auf, dann haben wir alles bei den Akten – falls sich später jemand von Ihnen als Zeuge meldet.«

Die Fahrertür des Wagens ging auf. So, jetzt war es so weit.

Elisabeth spürte, dass sie sich im nächsten Moment übergeben musste. Benno kam dem Polizisten entgegengeschlendert. Ein ziemlich unkenntlicher Benno. Statt des schlohweißen Haars hingen ihm rötliche Fusseln in die Stirn. »Einen schönen guten Abend, gibt es ein Problem?«

»Mehrere«, erwiderte der Polizist. »Sie heißen?«

»Ich bin der Verlobte dieser wunderschönen Frau.« Benno trat zu Elisabeth und legte ihr einen Arm um die Taille.

Elisabeth vergaß ihre Übelkeit. Ihr Hirn lief auf Hochtouren. Los, denk dir gefälligst was aus, Elisabeth Schliemann!

»Wir heiraten nämlich morgen«, flötete sie. »Es sollte eigentlich eine Überraschung für meine Nichte werden, aber jetzt muss ich ja wohl mit der Sprache rausrücken.«

»Sie beide – heiraten.« Die Miene des Polizisten wurde weich. »Das ist ja süß. In Ihrem Alter?«

»Späte Liebe«, schmunzelte Benno, der erlesen scheußlich aussah. »Wir haben uns bei einer Beerdigung kennengelernt.«

Nie würde Elisabeth das schiefe Grinsen vergessen, das Susannes Gesicht entstellte.

»Na, wenn das so ist, wollen wir mal den Amtsschimmel beiseitelassen«, sagte der Polizist. »Und damit nichts passiert, bekommen Sie eine Eskorte bis zur Autobahn. Ab da müsste es sicher sein.«

Es war, als ob sich der Himmel geöffnet hätte. Elisabeth konnte kaum glauben, wie ihr geschah. Nicht nur, weil sie unter polizeilicher Aufsicht ihre Flucht fortsetzen konnten, sondern auch, weil Bennos Hand mittlerweile auf ihrem Po lag. Was bildete der sich ein?

»Lass das gefälligst«, flüsterte sie ihm ins Ohr.

Benno griente übers ganze Gesicht. »Sie ziert sich noch. Aber morgen in der Hochzeitsnacht wird sich das ändern.«

Der Polizist sah nicht so aus, als ob ihm an weiteren Details zum Thema Sex im Alter gelegen wäre. Er schaute sich um und winkte einem Kollegen zu, der an einem der Polizeiautos lehnte und eine Zigarette rauchte.

»Ey, mach mal die Fluppe aus! Die Herrschaften hier kriegen eine Eskorte zur Autobahn! Halt die Augen offen!«

Sofort trat der Polizist seine Zigarette aus und setzte sich in den Wagen. Unterdessen war Susanne vor die Haustür getreten, in einem wattierten Mantel. In der Hand trug sie eine Reisetasche. Sie öffnete die Fahrertür und stieg ein. Benno setzte sich murrend daneben, Elisabeth quetschte sich zwischen die drei Gefährten auf die Rückbank.

Im Schritttempo rollte Susanne die Auffahrt hinunter und bog auf die Straße ein. Das Polizeiauto betätigte die Lichthupe und glitt vor den Geländewagen. Dann ging es los, mit Blaulicht, immer die Straße entlang, die vor Polizeibeamten wimmelte.

»Die Polizei, dein Freund und Helfer«, lachte Benno. Interessiert sah er Susanne zu, die diverse Felder auf einem Touchscreen berührte. »Wie bedient man eigentlich dieses Raumschiff?«

Freundlich erläuterte Susanne die Bedeutung der verschiedenen Funktionen, wie man das Auto anließ, worauf man beim Tanken achten musste.

Elisabeth zitterte immer noch an allen Gliedern. Erst als sei einige Minuten unterwegs waren, hatte sie Augen für ihre Mitfahrer, die unbeweglich neben ihr saßen. Sie stutzte. Hatte sich Hans Martenstein verdoppelt? Wieso gab es auf einmal zwei Glatzköpfe im Auto?

»Nun starren Sie mich nicht so an!«, raunzte Lila Fouquet. »Ich musste Benno meine Perücke ausborgen! Und glauben Sie nicht, dass ich das freiwillig getan habe!«

Ein Tag der Überraschungen. Wieder fühlte Elisabeth eine starke Übelkeit in sich aufsteigen, doch sie beherrschte sich. »Und Ihr Hut?«

»Liegt im Taxi«, erwiderte Benno.

Ein rötliches wuscheliges Etwas flog von vorn in den Schoß der Sängerin. Sie setzte es wortlos auf.

Sonor summend fuhr der Wagen durch die Nacht, dem Polizeiwagen hinterher, der immer noch das Blaulicht angestellt hatte. Unbehelligt passierten sie mehrere Straßensperren, die von uniformierten Polizisten bewacht wurden. Überall schob man bereitwillig die weißen Absperrgitter beiseite.

Kurz vor der Autobahnauffahrt hielt das Polizeifahrzeug an, und auch Susanne bremste. Der Beamte stieg aus. Er zündete sich eine Zigarette an, bevor er auf den Geländewagen zuging.

Susanne ließ die Scheibe der Fahrertür herunter. »Verbindlichsten Dank, Sie haben uns sehr geholfen.«

»Keine Ursache.«

Irritiert betrachtete der Polizist Benno, der sich in den Schatten des Wagenhimmels drückte. Benno hatte die Perücke zu früh abgenommen, dieser Gedanke durchzuckte alle im Wagen gleichzeitig.

»Also – viel Erfolg noch bei der Fahndung«, sagte Susanne. Schnell drückte sie auf einen Schalter, der die Scheibe wieder hochgleiten ließ, und gab Gas. Sie beschleunigte den Wagen unaufhörlich, bis die blauen Autobahnschilder in Sicht kamen.

»Bitte halten Sie an«, rief Hans Martenstein plötzlich.

Susanne bremste hart ab, und das Auto kam auf dem Seitenstreifen zum Stehen. »Was ist denn los?«

Ächzend zeigte Fräulein Fouquet auf Ella Janowski, die lautlos schlafend neben ihr saß. Mit einem mulmigen Gefühl fiel Elisabeth ein, dass Ella sich schon seit Stunden nicht mehr gerührt hatte.

»Sie ist ...« Hans Martenstein wischte sich eine Träne von der Wange.

»Sieh, dort den Todesengel schon sich nah'n in Glanz und Strahlen, trägt uns auf goldnen Schwingen hold zu ew'gen Freuden fort«, erhob Lila Fouquet ihre blecherne Stimme.

»Ich bring sie um, die Krähamsel!«, brüllte Benno.

»Schon öffnet sich des Himmels Tor«, sang Lila Fouquet unbeirrt weiter, mit tränennassem Gesicht, »dort enden alle Qualen, Frieden und Seligkeit und Glück, »sie wohnen ewig dort.«

14

Es ist eine eigentümliche Würde, die von Verstorbenen ausgeht. Als seien sie allen irdischen Nichtigkeiten entrückt und befänden sich schon in einer besseren Welt. Während Elisabeth das überirdisch friedliche Gesicht von Ella Janowski betrachtete, musste sie an Walther denken. Ihn hatte der Tod auf ähnliche Weise mit einer würdigen Aura ausgestattet – was ihm zu Lebzeiten nicht vergönnt gewesen war. Heiße Tränen schossen Elisabeth in die Augen. Warum hatte Ella ausgerechnet jetzt sterben müssen? Warum durfte sie nicht mehr Italien sehen?

Eine beklemmende Stille erfüllte den Wagen. Und ein Geruch, der an öffentliche Toiletten erinnerte.

Susanne drehte sich nach hinten um. »Sind Sie sicher, dass sie – tot ist?«

»Ich kann keinen Puls fühlen«, antwortete Hans Martenstein, der krampfhaft Ellas Handgelenk umfasst hielt. »Aber ich bin natürlich kein Arzt.«

»Tja, nach Italien können wir sie nicht mitnehmen«, sagte Benno. »Die riecht jetzt schon zehn Kilometer gegen den Wind.«

Elisabeth knetete ihre Hände. Was sollten sie bloß mit Ella anfangen? Man konnte sie doch nicht einfach am Straßenrand ablegen, solange der Hauch einer Überlebenschance bestand. Und selbst wenn sie schon mausetot war – hieß es nicht, die Seelen der Toten wohnten noch drei Tage im Körper?

»Wir müssen sie ins Krankenhaus bringen«, erklärte sie mit Bestimmtheit. »Wer weiß, vielleicht glimmt noch ein winziges Fünkchen Leben in Ella. Ich würde es mir nie verzeihen, wenn wir sie jetzt sich selbst überlassen.«

Die anderen schwiegen. Vermutlich dachten sie alle dasselbe: Der Weg nach Süden stand ihnen sperrangelweit offen. Gegen jede Wahrscheinlichkeit hatten sie alle Hindernisse bewältigt, alle Polizeisperren überwunden, jetzt mussten sie nur noch auf die Autobahn fahren. Jeder Umweg war heller Wahnsinn.

Susanne starrte auf die schwarze Windschutzscheibe. »Wir bringen sie ins Krankenhaus. Ihr könnt im Wagen sitzen bleiben. Ich erledige das, mich sucht ja keiner. Von dort könnt ihr wieder zur Autobahn fahren.«

Sie wendete und raste in die Stadt zurück. Niemand sagte ein Wort. Nur Benno murmelte grimmig vor sich hin, und Lila Fouquet schluchzte zum Gotterbarmen.

Glücklicherweise blieben ihnen weitere Straßensperren erspart, denn das Krankenhaus lag in der entgegengesetzten Richtung des Viertels, in dem Susanne wohnte. Zwanzig Minuten später hielt der Geländewagen mit quietschenden Reifen vor dem Notfalleingang der Klinik. Grelles Neonlicht erhellte das Innere des Wagens und warf einen Lichtstrahl auf Ella. Jetzt sah man es deutlich – alles sprach dafür, dass sie nicht mehr unter den Lebenden weilte. Blutleer spannte sich die pergamentartige Haut über ihrem Gesicht, das zu Lebzeiten immer rosig gewirkt hatte, trotz der vielen kleinen Runzeln.

Nun kam der schwerste Teil der Aktion. Benno stieg aus und öffnete die hintere Tür. Einen Moment lang sammelte er sich, dann schickte er einen wüsten Fluch zum Himmel und zog den leblosen Körper in seine Arme. Er war kreidebleich, als er Ella schulterte und hinter Susanne hertrug, die schon auf dem Weg zur Notaufnahme war.

Elisabeth hielt es nicht auf ihrem Sitz. Die schwarze Wollmütze bis zu den Augenbrauen ins Gesicht gezogen, folgte sie den beiden. Nicht nur, weil sie wissen wollte, was mit Ella passierte. Während der Fahrt zum Krankenhaus war ihr eine Idee gekommen. Eine Idee, die auf wackligen Füßen stand. Aber immerhin, Klara hatte erwähnt, dass sie eine Nachtschicht schieben musste.

An der Pforte zur Notaufnahme kam Benno ihr entgegen. Er sah grauenvoll aus. Ellas Tod hatte ihn offenbar stärker erschüttert, als er zugeben mochte. Sein schlohweißes Haar stand wirr vom Kopf ab, die Falten hatten sich noch tiefer in sein Gesicht gegraben.

»Lissy, was willst du hier?«, flüsterte er aufgebracht. »Mach, dass du wieder in den Wagen kommst, wir müssen schnellstens verschwinden.«

»Nur eine Minute.«

Elisabeth lief an ihm vorbei zum Empfangstresen und tippte Susanne auf die Schulter. »Kann ich bitte dein Handy haben?«

Ihre Tochter sprach gerade mit einem Krankenhausangestellten, der gähnend hinter seinem Tresen saß und Kaffee aus einem Becher mit Totenkopfaufdruck trank. Ein wahrlich geschmackvolles Accessoire an einem Ort, wo Schwerverletzte eingeliefert wurden.

Geistesabwesend reichte Susanne ihrer Mutter das Handy, während sie auf Ellas leblosen Körper zeigte. Man hatte ihn inzwischen auf eine Trage mit Rollen gebettet.

Mit klopfendem Herzen ging Elisabeth etwas zur Seite und sank auf eine Plastikbank. Die grünlich gestrichenen Wände und die sterile Atmosphäre erinnerten sie an ihren eigenen Krankenhausaufenthalt. Niemals hätte sie sich träumen lassen, was seither geschehen war.

Die Uhr in der Notaufnahme zeigte Mitternacht. Elisabeth war so müde, dass sie auch im Stehen hätte schlafen können. Halb ohnmächtig umklammerte sie das Handy. Wenigstens gehörte sie einer Generation an, die sich noch Telefonnummern merken konnte und nicht gewohnt war, lediglich irgendwelche Speichertasten zu drücken.

Schon nach dem ersten Freizeichen meldete sich Klara. »Ja, bitte?«

»Ich bin's, Lissy. Sie müssen jetzt ganz schnell eine Entscheidung treffen.«

Der Atem am anderen Ende der Leitung ging schneller. »Wo sind Sie?«

»Hier im Krankenhaus, in der Notaufnahme. Kommen Sie mit. Ich flehe Sie an. Wir haben einen Wagen, wir haben Geld wie Heu, und wir haben einen Platz frei. Italien, Klara. Ihr Mann wird Sie nicht finden, nie mehr.«

»Aber …«

Zwei Sanitäter, diesmal waren es echte, setzten einen Apparat auf Ellas Brust. Mit einem entsetzlichen Geräusch bäumte sich ihr lebloser Körper auf. Nach wenigen Sekunden wiederholten die Sanitäter die Prozedur, taten es immer wieder. Es war ein schrecklicher Anblick. Elisabeth zuckte jedes Mal zusammen, als läge sie selbst auf der Trage.

»Klara!«, sie schrie fast, »verflixt, jetzt tun Sie einmal im Leben das Richtige!«

Ein Klicken beendete das Gespräch.

Enttäuscht schleppte sich Elisabeth zum Empfangstresen zurück und gab Susanne das Handy. »Danke für alles.«

Tränen schimmerten in Susannes Augen auf, bevor sie ihre Mutter umarmte. Ganz fest, als suche sie Halt inmitten eines tosenden Sturms. So innig hatten sie einander nicht mehr umfangen, seit Susanne als kleines Mädchen einmal mit dem Rad hingefallen und in die Arme ihrer Mutter gestürzt war. Pete hatte recht. Es gab doch eine zweite Chance.

Zögernd lösten sie sich voneinander. Auf einmal sah Susanne wieder wie das kleine verletzliche Mädchen aus, das sie einmal gewesen war, mit diesen Augen, die fragten: Liebst du mich? Liebst du mich wirklich?

Elisabeth lächelte sanft. »Ich wusste immer, dass ich eine wunderbare große Tochter habe, die ich von Herzen liebe.«

Mit einem tiefen Seufzer der Erleichterung presste Susanne ihre Mutter noch einmal an sich.

»Boah, so 'ne halbtote Frau drückt einem echt auf die Tränendrüse, was?« Der Mann hinter dem Tresen grinste. »Herz-Schmerz-Szenen erleben wir hier öfter. Wie im Kino, sag ich immer meiner Frau, wie im Kino. Fehlt nur das Popcorn.«

Elisabeth hatte nicht übel Lust, ihm gleich mehrere Eimer Popcorn in seine grinsende Visage zu schütten.

»Ihr schafft das, ganz bestimmt«, flüsterte Susanne. »Die Reisetasche könnt ihr behalten. Ich habe euch noch schnell etwas zu essen eingepackt. Und eine Flasche Champagner, die war ein Geschenk von Klaus-Dieters Chef. Wir haben sie immer aufgehoben, für einen besonderen Anlass. Sobald ihr in Dänemark seid, lasst ihr die Korken knallen, ja?«

»Wenn ich die Damen unterbrechen dürfte«, sagte der Krankenhausmitarbeiter, »ich brauche Ihre Papiere.«

»Unsere Papiere?« Darauf war Elisabeth nicht vorbereitet. Sie hatte sich das ganz anders vorgestellt: Ella abliefern, aus die Maus.

»Ja, Ihre Ausweise«, insistierte der Mann. »Wir haben erhöhte Sicherheitsstufe, wegen des Überfalls auf einen Geldtransporter, vielleicht haben Sie davon gehört.«

»Also, ich hab nichts dabei«, erklärte Susanne. »Wir sind so überstürzt losgefahren, dass ich meine Papiere zu Hause vergessen habe. Tut mir leid.«

Verständlich, dachte Elisabeth. Suse will nichts mit einer entlaufenen Altenheimbewohnerin zu tun haben, die überdies im Begriff war, ihr Leben auszuhauchen.

Der Mann hinter dem Tresen erhob sich von seinem Drehstuhl. »Dann müssen Sie hierbleiben, bis die Polizei eintrifft. Alle beide. Sie dürfen die Notaufnahme nicht verlassen. Wir haben extra bewaffnete Wachleute angefordert, zwei stehen draußen auf dem Parkplatz. Hier«, wichtigtuerisch schwenkte er ein Walkie-Talkie, »ich muss denen nur Bescheid sagen, dann kommt hier keiner mehr rein oder raus.«

»Rein oder raus«, wiederholte Elisabeth mechanisch.

Der Mann nahm den Hörer von seinem Diensttelefon. »Hier ist das Städtische Krankenhaus, Notaufnahme. Könnten Sie mal eine Streife vorbeischicken? Wir haben hier eine Bewusstlose und zwei Personen ohne Ausweis.« Triumphierend sah er Elisabeth an, im Bewusstsein der Macht, die er über sie hatte, während er in den Hörer lauschte. »Ja, genau, wegen des Überfalls. Hm. Ja. Gut.«

Er legte auf. »Das wird schnellgehen. Die Polizei hat eine

heiße Spur, alle Wagen sind im Einsatz. Einer kommt gleich her.«

Warum habe ich nicht auf Benno gehört? Elisabeth hätte sich ohrfeigen können. Ich könnte schon wieder im Auto sitzen, dachte sie, wütend auf sich selbst. Was für eine blöde Idee, Klara umstimmen zu wollen.

Wie viele Jahre bekomme ich wohl für den Überfall?, überlegte sie. Fünfzehn Jahre? Zwanzig? Auf jeden Fall so viele, dass ich bis zum letzten Stündlein die Gitterstäbe meiner Einzelzelle zählen werde.

»Kann ich helfen?«

Es war Klaras Stimme. Glockenhell und etwas atemlos. Mit wehenden Haaren kam sie angelaufen, die Handtasche quer über ihren Trenchcoat gehängt.

Sie war tatsächlich gekommen! In Elisabeths Freude mischten sich abgrundtiefe Schuldgefühle. Klara würde am Boden zerstört sein, wenn sie erfuhr, dass die großspurig angekündigte Flucht hier schon wieder endete.

»Hallo, Lissy.« Verständnislos schaute Klara erst Elisabeth, dann Susanne an, bevor sie Ella Janowski entdeckte, die gerade weggerollt wurde.

»Schwester Klara? Was tun Sie denn hier?« Susanne warf ihr einen seltsamen Blick zu. Keinen feindseligen, so wie sonst. Eher einen neugierigen.

In Elisabeths Fußsohlen kribbelte es. Jetzt, wo Klara da war, wurde der Impuls, das Weite zu suchen, geradezu unerträglich. Außerdem konnte sie förmlich spüren, wie die Stimmung draußen im Wagen den Siedepunkt erreichte. Was, wenn auch noch der Streifenwagen eintraf? Es musste doch irgendetwas geben, das den Mann hinter dem Empfangstresen dazu brachte, sie laufenzulassen. Die Plastikbox fiel ihr ein, randvoll mit Geldbündeln.

»Sagen Sie mal«, Elisabeth probierte es mit ihrem gewinnendsten Lächeln, »wie wäre es, wenn ich die fehlenden Ausweise durch eine kleine Spende wettmache? Mit einem Hunderter? Oder einem Fünfhunderter? Für die Kaffeekasse oder so?«

Drohend hob der Angestellte einen Zeigefinger. »Na, hören Sie mal. Was denken Sie sich eigentlich? Dass ich bestechlich bin?« Er brach in meckerndes Gelächter aus. »Alter Schwede, Sie haben echt Humor!«

Das hörte Elisabeth nun schon zum zweiten Mal an diesem Tag.

Der Angestellte konnte sich gar nicht wieder beruhigen. »Mann, fast hätte ich es geglaubt.« Erneut prustete er los. »Gleich erzählen Sie mir noch, Sie hätten eine Bank überfallen, was?«

»Nein, nein, Entschuldigung, ich dachte nur …«

Missmutig schielte Elisabeth zu Susanne und Klara, die sich flüsternd unterhielten. Sie hatte erwartet, dass Susanne nicht gerade gut auf die Krankenschwester zu sprechen war, doch die beiden Frauen schienen sich überraschend gut zu verstehen.

»Ich habe meinen Ausweis doch noch gefunden.« Susanne strahlte den Krankenhausmitarbeiter an. »Bitte sehr.«

Verblüfft starrte Elisabeth auf das Dokument, das ihre Tochter auf den Tresen legte. Es war Klaras Ausweis.

»Na also. Und Sie?«, fragte der Mann in Elisabeths Richtung.

Sie senkte den Kopf und stellte im selben Moment fest, dass ihre Finger sich um Ella Janowskis Täschchen krallten.

Benno hatte es ihr in die Hand gedrückt, bevor er Ella aus dem Wagen holte.

Widerstrebend öffnete Elisabeth das kleine, altmodische Ding aus behäkelter Seide. Darin herumzustochern, kostete sie größte Überwindung. Gab es etwas Intimeres im Leben einer Frau als eine Handtasche? Wie oft hatte sie das Täschchen auf Ellas Schoß liegensehen. Was sie tat, war pietätlos. Aber es musste sein. Schaudernd förderte sie ein Portemonnaie zutage, in dem neben Zetteln und Kreditkarten ein Ausweis steckte.

»Mein, äh, g-genau«, stammelte sie und reichte ihn dem Angestellten.

Der Mann trug die Daten auf einem Formblatt ein. Anschließend runzelte er die Stirn. »Sie sind schon zweiundachtzig? Da hätte ich Sie aber jünger geschätzt.«

Wegen der Wollmütze herrschten ohnehin Saunatemperaturen auf Elisabeths Kopf. Jetzt lief ihr der Schweiß in Strömen die Schläfen herab. »Oh, danke für das Kompliment. Auch wenn ich gestehen muss, dass ich mein Aussehen der Schönheitschirurgie verdanke.«

»Na, dann hat ja alles seine Richtigkeit«, stellte der Krankenhausmitarbeiter feixend fest. »Bleibt noch die Identität der Patientin. Die Frau mit dem Kollaps, wie heißt sie?«

So, jetzt war die Verwirrung komplett. Elisabeth fühlte sich wie auf einem Hindernisparcours. Kaum hatte sie eine Hürde übersprungen, baute sich auch schon die nächste vor ihr auf. Sehr schlau, Elisabeth Schliemann, höhnte ihre innere Stimme. Das war ja eine tolle Idee mit Ellas Ausweis. Dafür gibt es den ersten Preis in der Kategorie unverzeihliche Dämlichkeit.

»Ich warte«, sagte der Angestellte streng.

Von fern hörte man Polizeisirenen. Auf Elisabeths Hirn hatten sie die Wirkung von Stromstößen. »Ich hole die Papiere. Seien Sie unbesorgt, ich komme sofort zurück.«

Sie lief zum Ausgang, wo sich inzwischen einer der Wachleute postiert hatte. Mit wenigen Schritten war sie beim Wagen und riss die Tür des Fonds auf. »Fräulein Fouquet, ich brauche Ihren Ausweis!«

»Du verdammter Querkopf, steig sofort ein, sonst fahren wir ohne dich los!«, rief Benno von vorn. »Das meine ich ernst!«

Hastig erklärte Elisabeth das Problem. Und servierte die Lösung gleich dazu.

»Sie wollen mich quasi dem Jenseits überlassen?« Lila Fouquet hielt ihre Handtasche fest, als müsse sie ein Baby vor einem Löwen beschützen. »Welch makabre Taktlosigkeit! Niemals!«

Elisabeth hätte sie am liebsten kräftig durchgeschüttelt. »Verstehen Sie denn nicht? Das ist sogar ein Vorteil für Sie! Man wird Sie nicht mehr suchen, wenn Sie tot sind. Ich meine, wenn man Sie für tot hält. Außerdem – falls Sie Ellas Identität annehmen, sind Sie mindestens acht Jahre jünger. Auf dem Papier jedenfalls.«

Das überzeugte die Sängerin. Sie wühlte in ihrer Handtasche und hielt Elisabeth den Ausweis hin. »Nun denn, so tragen Sie mich zu Grabe.«

Es bestand nicht die geringste Ähnlichkeit zwischen der rosigen kleinen Ella Janowski und der hageren, zerfurchten Sängerin. Doch wie Elisabeth erwartet hatte, zeigte das Ausweisfoto eine lachhaft geschönte und verjüngte Version der verhinderten Diva. Typisch. Wenn man sich auf etwas verlassen konnte, dann auf die Eitelkeit von Lila Fouquet.

Eine halbe Minute später stand Elisabeth wieder am Tresen und präsentierte den Ausweis. »Es ist so traurig«, jammerte sie. »Die Dame hat keine Angehörigen. Auch ich kannte sie kaum.«

»Dann wird man sie in aller Stille einäschern und anonym beerdigen«, erklärte der Krankenhausangestellte sachlich. »Soeben hat man nämlich die Wiederbelebungsmaßnahmen eingestellt. Frau …«, er spähte auf den Ausweis, »Fuckwett ist verstorben. Mein Beileid.«

Ein leichter Windhauch durchzog die Notaufnahme, Elisabeth spürte ihn ganz deutlich. War das die Seele von Ella Janowski? Oder saß sie schon auf einer Wolke und lachte sich ins Fäustchen über die Rochade, die Elisabeth mit ihr und Lila Fouquet angestellt hatte?

Die Polizeisirenen wurden lauter. Für Elisabeth klangen sie wie die Posaunen des Jüngsten Gerichts.

»Klara? Susanne? Zeit zu gehen!«

Im Eiltempo hasteten sie nach draußen, vorbei an dem Wachmann. Der Motor des Wagens lief bereits. Susanne sprang auf den Beifahrersitz, Elisabeth nahm Klara an die Hand und quetschte sich mit ihr auf die Rückbank.

»Was soll das bedeuten?«, protestierte Lila Fouquet. »Es ist sowieso schon viel zu eng in dieser Sardinenbüchse!«

Elisabeth riss sich die Wollmütze vom Kopf. »Klara kommt mit, Ende der Diskussion. Sonst nehme ich Ihnen die rosa Pillen weg.«

Wie ein Irrer fuhr Benno los. An der Parkplatzausfahrt stieß er fast mit einem Polizeiwagen zusammen, dessen Martinshorn ihnen ohrenbetäubend entgegengellte und dessen Blaulicht zuckende Blitze auf ihre Gesichter warf.

Freundlich winkend ließ Benno dem Polizeiwagen die Vorfahrt. Dann drückte er das Gaspedal ganz durch. Das Auto machte einen Satz nach vorn und schoss röhrend auf die Straße.

»Herr im Himmel, das ist kein Trecker!«, rief Susanne. »Sie müssen mit Gefühl fahren!«

Benno lachte erbittert. »Gefühle, ha! Fragen Sie mal Ihr Fräulein Mutter nach Gefühlen.«

Ruckartig drehte sich Susanne zu Elisabeth um, die ziemlich mitgenommen auf dem Rücksitz kauerte. »Hab ich was verpasst?«

»Das war Ellas Text«, sagte Elisabeth.

»Danke für die Auskunft. Ihr schickt mir dann sicher eine Heiratsanzeige, wenn's so weit ist.«

Benno verzog keine Miene. »Da hinten ist ein Taxistand. Ihre Kinder warten bestimmt schon auf Sie.« Mit kreischenden Bremsen hielt er an. Galant nahm er Susannes Hand und deutete einen Handkuss an, der auch Vincent alle Ehre gemacht hätte. »Besten Dank. Sie sind voll in Ordnung.«

Susanne betrachtete ihn vergnügt. »Ich weiß meine Mutter in besten Händen bei Ihnen.«

Der Wagen war schon einige Kilometer weitergefahren, als Elisabeth immer noch über diesen Satz nachdachte. Sie hatte sich nach Susannes Abschied vorn neben Benno gesetzt und schaute ihm zu, wie souverän er den Wagen lenkte. In besten Händen, ja, das war sie bei ihm. Er strahlte die beruhigende Sicherheit eines Mannes aus, der manchem Sturm getrotzt hatte. Und mit allen Wassern gewaschen war. Allein die Geschicklichkeit, mit der er Klaus-Dieters Auto geöffnet hatte, ließ auf eine zwielichtige Vergangenheit schließen.

»Benno, wo hast du gelernt, Autos zu knacken?«, fragte sie.

Unbeweglich sah er auf die Straße. »Ich hatte viele Berufe. Kellner, Koch, Fahrer im Rettungswagen. Zuletzt war ich Profi-Pokerspieler. Bis mich so ein Typ gelinkt hat. Seitdem habe ich Schulden bis Unterkante Oberlippe.«

»Ein bewegtes Leben«, meldete sich Hans Martenstein von hinten. »Ich war immer nur an der Schule.«

Benno grinste in sich hinein. »Merkt man. Dauernd diese Listen und Lagepläne. Machen Sie auch 'ne Zeichnung, bevor Sie aufs Klo gehen? Apropos, hier riecht es immer noch wie in einer Kloake.«

Alle rochen es.

Lila Fouquet räusperte sich. »Bevor wir in das Land fahren, wo die Zitronen blühen, würde ich gern eine Apotheke aufsuchen.«

Es war Klara, die als Erste reagierte. »Ach herrje, Sie brauchen Inkontinenzvorlagen?«

»Wenn sie keine Windeln kriegt, sind wir erstickt, bevor wir Italien erreichen«, stellte Hans Martenstein lapidar fest.

Ein Stöhnen erfüllte den Wagen.

»Das ist unser kleinstes Problem.« Benno sah in den Rückspiegel. »Sie sind hinter uns her. Zwei, drei – vier Polizeiautos. Festhalten!«

Er beschleunigte so stark, dass alle nach vorn geworfen wurden. Dennoch schwoll das Sirenenkonzert stetig an. Nach der nächsten Kurve riss Benno das Steuer herum und ließ seine Finger über den Touchscreen wirbeln wie ein betrunkener Klaviervirtuose. »Jetzt wird's sportlich!«

Ohne Licht und mit ausgestelltem Motor rumpelte er mitten in ein Getreidefeld hinein. Schreiend hüpften die Insassen auf und nieder, suchten Halt, griffen ins Leere oder erwischten einen Arm, in den sie ihre Fingernägel gruben, so dass ein vielstimmiges Wehklagen einsetzte, als der Wagen schaukelnd in einer tiefen Ackerfurche steckenblieb.

»Abgehängt«, brummte Benno.

Alle drehten sich um, zur Straße hin, auf der sich das blaue Blitzlichtgewitter in aberwitziger Geschwindigkeit entfernte.

»Und was machen wir jetzt?«, fragte Klara.

Elisabeth rieb sich die schmerzende Schulter. In der Eile hatte sie vergessen, sich anzuschnallen, und war mit voller Wucht auf die Plastikbox geknallt. »Es gibt nur einen Ort in der Stadt, wo man uns jetzt nicht suchen wird.«

***

Die Seniorenresidenz Bellevue lag fast völlig im Dunkeln. Hinter den Fenstern der Wohnungen und Zimmer war nur vereinzelt Licht zu sehen, aus den Flurfenstern drang der schwache Schein der Notbeleuchtung nach draußen. Beklommen betrachteten die ehemaligen Insassen den Schauplatz ihres Ungemachs, den Ort, den sie für immer hinter sich lassen wollten und an den sie nun entgegen aller Pläne zurückkehrten.

»Fahren Sie zum Lieferanteneingang«, wisperte Hans Martenstein. »Bitte rechts am Heim vorbei.«

Langsam umrundete der Geländewagen das Altersheim. Mittlerweile war es zwei Uhr früh. Sie hatten noch eine Weile auf dem Getreidefeld ausgeharrt, bevor sie sich auf Schleichwegen zum Seniorenheim durchgeschlagen hatten. Mehr als einmal hatten sie anhalten müssen, aufgeschreckt durch nahendes Sirenengeheul. Immer wieder waren sie entwischt, doch es war ein Sieg, der von einer Niederlage kaum zu unterscheiden war.

»Nicht einen Fuß setze ich in diesen Kerrrker!«, grollte Lila Fouquet. »Lieber sterrrbe ich!«

»Schon vergessen? Sie sind schon tot«, stieß Benno zwischen den Zähnen hervor.

Elisabeth drehte die Wollmütze in ihren Händen hin und her. »Was glauben Sie, Klara? Ob Pete uns hilft?«

»Keine Ahnung. Ich musste das Handy ja aus dem Fenster werfen, nachdem ich ihm die SMS geschickt hatte.«

Unterdessen hatten sie die Rückseite des Heims erreicht. Sie sah weit weniger einladend aus als die Vorderfront. Überquellende Müllbeutel und leere Paletten stapelten sich hinter dem Gebäude, daneben lagen Haufen mit großen Blechdosen.

»So ein Saustall«, schimpfte Benno. »Seht mal, das sieht aus wie Tierfutter. Ich meine – seit wann druckt man Katzenfotos auf Dosen, die für Menschen bestimmt sind?«

Angewidert starrten alle auf den Dosenhaufen.

»Echt jetzt?«, fragte Klara.

»War 'n Witz.« Benno, der Meister des Galgenhumors, schien sich bestens zu amüsieren. Er parkte den Wagen in der Nähe einer zweiflügeligen Metalltür, über der ein Schild mit der Aufschrift »Kein Zutritt! Nur für Lieferanten und Personal« hing.

Klara stieg aus. Nachdem sie sich wachsam umgesehen hatte, klopfte sie an die Tür. Nichts tat sich. Sie klopfte noch einmal.

Endlich öffnete sich die Metalltür einen Spalt, und Pete steckte seine Nase heraus. Schon allein der Anblick seines freundlichen Gesichts entspannte Elisabeth ein wenig. Sie hatte den Pfleger vermisst, wie sie gerührt feststellte. Flüchtig zog er Klara an sich, dann kam er mit rudernden Armen auf den Wagen zugelaufen. Benno ließ die Scheibe herunter.

»Sie haben Nerven!«, zischte Pete. »Das Heim ist ein Hochsicherheitstrakt, seit Sie weg sind! Die haben Polizisten abgestellt, die rund um die Uhr durch die Flure patrouillieren!«

»Auch im Keller?«, erkundigte sich Elisabeth.

Pete zuckte mit den Schultern. »Möglich, aber eher unwahrscheinlich. Die bewachen ja die Bewohner, damit keiner mehr weglaufen kann.«

»Dann sollten wir Gänseblümchen pflücken«, schlug Hans Martenstein todernst vor.

Benno hämmerte sich mit der Faust an die Stirn. »Sie gehen mir so was von auf den Senkel, Sie Pfeife! Fünf Minuten länger mit Ihnen, und ich vergesse mich!«

»Er meint den Heizungskeller«, erläuterte Elisabeth das Codewort. »Da könnten wir uns verstecken, bis sich die Lage wieder beruhigt hat.«

Pete verschränkte die Arme. »Ohne mich. Hier habe ich sowieso schon ab nächster Woche keinen Job mehr, aber wenn rauskommt, dass ich Sie verstecke, kann ich meinen Beruf an den Nagel hängen.«

»Nun regen Sie sich mal nicht auf«, erwiderte Elisabeth lächelnd. »Ich habe schon einen neuen Job für Sie.«

»Ach nee – und als was? Gefängniswärter vielleicht?«

»Gute Bezahlung, Kost und Logis frei, ideale Arbeitsbedingungen unter südlicher Sonne.« Elisabeth lächelte breiter. »Und eine entzückende Kollegin, mit der Sie sich abwechseln.«

»So war das nicht geplant«, wollte Hans Martenstein protestieren, verstummte aber unter Bennos Raubtierblick.

Unsicher sah Pete zu Klara. »Du machst doch wohl nicht bei diesem Quatsch mit, oder? Italien!« Er rollte mit den Augen. »Die kommen doch nicht weiter als bis in die Arrestzelle.«

»Wer weiß.« Erschöpft lehnte sie sich an ihn. »Für mich ist es der einzige Ausweg. Mein Mann bringt mich um, nach allem, was passiert ist. Und dich bringt er auch um, falls er dich erwischt.«

Instinktiv schlang Pete einen Arm um die Krankenschwester. »Niemand bringt dich um.«

Ein mürber Gesang erschallte aus dem Inneren des Wagens. »Götter, erbarmt huldvoll euch mein, Hoffnung ist nicht für meinen Schmerz, trostlose Lieb' bricht mir das Herz, bringt mir den Tod durch ihre Pein!«

»Schluss jetzt mit dem windelweichen Geträller«, schnaubte Benno. Er funkelte Pete an. »Und du zeigst uns jetzt mal, ob du Mumm in den Knochen hast. Herrgott, sollen wir hier noch bis morgen früh rumstehen?«

»Ich wüsste nicht, was ich mit Ihrem lachhaften Versteckspiel zu tun haben sollte«, sagte Pete in einem überheblichen Tonfall, der gar nicht zu ihm passte. So hatte Lissy den Pfleger noch nie erlebt.

»Aha.« Benno stieg aus. Er krempelte seine Ärmel hoch und ballte die Fäuste, als bereite er sich auf einen Kampf vor.

»Kriege werden mit Waffen geschlagen, aber mit Männern gewonnen! Was bist du? Ein Mann? Oder ein, ein – Schokopudding?«

»Benno!«, rief Elisabeth.

Pete erstarrte. »Sie spielen auf meine Hautfarbe an? Fällt Ihnen sonst nichts ein, Sie, Sie – Vanillepudding?«

Eine elend lange Sekunde sah es so aus, als wollten die beiden sich schlagen. Wie zwei wilde Bestien fixierten sie einander, die Muskeln aufs äußerste gespannt. Und plötzlich wusste Elisabeth, was los war. Das alte Männchen forderte das junge heraus. Es ging um die Vorrangstellung. Benno wollte das Kommando haben, und Pete wollte beweisen, dass er sich nicht herumkommandieren ließ. Jetzt half nur noch, den beiden die Luft rauszulassen.

»Großartig«, sagte sie. »Schlagt euch zu Brei, dann gibt's Karamellpudding.«

»Was?« Benno war völlig aus dem Konzept. Er ließ die Fäuste sinken. »Was hast du gesagt?«

Pete fing schon an zu lachen. »Lissy, Sie sind die netteste Nervensäge der Welt.«

»Nun vertragt euch endlich«, befahl Elisabeth.

Kumpelhaft klopften die beiden Alphamännchen einander auf die Schulter. Es war erlösend zu sehen, wie die Anspannung von ihnen wich.

»War nicht so gemeint«, murmelte Benno verlegen. »Bei mir liegen wohl die Nerven blank.«

»Na, und bei mir erst.« Pete deutete auf Klara. »Seit einer Stunde versuche ich, sie zu erreichen. Ich bin fast verrückt geworden wegen dieser SMS, ich dachte ja schon, sie sitzt mit Handschellen in einem Polizeiwagen.«

»Und?«, fragte Klara, die die Szene mit schreckgeweiteten Augen verfolgt hatte und noch immer etwas durcheinander wirkte. »Hilfst du uns?«

Er hauchte ihr einen Kuss aufs Haar. »Wenn dir so viel daran liegt – aber sicher, meine Kleine.«

Wie ein Geist entstieg Lila Fouquet dem Wagen, die schwarze Samtrobe gerafft, eine Hand auf die Brust gepresst, die andere zum Nachthimmel emporgereckt. »Bei Männern, welche Liebe fühlen, fehlt auch ein gutes Herze nicht«, sang sie mit filigraner Fistelstimme. »Die süßen Triebe mitzufühlen, ist dann der Weiber erste Pflicht.«

»Was'n Schrott«, stöhnte Benno.

»Danke, dass Sie fragen – das ist die Zauberflöte«, erwiderte Lila Fouquet so nachsichtig, als müsse sie ein Schulkind belehren.

»Kinder«, Benno raufte sich die Haare, »tut mir einen Gefallen: Wenn ihr jemals heiratet, darf die Krähamsel nicht mit in die Kirche.«

»Das wäre dann ja geklärt«, sagte Elisabeth. »Wie wäre es, wenn wir jetzt Gänseblümchen pflücken?«

»Also gut.« Hans Martenstein nickte. »Das hat sich ja bereits bestens bewährt.«

Schweigend geleitete Pete die kleine Truppe durch das Labyrinth des Kellergeschosses, bis sie den Heizungskeller erreichten. Drückende Hitze schlug ihnen entgegen, es roch nach Ölfarbe und feuchten Wänden.

»Warten Sie«, sagte Pete. »Ich hole Ihnen Kissen und Decken. Nebenan sind die Personaltoiletten. Aber Sie müssen vorsichtig sein. Ich bin nicht der Einzige, der Nachtdienst hat.«

Klara raunte ihm etwas zu. Sein Blick schweifte zu Lila Fouquet, und er nickte mit geblähten Nasenflügeln.

Eine halbe Stunde später hatte sich der Heizungskeller in einen unterirdischen Campingplatz verwandelt. Halb ausgepackte Reisetaschen standen herum, kleine Haufen aus Bettdecken und Kissen markierten die Nachtlager. Hans Martenstein und Lila Fouquet waren in einen totenähnlichen Schlaf gesunken, während sich Klara, Elisabeth und Benno leise flüsternd berieten.

»Du brauchst mir nichts vorzumachen, Benno.« Elisabeth knabberte einen der Kekse an, die Pete aus der Heimküche abgezweigt hatte. »Mal ehrlich – schaffen wir es bis Italien?«

»Die Hoffnung stirbt zuletzt.« Er musterte die Schlafenden. »Fragt sich nur, ob die Gestalten da durchhalten.«

»Die sind zäher, als sie aussehen«, raunte Klara. »Pete besorgt uns Medikamente und alles Weitere.«

Was mit »alles Weitere« gemeint war, verstand sich von selbst.

»Dann hauen wir uns mal hin«, beschloss Benno. »War ein langer Tag.«

Elisabeth fielen schon die Augen zu. Die gluckernden Geräusche der Heizungsrohre machten sie schläfrig. In ihren Träumen landeten Polizeihubschrauber am Strand, das Orchester wurde geschlossen verhaftet, und der Eisverkäufer packte Geldscheine in die Waffeln, um die sich Benno und Vincent balgten.

Als Elisabeth erwachte, stand Pete im Keller.

»Ihr müsst verschwinden!«, rief er aufgeregt. »Die durchsuchen das ganze Heim!«

»Wer – die Polizei?«, fragte Elisabeth benommen. »Und wieso mitten in der Nacht?«

»Es ist halb acht, Lissy. Und es sind keine Polizisten, sondern Beamte der Heimaufsichtsbehörde. Irgendjemand hat die Direktorin angezeigt, weil es angeblich Missstände in der Regenbogenallee gibt. Na ja, nicht nur angeblich. Wir wissen ja, wie es da zugeht.«

»Wer macht denn so was?«, fragte Hans Martenstein, der blind wie ein Maulwurf seine Brille suchte. »Wer zeigt denn die Direktorin an?«

»Die Gerüchteküche brodelt«, erklärte Pete. »Nach allem, was man hört, war es eine Tochter von Lissy, die das Ganze losgetreten hat.«

Die Wirkung seiner Worte ersetzte einen doppelten Espresso. Hellwach fuhr Elisabeth von ihrem improvisierten Nachtlager hoch. »Herrschaftszeiten! Das muss Susanne gewesen sein!«

Pete stellte ein Tablett auf die Geldkiste. Auf einem großen Teller türmten sich belegte Brote, in kleine Stückchen geschnitten. Schäfchen, dachte Elisabeth gerührt. Auch an eine Kanne Kaffee hatte Pete gedacht.

Wie eine Verdurstende stürzte sich Lila Fouquet auf den Kaffee. Sie warf einige ihrer rosa Pillen hinein, bevor sie ihre Tasse, ohne abzusetzen, austrank.

»Ihr habt schätzungsweise eine halbe Stunde«, verkündete Pete. »Für den Keller interessieren die Beamten sich vermutlich als Letztes. Aber beeilt euch. Überall laufen die hier rum, kistenweise werden Unterlagen und Computer rausgetragen. Die Fröhlich hat man schon abgeholt. Wird ziemlich peinlich für unseren charmanten Hausdrachen.«

»Abgeholt.« Benno kratzte sich hinter dem Ohr. »Wissen Sie zufällig, was für ein Auto dieser Drachen fährt?«

»Ich habe sie immer nur mit einem Kleinbus gesehen, der eigentlich für Ausflüge der Heimbewohner gedacht war. Wieso?«

15

Kleider machen Leute. Diese vergleichsweise simple Erkenntnis hatte Elisabeth immer fasziniert. Vor allem, als sie älter wurde und beobachtete, dass ihre Altersgenossen zunehmend in Sack und Asche gingen – als fühlten sie sich so überflüssig, dass sie sich optisch in Luft auflösen wollten. Die Mimikry der Sandfarben und Grauschattierungen hatte Elisabeth nie mitgemacht. Doch was ihr gerade widerfuhr, war selbst für ihre Verhältnisse ein wüster Farbrausch.

Hektisch durchwühlte sie die Kleiderstapel, die Pete angeschleppt hatte. Es hatte etwas Unheimliches, weil die Jacken, Kleider, Hosen und Mäntel überwiegend von verstorbenen Heimbewohnern stammten. Als weit ergiebiger und auch modischer erwiesen sich dagegen die Spenden der örtlichen Altkleidersammlung, die im Heim gelandet waren. Kaum zu glauben, was die Leute so alles entsorgten. Manches wirkte nagelneu.

»Ihr braucht einen neuen Look, damit ihr nicht wie ein Krampfadergeschwader aussehtт«, hatte Klara erklärt. Nichts sollte an die hinfälligen Greise erinnern, die von der Polizei gesucht wurden.

Die Atmosphäre im Heizungskeller erinnerte ein wenig an die Vorbereitung einer Faschingsparty. Hans Martenstein probierte kichernd eine Jeans an, die erste seines Lebens. Lila Fouquet hatte sich in ein knallrosa T-Shirt mit einer herzförmigen Glitzerapplikation verguckt, Elisabeth experimentierte mit einer smaragdgrünen Caprihose und einem gelben Mohairpullover, der ein paar Mottenlöcher hatte. Den Vogel schoss Benno ab. Er fischte sich eine abgewetzte Hose mit blaugrünem Tarnmuster aus dem Stapel, dazu ein verwaschenes pinkfarbenes T-Shirt und einen cognacfarbenen Cowboyhut aus Leder, der an den Rändern etwas speckig aussah. In diesem Aufzug hätte man ihn für einen farbenblinden Wildhüter halten können, der auf Bärenjagd ging.

Mit dem Feuereifer einer emsigen Verkäuferin half Klara beim An- und Ausziehen, begutachtete den Sitz von Jeans und Pullovern, gab Tipps für einen vorteilhaften Auftritt. Sie redete Lila Fouquet einen viel zu kurzen rosa Plisseerock aus, wies Elisabeth streng darauf hin, dass Hosen nur dann gut saßen, wenn der Knopf auch zuging, und drängte Hans Martenstein ein cooles Basecap auf, obwohl er ein altbackenes graubraunes Pepitahütchen vorgezogen hätte.

Zwanzig Minuten später waren alle fertig. Das Ergebnis konnte sich sehen lassen. Benno paradierte in abgelaufenen Stiefeln auf und ab und fühlte sich sichtlich wohl in seiner Trapper-Montur. Hans Martenstein war kaum wiederzuerkennen in der Jeans, zu der ihm Klara ein rot-weiß kariertes Hemd und ein orangefarbenes Jackett empfohlen hatte. Wie ein Teenager drehte sich Lila Fouquet um sich selbst, begeistert von der roten Lederjacke, die sie zu recht gewagten violetten Samtleggins und dem rosa Glitzer-T-Shirt trug.

Und Elisabeth? Klaras Rat in den Wind schlagend, war es bei der smaragdgrünen Caprihose geblieben, auch wenn sie an der Taille weit auseinanderklaffte. Diesen Makel kaschierte Elisabeth mit dem apart durchlöcherten gelben Mohairpullover, unter dem ein ärmelloses T-Shirt in derselben Farbe darauf wartete, bei südlichen Temperaturen spazieren geführt zu werden.

Im letzten Moment kam Pete mit einer blonden Langhaarperücke angelaufen. »Hier, Lissy, die habe ich noch aufgetrieben. Sie gehörte einer ziemlich durchgeknallten Bewohnerin, die letztes Jahr gestorben ist.«

»Nie im Leben.« Elisabeth wehrte sich mit Händen und Füßen. »Wie sieht das denn aus?«

Beschwörend hielt Pete die Perücke hoch. »Sie sind eine echte Berühmtheit, Lissy, das YouTube-Video steht an der Spitze der Charts! Setzen Sie bitte, bitte das Teil auf, jeder würde Sie sonst sofort erkennen.«

»Und warum bekomme ich keine neue Zweitfrisur?«, quengelte Lila Fouquet.

»Wenn wir erst mal in Italien sind, kaufen Sie sich so viele Perücken, dass Sie jeden Tag eine andere tragen können«, wurde sie von Klara beschwichtigt.

Pete legte einen Arm um die Krankenschwester. »Du musst auch was anderes anziehen.«

Überrascht sah sie an sich herab. Sie trug noch immer ihre Schwesternkleidung.

Elisabeth durchforstete bereits den Kleiderhaufen und förderte ein taubenblaues Rüschenkleid zutage, das sie an ihre Tanzstundenzeit erinnerte.

»O, nee, viel zu trutschig«, befand Klara.

»Falsch, im Gegensatz zu uns dürfen Sie nicht zu jung aussehen.«

»Los jetzt, zieh es schnell an«, drängelte Pete. »Wenn die Beamten von der Heimaufsicht euch finden, ist sowieso Schluss mit lustig. Ihr solltet jetzt schleunigst verschwinden.«

»Ihr?« Flehentlich schaute Klara den Pfleger an. »Komm mit, bitte, was hast du denn schon zu verlieren?«

»Meine Freiheit zum Beispiel«, antwortete er düster.

Benno boxte ihn unsanft in den Rücken. »Mensch, Schokopudding, willst du das Mädel unglücklich machen? Ich hör schon das Gejaule auf der Fahrt – Piiieeet, ich will zu Piiieeet, warum ist Piiieeet nicht dabei?«

Unschlüssig sah der Pfleger vom einen zum anderen, dann kniete er sich gottergeben neben den Kleiderhaufen.

Klara seufzte erleichtert auf. Während Pete sein hellblaues Hemd auszog, bewunderte sie die Tätowierung auf seinem Rücken; einen Löwen, der sich auf die Hinterbeine stellte. Vermutlich bewunderte sie auch das Spiel der imposanten Muskulatur. Keine Frage, Pete war eine Augenweide.

»Fertig. Na, wie sehe ich aus?«

Er hatte sich einen altmodischen grauen Anzug ausgesucht, dazu ein weißes Oberhemd und einen etwas zerschlissenen Schlips. Kleider machen Leute, dachte Elisabeth, wie wahr. In dem Anzug sah Pete fast so seriös aus wie ein Bankdirektor – wenn man von dem durchgewetzten Stoff an den Ellenbogen und einem fehlenden Knopf absah.

»Warum so offiziell?«, fragte Klara erstaunt.

Er strich das zerknitterte Jackett glatt. »Die Leute haben Vorurteile. Ein Polizist hat mich mal für einen Drogendealer gehalten, nur weil ich eine lässige Jeans und ein buntes T-Shirt anhatte. Der Anzug eignet sich besser für eine Flucht.«

Über solche Probleme hatte Elisabeth nie auch nur im Entferntesten nachgedacht. Für sie war er einfach Pete, seine Hautfarbe spielte keine Rolle.

»Sie sehen großartig aus«, versicherte sie.

Ein letztes Mal begutachteten alle einander. Obwohl sie eine gefährliche Reise vor sich hatten, machte sich eine aufgekratzte Stimmung breit. Reisefieber, mit einem Schuss Klassenfahrt und ein paar Spritzern Übermut.

»Ab die Post«, ordnete Benno an. »Wo steht die Kutsche?«

»In der Tiefgarage«, erwiderte Pete. »Eigentlich gehört der Kleinbus dem Heim, aber die Direktorin hat ihn immer privat gefahren. Deshalb wird es erst mal nicht auffallen, wenn der Wagen fehlt.«

Er öffnete die Tür des Heizungskellers und linste um die Ecke. Auf dem Flur war niemand zu sehen. Im Gänsemarsch schlichen sie sich durch die verwinkelten Gänge zur Tiefgarage, wo neben den Autos der anderen Mitarbeiter der blaue Kleinbus der Direktorin stand. Er war funkelnagelneu.

»Leider habe ich keinen Schlüssel«, sagte Pete.

Benno stocherte schon an der Fahrertür herum. »Kein Ding. Das haben wir gleich.«

In diesem Moment öffnete sich quietschend die Tür, die vom Keller in die Tiefgarage führte.

»Runter, schnell«, kommandierte Benno.

Alle kauerten sich hinter eine weiße Limousine, die neben dem Kleinbus stand. Zwei Männer in dunkelgrauen Anzügen betraten die niedrige Halle. Einer hatte einen Klemmblock dabei, der andere ein Diktiergerät, in das er halblaut hineinsprach. »Inspektion der Tiefgarage und Vergleich des PKW-Bestands mit der Inventarliste«, murmelte er gerade.

Während sie sich neugierig umschauten, gingen die Männer auf den Kleinbus zu. Unhörbar segelte ein Stoßgebet von Elisabeth gen Himmel. Sehr hörbar rollte ein Lippenstift klackernd über den Betonboden und blieb unter dem Kleinbus liegen.

Der Mann mit dem Diktiergerät hielt inne. »Hier ist jemand.«

Hinter der weißen Limousine spielten sich Dramen ab. Untröstlich hockte Lila Fouquet auf dem Boden und heischte mit bittend aneinandergelegten Händen um Vergebung. Hans Martensteins leichenblasses Gesicht deutete auf einen unmittelbar bevorstehenden Kreislaufzusammenbruch hin, Elisabeth hielt sich mit geschlossenen Augen an der Geldkiste fest. Benno implodierte. Hochrot im Gesicht, hieb er seine Handkanten durch die Luft, als wolle er Lila Fouquet mit einem unsichtbaren Beil tranchieren. Die Sängerin winselte wie ein Welpe.

»Da stimmt doch was nicht«, sagte der Mann mit dem Klemmblock.

Pete und Klara tauschten einen verzweifelten Blick, dann erhob sich Pete und trat aus der Deckung heraus.

»Guten Morgen, die Herren.«

Der Mann mit dem Diktiergerät musterte ihn misstrauisch. »Wer sind Sie, und was machen Sie hier unten?«

Klara wurde weiß im Gesicht, Elisabeth verdreifachte die Frequenz ihrer Stoßgebete.

»Das sollte ich wohl eher Sie fragen.« Selbstbewusst reckte Pete das Kinn in die Höhe. »Sie sind von der Heimaufsichtsbehörde, nehme ich an. Zeigen Sie mir bitte mal Ihre Ausweise.«

Der Mann mit dem Klemmblock stupste seinen Kollegen an. »Was ist das denn für eine Pappnase?«

Pete holte tief Luft. »Müller, Kuratorium Deutsche Altershilfe. Wenn ich Ihnen einen guten Rat geben soll, dann kooperieren Sie besser. Uns ist zu Ohren gekommen, dass ein gewisser Pete Landauer mehrfach die Missstände dieses Heims gemeldet hat, mit zahlreichen schriftlichen Beschwerden an die Adresse Ihrer Behörde.« Er wippte mit den Fußspitzen. »Leider ohne Konsequenzen. Demnächst geht Ihnen eine Dienstaufsichtsbeschwerde zu. Deshalb kommt es gerade recht, dass ich zwei Verantwortliche vor mir habe. Ihre Ausweise, bitte. Aber ein bisschen plötzlich.«

»Dienstaufsichtsbeschwerde«, wiederholte der eine Beamte, der andere trat nervös vom einen Fuß auf den anderen. »Könnten wir das nicht diskret regeln? Ich meine, ohne unsere Namen?«

Elisabeth sah, wie die Muskeln unter Petes grauer Anzugjacke arbeiteten. »Sie tragen Verantwortung für Vorgänge, die einer Misshandlung Schutzbefohlener gleichkommt! Zwangskatheterisierung! Permanente Sedierung ohne ärztliche Aufsicht! Wissen Sie, was das bedeutet?«

Ängstlich sahen die beiden Männer einander an.

»Das ist moderne Folter!«, rief Pete. »Mit Ihrer Duldung!«

»Ja, wir haben Fehler gemacht«, druckste der Mann mit dem Diktiergerät nach einer Weile herum. »Aber bitte, lassen Sie uns aus dem Spiel. Wir sind auch nur Menschen.«

»Und was sind die wehrlosen Alten? Aktendeckel?«

Der andere Beamte machte einen Kringel auf seinem Klemmblock. »Na, hier unten ist ja offenbar alles in Ordnung. Danke für Ihre Unterstützung.«

Ohne Petes Einverständnis abzuwarten, rannten die beiden zurück zur Tür und schlugen sie hinter sich zu. Dann hörte man nur noch eilige Schritte, die sich entfernten.

Ächzend erhob sich Benno aus seiner unbequemen Position. Mit erhobenen Armen ging er auf Pete zu und drückte ihn an sich. »Pete, mein Junge, das war eine irre Nummer. Du siehst zwar nicht ganz so aus wie der Sohn, den ich mir immer gewünscht habe, aber hiermit bist du quasi adoptiert. Kannst Benno zu mir sagen, du Teufelskerl.«

Mit gebauschtem Rüschenkleid kam nun auch Klara angelaufen. Erleichtert schmiegte sie sich an Pete, während sie immer wieder »mein Held, mein Held« juchzte.

»Sie haben wirklich Beschwerden losgeschickt?«, fragte Elisabeth. »Wegen der Regenbogenallee?«

»Mindestens zehn«, antwortete Piet wütend. »Aber so ein kleiner Pfleger geht denen am Popo vorbei. Bei Ihrer Tochter hat es dann gewirkt. Egal. Viel wichtiger ist, dass sich jetzt endlich etwas tut.«

»Ganz meine Meinung«, rief Benno, der inzwischen den Kleinbus gekapert hatte. »Alles einsteigen! Es geht los!«

Pete holte eine Fernbedienung aus der Hosentasche und ließ das Garagentor hochfahren. Unterdessen nahm die bunte Truppe den Wagen in Besitz. Zwei Rückbänke und ein großer Kofferraum boten genügend Platz für alle Reisenden samt Gepäck.

Als alle saßen, drehte sich Benno zu Lila Fouquet um: »Sie Vogelscheuche haben uns fast reingeritten mit Ihrem dämlichen Lippenstift!«

Die Sängerin wagte nicht, ihn anzusehen. Sie zupfte nur an der Glitzerapplikation ihres T-Shirts herum und hüstelte peinlich berührt vor sich hin.

Benno umklammerte das Lenkrad. »Eine Woche Singverbot!«

Oha, dachte Elisabeth, das hält sie niemals durch.

***

Es war, als hätten sich alle Wettergötter gegen die Fluchtpläne verschworen. Dicke Hagelkörner wurden gegen die Scheiben gepeitscht und gingen in Schneeregen über, während Benno im Schneckentempo über die Straße kroch. Nicht nur wegen des rutschigen Asphalts, sondern vor allem, um keine unliebsame Aufmerksamkeit auf sich zu ziehen. Die Stadt sah aus, als ob der Notstand ausgebrochen wäre. Auch jetzt, am frühen Morgen, knatterten Hubschrauber durch die Luft, an den größeren Kreuzungen parkten Polizeiwagen.

Erst als sie den Stadtkern hinter sich ließen, dünnte sich das Polizeiaufgebot allmählich aus. Vereinzelt sah man noch Streifenwagen am Straßenrand stehen, aber offenbar konzentrierte sich die Großfahndung auf das Zentrum.

»Wie lange dauert es noch bis zur Autobahn?«, erkundigte sich Pete, der mit Klara auf der hintersten Bank saß.

Benno bog schwungvoll in einen Feldweg ein. »Normalerweise fünfzehn Minuten. Aber bei dem Tempo und den vielen Umwegen, die wir machen müssen, locker eine halbe Stunde.«

Alle verfielen in bohrendes Schweigen. Klara und Pete hielten sich stumm an den Händen, Lila Fouquet puderte sich zum hundertsten Mal die Nase, Elisabeth pulte in den Löchern ihres gelben Pullovers herum. Ihre Kopfhaut juckte unter der blonden Perücke, und ihr war schlecht von dem reichlich genossenen Morgenkaffee, aber vielleicht auch deshalb, weil die Aufregung ihren Magen zusammenpresste.

Hans Martenstein hatte schon länger nichts mehr von sich gegeben. Bekümmert hockte er zwischen Elisabeth und Fräulein Fouquet, mit seiner zerbeulten Aktentasche auf dem Schoß. Plötzlich begann er leise zu wimmern.

Elisabeth legte ihm eine Hand auf die Schulter. »Herr Martenstein? Ist Ihnen nicht gut?«

Er nahm das Basecap ab und strich sich müde über die Glatze. »Ich bin ein Versager. Das denken Sie doch alle. Nichts habe ich zum Gelingen des Beutezugs beigetragen. Gar nichts. Mein Plan war völlig unbrauchbar, so wie meine schönen Listen. Ein Fiasko.«

Vollkommen überrumpelt sah Elisabeth ihn an. »Was reden Sie denn da? Sie waren eine wichtige Figur! Allein, wie Sie die Brause …«

»Eine Witzfigur!«, widersprach er heftig. »Ein lächerlicher Greis in einer zu großen Polizeiuniform! Die Leute haben mich ausgelacht! Das ist die traurige Wahrheit!«

»Aber die Idee mit der Brause war wirklich gut«, versuchte es Elisabeth noch einmal. Sehr überzeugend klang es nicht.

»Ahoj-Brause! Das war weit unter meinen Möglichkeiten!« Wie von Sinnen pochte Hans Martenstein mit den Fingerknöcheln auf seine Aktentasche. »Ich habe nächtelang nachgedacht, alles minutiös durchgeplant, und dann – dann habe ich jämmerlich versagt.«

»Hey, ihr da hinten! Lebt euren Psychokasper woanders aus!«, rief Benno. »Falls ihr es noch nicht gemerkt habt, ich rette euch gerade den A…, äh Hals!«

»Da haben Sie's.« Hans Martenstein ließ den Kopf sinken. »Benno tut was. Pete tut was. Und Sie, liebe Frau Schliemann, haben sogar einen Geldtransporter überfallen. Alle sind mutig und einfallsreich. Nur ich sitze hier mit einer Aktentasche, die ich fast vierzig Jahre lang jeden Morgen in die Schule getragen habe, und bin nichts weiter als ein unnützer, weltfremder Idiot.«

In die beklommene Stille hinein hörte man nur das Geräusch der Scheibenwischer, die mit dem Schneeregen kämpften. Gerade fuhr der Kleinbus an einem Bauernhof vorbei, vor dem ein Polizeiwagen hielt. Entgegen aller Vorsicht legte Benno an Tempo zu, woraufhin Schlammkaskaden bis hoch zu den Fenstern spritzten und der Wagen nach rechts und links ausbrach. Der Feldweg schien praktisch nur aus schlammigen Schlaglöchern zu bestehen.

»Mistkarre!«, fluchte Benno, während er nebenbei alle möglichen Knöpfe ausprobierte. »Wie geht denn hier das Radio an?«

Er war so abgelenkt, dass er kaum noch Augen für den Weg hatte. Holpernd und schleudernd raste der Kleinbus vorwärts, doch niemand wagte, Benno zu einer langsameren Gangart zu bewegen. Seine Laune war sowieso schon unter dem Gefrierpunkt, und jeder fürchtete einen weiteren Wutausbruch. Nur Lila Fouquet murmelte Unverständliches vor sich hin, den Blick unverwandt auf den Wald geheftet, der hinter dem Bauernhof auftauchte.

»Was haben Sie gesagt?«, fragte Benno halb zerstreut, halb entnervt.

»Ich bitte um Entschuldigung«, zirpte Lila Fouquet, »nichts liegt mir ferner, als Sie zu erzürnen, da ich Ihre Chauffeurkünste wahrlich zu schätzen weiß, aber könnte es sich bei den rot-weißen Zäunen dort hinten um etwas Beunruhigendes handeln?«

Benno brauchte ein paar Sekunden, bis er den geschraubten Satz entschlüsselt hatte. Entscheidende Sekunden, die für ein Ausweichmanöver verlorengingen. Bevor er abbiegen oder wenden konnte, fuhr er mitten in eine Polizeisperre hinein. Nur eine Vollbremsung verhinderte, dass er die Absperrgitter rammte, hinter denen gestaffelt weitere Gitter aufgebaut waren.

»Na, das nenne ich eine Punktlandung«, stöhnte Klara. »Von wegen Hals retten!«

Pete rüttelte an der Kopfstütze vor sich. »Wir müssen was unternehmen!«

Wie zur Salzsäule erstarrt, überblickte Benno die Situation. »Zu viele«, sagte er tonlos. »Eine Streife und ein Mannschaftswagen. Das sind mindestens acht, neun Polizisten, wenn nicht zehn oder zwölf. Wir können einpacken.«

»Nein!«, schrie Klara.

Die Fahrertür des Polizeiautos öffnete sich, und ein Beamter stieg aus. Hastig setzte er seine Dienstmütze auf und lief geduckt durch den Schneeregen auf den Kleinbus zu. Gleichzeitig sprangen zwei vermummte Einsatzkräfte aus dem Mannschaftswagen, vor dem sie mit gezogenen Waffen stehen blieben.

»Das – ist der Unnnnterrrgang«, formulierte Lila Fouquet, was alle dachten.

Elisabeth krümmte sich auf ihrem Sitz wie unter Peitschenhieben. Da war es wieder, das Wort, das sie in ihren dunkelsten Stunden vor sich gesehen hatte: Endstation. In großen Lettern. ENDSTATION.

Klara brach in Tränen aus.

Ein Gummiknüppel klopfte an die Windschutzscheibe, dann erschien das Gesicht des Polizisten neben Bennos Fenster. Er ließ die Scheibe herunter. »Ja, bitte?«

»Personenkontrolle, alles aussteigen«, befahl der Polizist barsch.

Niemand bewegte sich. So als könnte selbst der geringste Aufschub ein Trost sein, bevor sie sich ins Unvermeidliche fügen mussten.

»Ich mache das, Sie bleiben hier.« Hans Martensteins Stimme klang, als käme sie aus einer unterirdischen Gruft.

Elisabeth packte seinen Arm. »Es ist vorbei. Sie müssen nicht den Helden spielen.«

»Spielen?«, flüsterte er gequält. »Spielen, sagten Sie?«

Entschlossen riss er seine Aktentasche an sich und öffnete den Wagenschlag. Bevor ihn jemand zurückhalten konnte, stand er auch schon draußen im Schneegestöber und schwenkte sein Basecap. »Herr Kommissar, ich kann alles erklären!«

Was für ein unglückseliger Tropf. Elisabeth konnte es nicht fassen. Herr Kommissar, ich kann alles erklären – das war einer dieser Sätze aus Vorabend-Krimis, bei denen man gleich wusste, dass sie nur Täter von sich gaben.

»Der redet sich ja um Kopf und Kragen«, zischte Pete.

Es war ein herzzerreißender Anblick, den kleinen, mageren Mann durch den Schlamm stapfen zu sehen. Schneeflocken klebten an seinen Brillengläsern, sein orangefarbenes Jackett flatterte im Wind wie eine einsame Wetterfahne.

Der Polizist kam ihm schon entgegen. Nach seinem Gesichtsausdruck zu urteilen, hagelte es unangenehme Fragen. Immer wieder zeigte er mit seinem Gummiknüppel auf den Kleinbus. Dann war der ehemalige Lehrer an der Reihe. Auch er zeigte auf den Kleinbus, dann auf seine aufgeweichte Jeans, mit gebeugtem Rücken und wackelndem Kopf.

»Was macht der denn?«, regte sich Benno auf. »Wir wollten doch jung und dynamisch rüberkommen!«

Noch immer redete Hans Martenstein auf den Polizeibeamten ein. Plötzlich lächelte er, und der Polizeibeamte wirkte nicht mehr ganz so grimmig.

»Ich glaub's ja nicht, der quatscht tatsächlich den Polizisten tot!«, rief Klara.

»Warten wir's ab«, grummelte Benno.

Pete beugte sich vor, um bessere Sicht auf das Geschehen zu haben. »Er kommt zurück! Bedeutet das etwa, wir können weiterfahren?«

Hans Martenstein öffnete die Fahrertür. »Ihre Ausweise, wenn ich bitten dürfte.«

»Sind Sie jetzt der Hilfssheriff, oder was?«, blaffte Benno ihn an. »Haben Sie etwa einen unsauberen Deal gedeichselt?«

»Die Ausweise«, erwiderte Hans Martenstein schlicht. Er bebte am ganzen Körper, während alle Insassen ihre Ausweise hervorkramten und nach vorn reichten. »Verbindlichsten Dank.«

Benno schlug ihm seinen Lederhut über den kahlen Schädel. »Hinterhältiger Verräter!«

Doch der ewige Oberlehrer rückte lediglich seine Brille wieder gerade, die ein wenig verrutscht war. Dann steckte er die Ausweise in seine Aktentasche und marschierte durch den Schlamm des aufgeweichten Waldbodens zu dem Polizisten zurück.

Elisabeth war einfach nur sprachlos. Auch den anderen fehlten die Worte, als Hans Martenstein gemeinsam mit dem Polizisten und den beiden vermummten Einsatzkräften im Mannschaftswagen verschwand. Kochte er wirklich sein eigenes Süppchen? Kaufte er sich auf Kosten seiner Gefährten frei?

»Wir könnten uns in die Büsche schlagen und zu Fuß weiterflüchten«, schlug Pete vor.

»Keine Chance.« Benno zeigte auf den Streifenwagen. »Da sitzt noch ein zweiter Polizist drin. Frag nicht, ob der eine Knarre dabeihat. Wir sitzen in der Falle! Und dieser Armleuchter von Pauker liefert uns ans Messer!«

Lila Fouquet begann, leise vor sich hin zu summen. Dass Benno nicht darauf reagierte, war ein ganz, ganz schlechtes Zeichen. Kraftlos war er über dem Lenkrad zusammengesunken, den Kopf auf seine Unterarme gebettet. In höchster Panik betrachtete Elisabeth die Umrisse seines breitschultrigen Oberkörpers. Wenn Benno, der starke, mit allen Wassern gewaschene Benno aufgab, war alles verloren.

»Was machen die denn so lange da drin?«, schluchzte Klara.

Plötzlich zerriss ein Knall die Luft. Der Mannschaftswagen schaukelte ein wenig, dann flog die Tür auf, und Hans Martenstein stürzte heraus, mit rußgeschwärztem Gesicht. Eilig schloss er die Tür. Die Aktentasche wie einen Schutzschild an sich gepresst, hastete er auf seinen dünnen Beinchen vorwärts, hustete, stolperte und lag auch schon hilflos zappelnd im Schlamm.

Der wartende Polizist sprang aus dem Streifenwagen. Er warf seine angerauchte Zigarette zu Boden und rannte mit gezogener Waffe zu Hans Martenstein, der schreiend im Matsch wühlte.

Zögernd sah der Polizist zwischen dem Mannschaftswagen und dem Liegenden hin und her. Dann steckte er die Pistole in sein Halfter und zog Hans Martenstein mit beiden Händen auf die Füße. Im nächsten Moment verzerrte sich sein Gesicht. Er rang nach Luft und schlug der Länge nach hin.

»Das gibt's doch nicht«, murmelte Elisabeth.

Hurtig wie ein Eichhörnchen schob Hans Martenstein ein Absperrgitter nach dem anderen beiseite. Anschließend winkte er seinen Gefährten zu, als sei er ein freundlicher Verkehrspolizist.

»Bennnnoooo!«, schrien alle.

Wie in Zeitlupe hob Benno den Kopf. Es dauerte einen Augenblick, bis er begriff, was er sah.

»Gib Gummi!«, kreischte Klara.

Das ließ sich Benno nicht zwei Mal sagen. Der Motor sprang an. Mit durchdrehenden Rädern schlitterte der Kleinbus durch die geöffneten Absperrgitter auf Hans Martenstein zu, während Elisabeth schon die hintere Wagentür von innen aufstieß. Benno hielt nicht einmal richtig an. Hans Martenstein warf seine Aktentasche in den Fonds des fahrenden Wagens, ergriff Elisabeths ausgestreckte Hand und erklomm mit größter Anstrengung das Trittbrett. Lila Fouquet half mit, ihn in den Kleinbus zu ziehen, der nun mit Höchstgeschwindigkeit losbretterte.

Sofort bestürmten alle den schmächtigen kleinen Mann mit Fragen.

»Was ist da drin passiert? Warum ist Ihr Gesicht so schwarz? Wie haben Sie die Polizisten außer Gefecht gesetzt?«

Schwer atmend rieb er sich mit seinem Jackenärmel den Ruß von der Haut. »Quecksilberfulminat.«

Elisabeth hielt immer noch seine Hand umklammert. »Könnten Sie das mal bitte für Laien erklären?«

»Die Grundsubstanzen hatte ich schon vor Wochen bestellt, Quecksilberoxid und konzentrierte Salpetersäure zum Beispiel«, berichtete Hans Martenstein. Seine zitternde rechte Hand suchte nach dem Haltegriff, weil der Wagen völlig unkontrolliert hin und her schleuderte. »Außerdem stellte ich wässrige Lösungen von Malonsäure und Natriumnitrit her. Ich hätte auch Ethanol nehmen können, aber ich bevorzugte die klassische …«

»So genau wollen wir's auch wieder nicht wissen«, fuhr Benno dazwischen. »Was macht dieses Zeugs, dieses Silberdings, äh, bums?«

»Genau das«, lächelte Hans Martenstein. »Bums. Quecksilberfulminat ist hochentzündlich und führt schon in kleineren Mengen zu einer Explosion, falls es mit einer Flamme in Berührung kommt. Außerdem entweichen giftige Dämpfe.« Gedankenverloren betrachtete er seine besudelte Kleidung. »Mir war aufgefallen, dass viele Polizisten rauchen. Deshalb bat ich um eine Zigarette, holte statt der Ausweise eine größere Menge Quecksilberfulminat aus meiner Aktentasche und entzündete es mit der Zigarettenglut. Die Detonation war beachtlich.«

»Der Picasso des Chemiebaukastens«, murmelte Elisabeth, die sich daran erinnerte, dass Vincent den ehemaligen Lehrer so genannt hatte.

Pete stieß einen Pfiff aus. »Sie hätten leicht selber dabei draufgehen können!«

»I wo, ich habe mir ein feuchtes Taschentuch vor Mund und Nase gehalten.«

»Das heißt, die Polizisten sind tot?«, fragte Elisabeth entsetzt.

»Nein, nein, nur betäubt«, antwortete Hans Martenstein. »Vermutlich werden sie noch eine ganze Weile unter Kopfschmerzen und Übelkeit leiden, aber je schneller man ein sogenanntes Antidot verabreicht, desto wirkungsvoller geht das Gegengift eine Verbindung mit dem Quecksilber ein und verlässt auf natürlichem Wege den Organismus.«

»Wir müssen sofort einen Krankenwagen bestellen!«, rief Klara. »Bei der nächsten Tankstelle rufe ich einen an!«

»Nicht nötig«, schmunzelte Hans Martenstein. »Kurz bevor das Quecksilberfulminat explodierte, habe ich die Polizisten um ein Handy gebeten und den Notruf verständigt. Angeblich, weil einer von Ihnen einen Schwächeanfall hatte.«

»Sie sind – genial!«, sagte Elisabeth voller Bewunderung. »Sie hatten einen Plan, der bis ins kleinste Detail ausgefuchst war.«

Geschmeichelt lächelte er in sich hinein. »Reiner Zufall. Das hätte auch ins Auge gehen können.«

»Und solche überaus gefährlichen Dinge lernt man in der Schule?« Mit hochgezogenen Augenbrauen starrte Lila Fouquet ihn an.

»Nö, das habe ich mal im Fernsehen gesehen«, gestand Hans Martenstein. »Sie wissen doch – Fernsehen macht die Dummen dümmer und die Schlauen schlauer. Womit ich keinesfalls sagen will, dass ich mich für besonders schlau halte. Aber wenn man vom Fach ist, kann man so einiges lernen.«

Benno hatte mittlerweile eine befestigte Straße erreicht. Er hupte einen Radfahrer beiseite, der ihm in die Quere kam, und überholte gleich zwei Lastwagen auf einmal, ohne auf den Gegenverkehr zu achten. Mit aufgeblendeten Scheinwerfern kam ihm ein Wagen entgegen, der in letzter Sekunde auf den Standstreifen auswich.

»Der Streifenpolizist, wie haben Sie den erledigt?«, erkundigte sich Pete. »Der fiel ja um, wie vom Blitz getroffen.«

»Bromaceton, die simpelste Variante von Tränengas«, antwortete Hans Martenstein fast entschuldigend. »Das hat man schon im Ersten Weltkrieg eingesetzt. Eine harmlos aussehende Flüssigkeit, ich hatte sie in eine Sprühflasche aus Metall gefüllt, die man gemeinhin zum Blumengießen verwendet. Tja, und Bromaceton führt zur Reizung der Atemwege, Kopfschmerzen und Erbrechen.«

Vergnügt boxte Benno auf das Lenkrad ein. »Martenstein, altes Haus, langsam wirst du mir richtig sympathisch.«

16

Nach der Niederlage brauchst du ihn, nach dem Sieg verdienst du ihn. Das hatte Napoleon angeblich über Champagner gesagt. Elisabeth hatte diesen Satz mal irgendwo gelesen. Ihr fiel mittlerweile auf, dass sie ziemlich viele Sätze mal irgendwo gelesen hatte. Merkwürdig, was man so alles im Gedächtnis behält, überlegte sie, während sie den Reißverschluss von Susannes Reisetasche aufzog. Mit einer roten Schleife geschmückt, lag zuoberst die Champagnerflasche.

Alle hatten gejubelt wie Fußballfreaks in der Fankurve, nachdem Benno mit Karacho die Auffahrt zur Autobahn hochgedonnert war. Ausgelassen schwatzten sie nun durcheinander und schrien lachend auf, als der Korken mit einem Knall aus dem Flaschenhals flog. Der Champagner kreiste reihum, sie tranken ihn direkt aus der Flasche. Als Letzter war Benno dran, der sich den Rest kurzerhand über den Kopf kippte.

Elisabeth musste lächeln. Was für ein verrückter Kerl Benno doch war. Stets tat er das Unerwartete. Bei dem wird einem nicht langweilig, dachte sie und erschrak im selben Moment. Konnte es sein, dass Vincents Bild in ihrem Herzen schon verblasste und Benno sich davorschob? Unwillig verscheuchte sie diesen Gedanken.

Hans Martenstein hatte nach dem Champagner bereits einen kleinen Schwips. »Gewonnen! Wir haben gewonnen!«

»Und wenn noch einmal eine Polizeisperre kommt?«, fragte Klara.

Benno klickte auf den Sendersuchlauf des Radios, das er inzwischen doch noch in Gang gesetzt hatte. »Dann gäbe es doch sicher sofort einen Stau, und der wird im Verkehrsfunk gemeldet. Sobald wir was hören, fahren wir runter von der Autobahn.«

Lila Fouquet spielte mit den Schnallen ihrer roten Lederjacke. »Wann gedenken Sie denn, eine Pause zu machen?«

»Pause?« Verdutzt schaute Benno in den Rückspiegel. »Es geht doch gerade erst los.«

»Ich glaube, Fräulein Fouquet möchte zum Ausdruck bringen, dass ihr am Besuch einer Toilette gelegen wäre«, sprang Hans Martenstein erklärend ein.

»Ach so.« Benno grinste. »Na gut, ist wohl auch im Interesse aller Anwesenden. An der nächsten Raststätte halte ich an.«

Die Sängerin nickte dankbar, während sie von Klara ein kleines Päckchen in Empfang nahm.

»Haben wir eigentlich etwas zu essen dabei?«, fragte Pete. »Mein Magen hängt mir sonst wo, und meine entzückende Freundin sieht auch ziemlich ausgehungert aus.«

Wieder widmete sich Elisabeth der Reisetasche. Susanne hatte für exzellenten Proviant gesorgt. Offenbar war es das Abendessen, das Klaus-Dieter und die Jungen verschmäht hatten. Dreieckig geschnittene Sandwiches, gebratene Hühnerschenkel, duftende Mini-Pizzen und jede Menge Obst verteilte Elisabeth an ihre Mitreisenden. Sie selbst hatte keinen Appetit, sondern griff nur zu einem der kleinen Getränkepacks mit Orangensaft. Eine wichtige Frage ließ sie nicht mehr los: »Benno, meinst du nicht, dass die schon nach einem blauen Kleinbus fahnden?«

Er stellte das Radio etwas leiser, bevor er antwortete. »Möglich. Wird aber schwierig, tagsüber einen neuen Fluchtwagen aufzutreiben. Wir könnten es an der Raststätte probieren.«

»Am helllichten Tag? Na toll«, warf Pete ein. »Und ich soll Schmiere stehen, oder was?«

»Ach, Junge, du redest schon genauso wie ich«, freute sich Benno. »Kannst gern bei mir in die Lehre gehen. Wenn du willst, bringe ich dir auch Pokerspielen bei.«

»So was Grottendämliches«, schimpfte Klara.

»Der kluge Mann baut vor«, erwiderte Benno unbeeindruckt. »Bestimmt wollt ihr eine Familie gründen, mit vielen kleinen Karamellkindern, da braucht man 'ne Menge Kohle.«

»Da vorn!«, rief Lila Fouquet dazwischen. »Wir nähern uns der rettenden Raststätte!«

Benno setzte den Blinker. »Einmal Windelwechsel, bitte sehr. Tanken wäre auch nicht schlecht«, fügte er mit einem Blick auf die Benzinanzeige hinzu.

Eine Minute später rollten sie auf die Raststätte. Nachdem Lila Fouquet in der Toilette verschwunden war, stieg auch Elisabeth aus. Sie wollte sich ein bisschen die Beine vertreten und frische Luft schöpfen.

Der Schneeregen hatte aufgehört. Tief atmend dehnte sie die Arme, während sie in Richtung der Parkplätze spazierte. Wie gut es tat, einen Moment allein zu sein. Elisabeth war es nicht mehr gewohnt, rund um die Uhr Gesellschaft zu haben, deshalb hatte sie eine Verschnaufpause dringend nötig. Was war schon dabei? Mit ihrer Sonnenbrille und der Perücke fühlte sie sich vollkommen sicher.

»Haloooo!« Ein Hüne von Mann hielt sie an der Schulter fest. Sein graues Haar war bürstenkurz geschnitten, seine runzlige Haut wettergegerbt. Es war nicht zu verkennen, dass er die sechzig überschritten hatte. »Was nimmst du für eine schnelle Nummer?«

»Wie bitte?« Verblüfft sah Elisabeth ihn an.

»Da drüben steht mein Lieferwagen, da können wir es uns gemütlich machen.«

Schlagartig begriff sie das Missverständnis. In ihrer schreibunten Kleidung, vor allem aber mit ihrer blonden Langhaarperücke hielt der Mann sie für eine Dame des horizontalen Gewerbes.

»Tut mir leid«, sagte sie und trat einen Schritt zurück.

»Nicht weglaufen, Süße.«

Er haschte nach ihren blonden Strähnen. Im nächsten Moment hatte er sie vollständig in der Hand. Konsterniert besah sich der Mann erst die Perücke, dann starrte er Elisabeth an. Von oben bis unten.

»Du bist diese Frau aus dem Video!«, platzte es aus ihm heraus.

Nur nicht die Nerven verlieren, schärfte sich Elisabeth ein. Wenn ich jetzt zurückrenne, wird er hinterherkommen und bestimmt Alarm schlagen. Hilfesuchend sah sie sich zu Benno um, doch der schob gerade den Benzinschlauch in den Tankstutzen.

»Sie verwechseln mich, das ist mir schon öfter passiert«, behauptete sie kess, obwohl sich die Haare in ihrem Nacken sträubten. Die kastanienbraunen Haare, die sie verraten hatten.

»Bullshit, ich habe mir dieses Video mindestens hundertmal reingezogen!«, grinste der Mann. »Und als ich dann hörte, dass du auch noch den Geldtransporter überfallen hast – Respekt! Du bist meine Heldin!«

»Ihre – was?«

»Sind die anderen auch dabei? Mensch, das ist der Oberkracher!« Seine Begeisterung steigerte sich unaufhörlich. »Wenn ich das meinen Kumpels erzähle! Wir sind so stolz auf euch! Endlich schlägt mal einer aus unserer Generation zurück! Jeder hält uns doch für abgehalfterte Alzheimers, dabei haben wir noch eine Menge drauf!«

Stumm hörte Elisabeth zu. Ihr war schleierhaft, wie es jetzt weitergehen sollte. Ließ er sie nun laufen oder nicht?

»Du hast sogar schon eine Fan-Gruppe auf Facebook«, sprudelte es weiter aus ihm heraus. »Mit einer halben Million Likes! Die Nation steht kopf!«

Leix? Der Mann hätte auch Kisuaheli sprechen können, Elisabeth verstand kein Wort.

Plötzlich nahm seine Miene etwas Verschwörerisches an. »Du bist auf der Flucht vor den Bullen, richtig? Kann ich dir irgendwie helfen?«

Elisabeth entwand ihm vorsichtig die Perücke und setzte sie wieder auf. »Besten Dank, ich komme allein klar. War nett, Sie kennenzulernen.«

»Brauchst du einen Fluchtwagen?«

Das war ein Stichwort, das Elisabeth elektrisierte. Wieder sah sie sich zu dem blauen Kleinbus um. Benno half gerade Lila Fouquet beim Einsteigen. Eins musste man ihm lassen, ritterlich war er wirklich.

Der Mann fasste Elisabeth zart am Kinn und drehte ihr Gesicht zu sich. »Pass auf, Mata Hari, ich verstehe, wenn du

Schiss hast. Da drüben steht mein Lieferwagen, der, wo ›Lehmann Schrauben‹ draufsteht. Ist nicht besonders bequem, aber auf der Ladefläche liegt eine schöne weiche Matratze, für den Fall …«

»Hab schon verstanden«, unterbrach Elisabeth ihn. Was diese Matratze schon alles erlebt hatte, wollte sie sich nicht genauer vorstellen.

»Ich warte fünf Minuten«, beteuerte der Mann. »Okay? Überleg's dir. Ich melde den Wagen nicht vor morgen früh als gestohlen. Bis dahin seid ihr über alle Berge.«

Das war ein großzügiges Angebot. Elisabeth suchte nach dem Haken, fand aber keinen. »Danke«, hauchte sie. »Sie sind wunderbar. Wie heißen Sie eigentlich?«

»Namen sind Schall und Rauch«, grinste er. »Aber bevor du gehst, will ich noch ein Autogramm.«

Er entblößte seinen rechten Unterarm und hielt Elisabeth einen Filzstift hin. Sie dachte kurz nach, dann schrieb sie mit ihrer besten Schönschrift FIDELIO darauf.

»Das lass ich mir vom Tätowierer nachstechen!«, rief er überschwänglich. »Mann! Ein Original! Von meiner Heldin!«

Gern hätte Elisabeth erwähnt, dass sie ihren Ruhm im Grunde nur ihrer Begriffsstutzigkeit zu verdanken hatte, aber sie beließ es bei einer Kusshand, bevor sie sich umdrehte und auf den Kleinbus zuging.

Atemlos erzählte sie von dem Angebot. Jeder hatte dazu eine andere Meinung. Pete und Klara waren dafür, weil sie die Sache mit den »Leix« begriffen, Lila Fouquet mahnte zur Vorsicht, Hans Martenstein fand, man müsse die Matratze erst desinfizieren, bevor man sich daraufsetzen könne.

Währenddessen spähte Benno zu dem Lieferwagen. »Lehmann Schrauben«, sagte er bedächtig. »Hm, ich habe ein gutes Gefühl. Mein Bauch sagt mir, dass der Typ in Ordnung ist.«

Lila Fouquet schöpfte mit der hohlen Hand ein paar rosa Pillen aus dem Vorrat, den sie in ihrer Handtasche hortete. »Ist das alles? Ihr Bauch?«

»Der tickt ziemlich sauber«, knurrte Benno. »Im Gegensatz zu Ihnen, Gnädigste.«

Er startete den Kleinbus. Schon nach wenigen Metern kam ein Mann schreiend hinter ihnen hergelaufen. »Stehen bleiben! Haltet den Dieb!«

Benno stieg auf die Bremse. »Verflucht, ich habe das Benzin noch nicht bezahlt! Martenstein, alter Pfeifenkopp, ich nehme an, dass du das bestens wieder hinbiegst. Aber immer schön mit dem Kopf wackeln, damit die dir die vergessliche Nummer abkaufen.«

***

Es sind die kleinen Dinge, die einen Menschen liebenswert machen. Und das hatte Elisabeth zur Abwechslung nirgendwo gelesen, das ging ihr ganz von allein durch den Kopf. Manchmal war es nur ein Blick, ein Wort oder eine spontane Geste – wie jene, mit der sich Benno den Champagner über den Kopf gegossen hatte. Ja, Elisabeth dachte über Benno nach. Und je länger sie ihn beobachtete und über ihn nachdachte, desto deutlicher stellte sie fest, wie liebenswert dieser raubeinige Mann war.

Schon seit Stunden saßen sie zu zweit im Führerhaus des Lieferwagen und unterhielten sich, während es unaufhaltsam

Richtung Süden ging. Manchmal schwiegen sie auch, und es war überhaupt nicht peinlich, wie Elisabeth verwundert feststellte. Eher fühlte es sich vertraut an. So als hätten sie schon ihr ganzes Leben miteinander verbracht und müssten einander nichts mehr beweisen.

Mit Vincent war das anders gewesen. Da hatte Elisabeth immer den Eindruck gehabt, sie müsse sich anstrengen, um ihm zu gefallen, müsse sich vorteilhafter präsentieren, als es ihrem Wesen entsprach – äußerlich wie innerlich. Benno nahm sie so, wie sie war, und diese Erfahrung tat ihr unendlich gut. In den Wirren der vergangenen Tage und Wochen hatte sie es gar nicht richtig bemerkt, doch jetzt, wo sie alle Zeit der Welt hatten, wurde es ihr umso deutlicher bewusst.

Wie ein silbriges Band lag die Autobahn vor ihnen. In der Ferne sah man schon die Alpen, die sich unmerklich heranschoben. Dahinter lag das Land, von dem Elisabeth immer geträumt hatte. Es wurde Zeit, ihre Träume zu verwirklichen. Nein, ihr Kavalier war nicht so elegant wie Vincent, er trug weder einen schicken Anzug noch beste Manieren zur Schau. Was Letzteres betraf, so störte es Elisabeth nicht im mindesten, sie amüsierte sich sogar über Bennos Direktheit und über seine deftige Ausdrucksweise.

War das Liebe? Elisabeth hatte zwar siebzig Jahre Lebenserfahrung, aber keinen Schimmer, wie sie ihre Gefühle einordnen sollte. In Vincent hatte sie sich Hals über Kopf verliebt, wie ein kleines Schulmädchen. Das hier war etwas anderes.

Wie von selbst tuckerte der Wagen vorwärts. Wenn ihr danach war, erzählte Elisabeth von Walther, von ihren Töchtern oder vom Wanderverein. Benno berichtete freimütig aus seinem wechselvollen Leben, von dem, was geglückt, und von dem, was misslungen war. Nichts beschönigte er, auch nicht, wenn er in einer der abenteuerlichen Geschichten keine vorteilhafte Figur gemacht hatte.

Es dämmerte bereits, als sie an einer Tankstelle hielten.

»Ob die anderen schon schlafen?«, fragte Elisabeth.

»Frag lieber, wer mit wem«, sagte Benno grinsend. »Am Ende hat sich Pete unsere Krähamsel gegriffen, und Klara beglückt den ollen Martenstein.«

Sie stiegen aus, mit steifen Beinen von der schier endlosen Fahrt. Benno öffnete die hintere Ladeklappe. Das Bild, das sich ihnen bot, hätte der phantasievollste Maler mit der schrägsten Inspiration nicht besser hinpinseln können. Inmitten von festgezurrten Kartons mit der Aufschrift »Lehmann Schrauben« lagen friedlich umschlungen Klara und Pete auf der Matratze, die Gesichter aneinandergeschmiegt. Hans Martenstein kauerte im Schein einer funzeligen Deckenleuchte auf einer zusammengerollten Wolldecke, umgeben von Dosen, Tiegeln und Tütchen, während er eine lange Liste schrieb. Lila Fouquet hatte sich ein Kissenlager bereitet und schichtete leise singend Geldbündel aufeinander, als seien es Bauklötze.

»Wir werden uns gut um die beiden kümmern müssen«, sagte Benno ungewöhnlich milde. »Und damit meine ich nicht das junge Glück.«

Lächelnd lehnte sich Elisabeth an ihn. Ob das schon Liebe war, wusste sie nicht, aber es war dicht dran. Dass Benno ganz selbstverständlich davon ausging, sie würden alle zusammenbleiben, ging ihr zu Herzen. Vielleicht spürte er, dass es für Elisabeth unvorstellbar war, die Zukunft zu zweit zu beginnen und Lisa Fouquet mit Hans Martenstein alleinzulassen.

»Ich hole mal Kaffee für alle«, schlug Benno vor. »Und ein paar belegte Brötchen.«

Er war schon längst in der Raststätte verschwunden, als Elisabeth immer noch seine beruhigende Nähe spürte. Sie wollte nicht mehr über Liebe nachdenken, sie wusste nur, dass es sich gut anfühlte. Und das war mehr, als man erhoffen konnte, ganz gleich, ob alt oder jung.

»Hey, bist du Fidelio?«, fragte plötzlich eine heisere Männerstimme.

Sie fuhr herum. Drei massige Gestalten umringten sie, in schweren Lederwesten und weiten Cargohosen. Sie hatten ihre Sonnenbrillen in die Stirn geschoben und sahen zum Fürchten aus mit ihren rasierten Schädeln und den Piercings in Lippen und Augenbrauen.

»Fidelio – wieso?«, fragte Elisabeth ängstlich zurück.

Die Kerle stießen sich gegenseitig an. »Das ist sie!«

Ohne Vorwarnung hoben sie Elisabeth hoch in die Luft und trugen sie einmal rund um den Lieferwagen.

»Was soll der Quatsch?«, rief sie empört.

»Fidelio, heller Wahnsinn«, sagte einer der Männer. »Du bist unsere Heldin. ›Lehmann Schrauben‹ – Theo hat uns Bescheid gesagt. Das ist der Typ, der dir die Kiste hier ausgeliehen hat. Kriege ich ein Autogramm?«

Elisabeths Puls fing an zu rattern. »Und wer weiß noch Bescheid?«

»Wir halten dicht«, versicherte einer der Männer, der sich ein Kopftuch um den rasierten Schädel geknotet hatte. »Wir sind 'n Fernfahrerclub, sozusagen. Bist 'ne Kultfigur, verstehste? Und auf Fatzebuck haben wir dir auch unsere Leix gegeben.«

»Fidelio«, murmelten alle andächtig. Erneut hoben sie Elisabeth hoch und hievten sie auf ihre Schultern. Zwei volle Runden um den Wagen musste sie noch über sich ergehen lassen, bevor die Männer sie wieder auf die Füße stellten. Dann schrieb Elisabeth drei Autogramme auf drei muskulöse Unterarme, und der Spuk war vorbei.

»Lissy, Lissy!« Benno spurtete heran und hielt eine Zeitung hoch. »Sieh mal!«, stieß er aufgeregt hervor.

Gemeinsam beugten sie sich über das Blatt. »Von Internetstar fehlt jede Spur. Fangemeinde wächst unaufhörlich. Facebook-Seite der greisen Bankräuber zusammengebrochen.«

Elisabeth seufzte. »So richtig verstehe ich das immer noch nicht.«

»Jetzt sei doch mal endlich ein bisschen stolz auf dich«, sagte Benno. Er näherte seine Lippen Elisabeths Mund.

»Willst du mich etwa küssen?«, fragte sie.

Er nickte.

»Könnte lustig werden«, flüsterte Elisabeth, »das habe ich nämlich seit den achtziger Jahren nicht mehr gemacht.«

»Blödsinn.« Benno lachte durchtrieben. »Wenn wir mit dem Küssen fertig sind, erzähle ich dir, was an deinem siebzigsten Geburtstag wirklich passiert ist.«

EPILOG

Langsam schlenderten die beiden Touristen an der Uferpromenade entlang. Wie auf Postkarten wölbte sich der unwirklich blaue Himmel über die zerklüfteten Felsen der Amalfiküste. Die Abendsonne tauchte die am Felsen klebenden, pittoresk ineinander verschachtelten Häuser in ein rötliches Licht. Das Meer war glatt wie ein See, nur an der Uferbefestigung plätscherte es leise. Ein paar Kinder warfen sich schreiend ins Wasser und spritzten sich gegenseitig nass.

»Hier muss es irgendwo sein«, sagte die Frau mittleren Alters, die trotz der sommerlichen Wärme ein Kleid aus schwarzem Leder trug.

»Immer dem Duft von Spaghetti und der Musik nach«, lächelte ihr Begleiter.

Die Frau schnupperte in den Abendwind, der Klavierklänge und den Duft einer parmesangesättigten, buttrigen Carbonara mit sich trug. Sie blieb stehen.

»Ist ja'n Hammer.«

Eine Menschentraube wartete vor einem Lokal direkt am Wasser, dessen Veranda mit blühenden Oleanderzweigen überwuchert war. »Oggi concerto – heute Konzert«, stand in verschnörkelten Buchstaben auf einem selbstgemalten Schild, neben dem gelben Neonschriftzug »Trattoria Fidelio«.

»Hättest du gedacht, dass es diese schräge Rentnergang bis hierher schafft?«, fragte die Frau.

Der Mann lauschte dem leicht hysterischen Gesang. »Don

Giovanni, eine Arie der Donna Anna.« Er schmunzelte. »Sie hat es immer noch drauf.«

In diesem Augenblick trat ein betagtes Paar auf die etwas erhöhte Veranda. Die ältere Dame war grauhaarig und strahlte über ihr ganzes rosiges Gesicht, der Mann trug eine rotweiß karierte Schürze und warf effektvoll seine schlohweiße Haartolle zurück. Dann legte er einen Arm um seine Frau, und die beiden deuteten ein paar Tanzschritte an. Übermütig bog der Mann den Oberkörper seiner Tanzpartnerin zurück, woraufhin sie zu lachen begann. Das Paar wirkte ausgesprochen vergnügt, während die Frau etwas rief, was wie »Cha-Cha-Cha« klang.

»Das perfekte Paar«, flüsterte die Touristin. Nervös spielte sie mit ihrem blutroten Herzanhänger.

Ein junges Mädchen, das vor ihnen wartete, drehte sich um. »Wenn Sie nicht reserviert haben, können Sie gleich wieder gehen«, sagte sie auf Deutsch. »Das Fidelio ist sowieso jeden Abend knallvoll, aber wenn Lila Fouquet singt, rennen die Leute denen die Bude ein.«

Fragend sahen die beiden Touristen einander an. Der Mann nestelte unruhig an der roten Rose herum, die er zu seinem eleganten weißen Dreiteiler trug. Dann zog er seine Begleiterin an ein Seitenfenster. Neugierig schauten sie in das Lokal.

Pete saß am Klavier, in Jeans und T-Shirt. Seine Finger glitten wie von selbst über die Tasten. Neben ihm stand Klara, ein winziges Baby auf dem Arm. Auf einem Podest gestikulierte Lila Fouquet, in ein goldenes Gewand gekleidet, behängt mit Juwelen. Die Pfauenfeder auf ihrem silbernen Turban wippte im Takt der Musik, während sie sich markerschütternden Tonhöhen näherte. Wenige Meter daneben thronte Hans Martenstein hinter einer altmodischen Registrierkasse aus Messing und schrieb mit einem seligen Lächeln Zahlen auf eine Liste.

Der Tourist seufzte. »Es ist wirklich perfekt. So wie Lissy es sich immer gewünscht hat. Ist sie nicht unglaublich?«